O. R. Melling • Die Tochter der Lichtelfe

cbt

© privat

DIE AUTORIN

O. R. Melling wurde in Irland geboren und wuchs mit ihren sieben Schwestern und zwei Brüdern in Kanada auf. Sie versteht sich auf irische Volkstänze genauso wie auf irische und keltische Kulturgeschichte oder Philosophie und ist eine leidenschaftliche Reisende in die unterschiedlichsten Länder dieser Welt. Heute lebt sie wieder in ihrer Heimatstadt Bray in Irland – zusammen mit ihrer Tochter Findabhair.

Von O. R. Melling ist bisher bei cbt erschienen:

Im Schatten des Elfenmonds
(30445)
Die Nacht der Elfenkönige
(30598)

O. R. Melling

DIE TOCHTER DER LICHTELFE

Aus dem Englischen
von Michaela Link

cbt

cbt

cbt ist der Jugendbuchverlag
in der Verlagsgruppe Random House

MIX
Papier aus verantwortungsvollen Quellen
FSC® C014496
FSC
www.fsc.org

Verlagsgruppe Random House FSC-DEU-0100
Das für dieses Buch verwendete
FSC®-zertifizierte Papier *Super Snowbright*
liefert Hellefoss AS, Hokksund, Norwegen.

1. Auflage
Erstmals als cbt Taschenbuch März 2011
Gesetzt nach den Regeln der Rechtschreibreform

Die Originalausgabe erschien 2007 unter dem Titel
»The Light-Bearer's Daughter« bei Amulet Books,
an imprint of Harry N. Abrams, Inc., New York

Übersetzung: Michaela Link
Karte: © 2007 by Bret Bertholf
Die Kapitel 27 und 28 wurden inspiriert durch:
Glendalough: A Celtic Pilgrimage von Michael Rodgers und Marcus
Losack (Columbia Press Ireland and Morehouse Publishing, USA)
Umschlagillustration: © 2007 by Cliff Nielsen
Umschlaggestaltung: init.büro für gestaltung, Bielefeld
IM · Herstellung: AnG
Satz: Buch-Werkstatt GmbH, Bad Aibling
Druck und Bindung: GGP Media GmbH, Pößneck
ISBN 978-3-570-30618-5
Printed in Germany

www.cbt-jugendbuch.de

Für Michael Scott, mo chara,
meinen lieben Freund

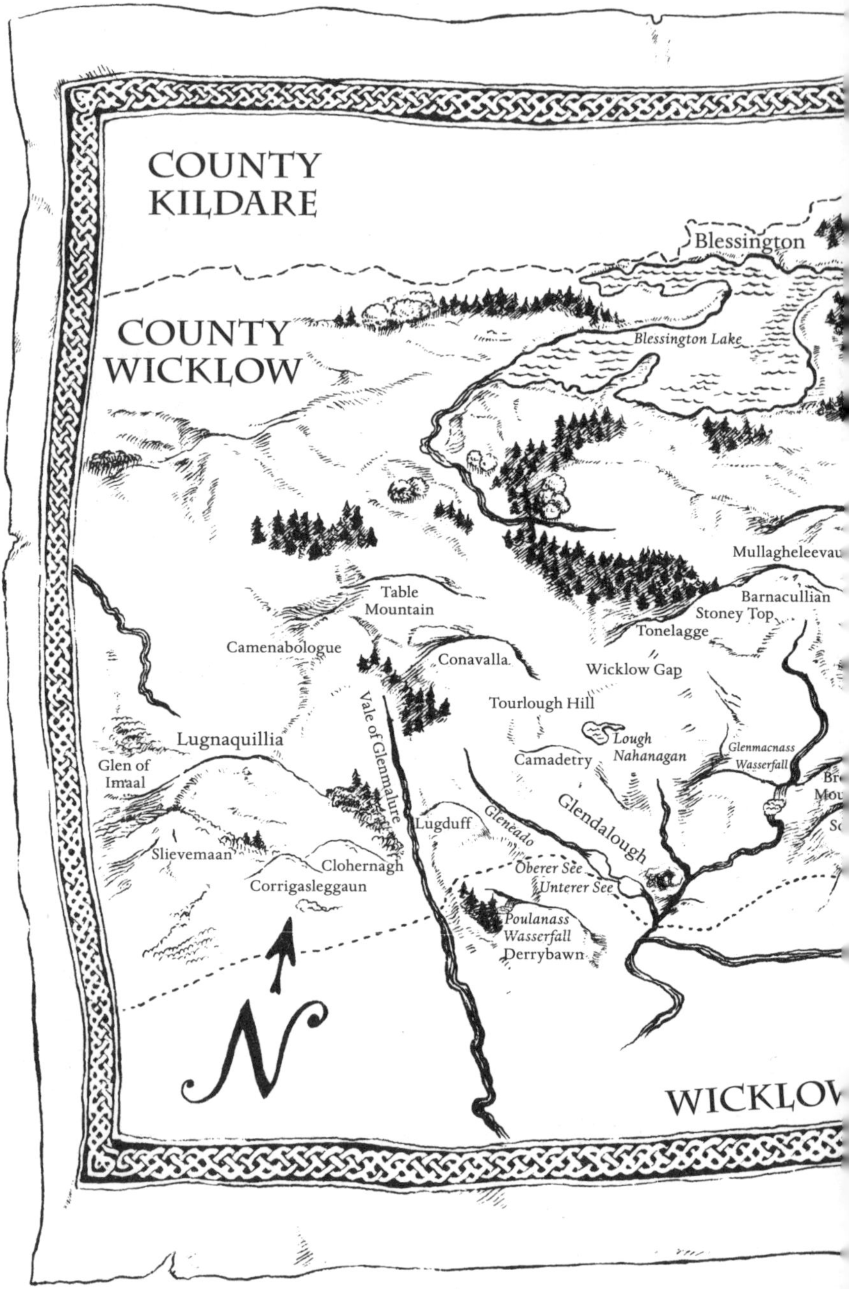
COUNTY
KILDARE
COUNTY
WICKLOW
Blessington
Blessington Lake
Mullagheleevau
Barnacullian
Stoney Top
Tonelagge
Table
Mountain
Camenabologue
Conavalla
Wicklow Gap
Tourlough Hill
Vale of Glenmalure
Lough
Nahanagan
Glenmacnass
Wasserfall
Lugnaquillia
Glen of
Imaal
Camadetry
Glendalough
Lugduff
Gleneado
Slievemaan
Oberer See
Clohernagh
Unterer See
Corrigasleggaun
Poulanass
Wasserfall
Derrybawn
WICKLOW

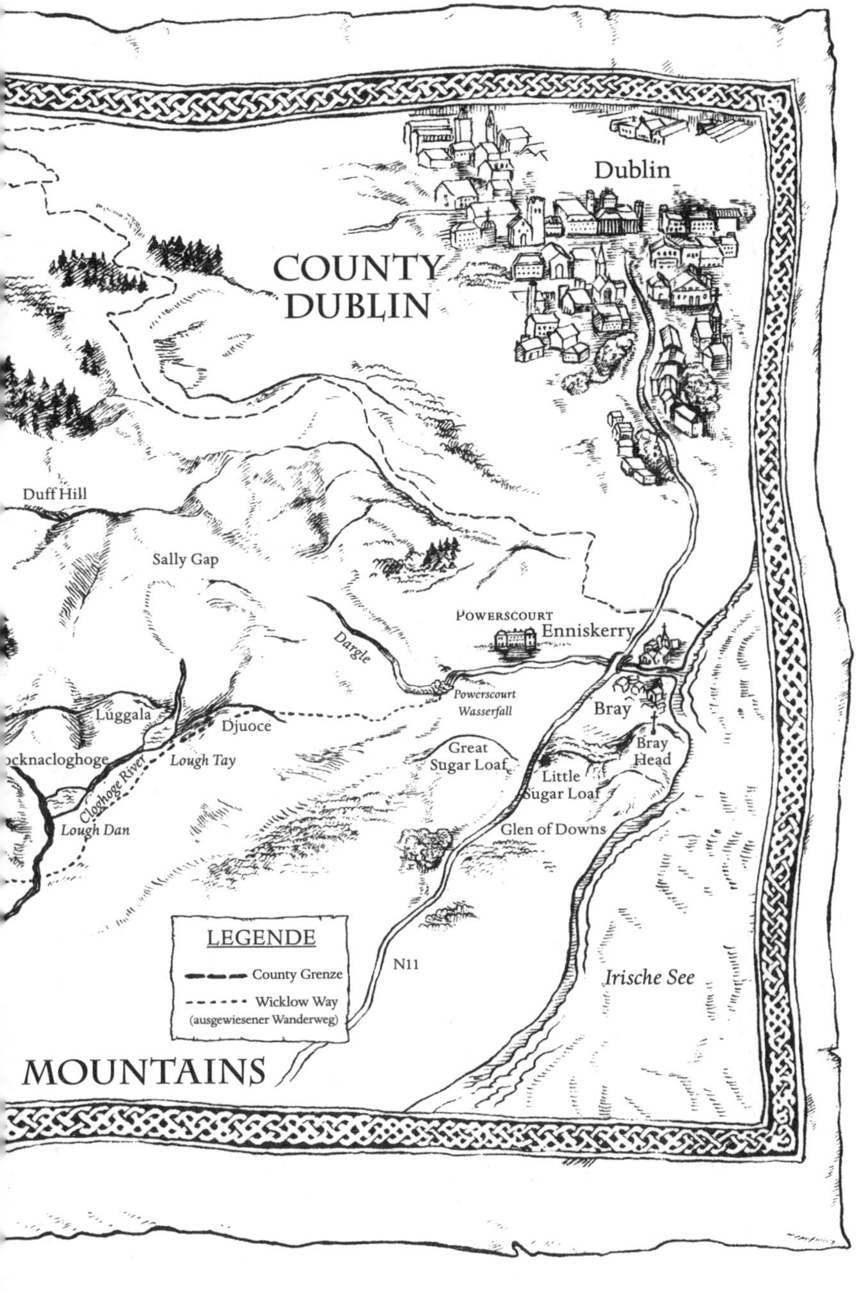
Dublin
COUNTY DUBLIN
Duff Hill
Sally Gap
Powerscourt
Enniskerry
Dargle
Powerscourt Wasserfall
Bray
Luggala
Djuoce
ocknacloghoge
Lough Tay
Cloghoge River
Great Sugar Loaf
Little Sugar Loaf
Bray Head
Lough Dan
Glen of Downs
LEGENDE
County Grenze
Wicklow Way
(ausgewiesener Wanderweg)
N11
Irische See
MOUNTAINS

EINS

Ein Jahr und einen Tag nach dem Feuerblitz kam es schaudernd zu Bewusstsein. Verborgen im Unterholz, noch kaum lebendig, begriff es weder seinen Namen noch seine Natur. Da war nur eine Erinnerung an ein blendendes Licht und den sengenden Schmerz, der darauf folgte. Dann ein Sturz hinab in Finsternis.

Doch jetzt, da es erwachte, begann es sich zu regen.

⋆

Sie ging durch das dichte Gehölz, das sich über den kleinen Bergrücken am Meer zog. Der grüne Saum ihres Gewandes streifte über das feuchte Gras; die Erde fühlte sich kühl unter ihren Füßen an. Sie blieb stehen, um ihr Ohr an den Stamm eines alten Weißdorns zu legen, schloss die Augen und lauschte. Lächelnd sang sie den Vers mit, der durch die Adern des Baums strömte.

Tá grian gheal an tsamhraidh ag damhsa ar mo theach.

Die Sommersonne tanzt auf dem Dach meines Hauses.

Dann trat sie aus dem Dickicht und kam zu einer Klippe, die steil in die kalte See abfiel. Ihr Lächeln verblasste. Ein Geflecht aus Erin-

nerungen trübte ihre Gedanken. Schatten eines anderen Ichs, eines anderen Lebens. Sie blickte auf die Wellen, die sich mit zornesweißer Gischt an den Felsen brachen. Warum war sie hierhergekommen? Was hatte sie zu diesem Ort gezogen? Ihre Haut schimmerte leicht golden, in ihr Haar waren weiße Blüten geflochten. Verloren sah sie sich um.

Dann erstarrte sie.

Es sah aus wie eine klaffende Wunde in der Erde, ein roter, nebliger Streifen, als würde Blut verdunsten. Es wand sich durch das Gras, kroch über den steinigen Gipfel und weiter in die Berge dahinter.

Sie stieß einen Schrei aus.

Der Wind fing den Schrei auf und schleuderte ihn durch die Luft wie ein Netz, wie ein Aufruf an alle. Draußen im Meer tauchte ein grauer Seehund auf. Von oben erklangen das Schwirren von Vogelflügeln und das Kreischen der Möwen. Ein Rotkehlchen landete auf ihrer Schulter. Kleinwild kam aus seinen Behausungen gehuscht und bildete einen Kreis um sie – Füchse, Hasen, Feldmäuse, Dachse. Am Hang über ihr traten eine gehörnte Ziege und ein Hirsch aus dem Bergdunkel hervor.

»Ein Dämon ist in das Königreich eingedrungen. Ein Schatten des Zerstörers.«

Laute des Entsetzens und der Furcht erklangen. Sie selbst war völlig aufgelöst. Obgleich sie zitterte, bemühte sie sich um eine feste Stimme.

»Fasst Mut. Ich werde diese Nachricht dem König überbringen. Ihr werdet nicht im Stich gelassen.«

*

Tief in den Bergen begann der Riese sich zu regen. Etwas hatte das Königreich betreten, was nicht hierhin gehörte. Er wollte auf-

stehen, konnte es aber nicht. Ringsherum war alles dunkel. Waren seine Augen zugeklebt? Der Geruch nach Erde und Gestein war erstickend. Eine große Last drückte auf seine Brust. Welcher Feind hatte ihn niedergerungen? Welche Schlacht war verloren worden, die ihn besiegt und lebendig begraben zurückgelassen hatte? Er hörte ein Lied, das um ihn herumwirbelte, Worte, die ihn wie Fesseln banden und hielten. Wer hatte ihn mit seinem Zauber in den Bann geschlagen? Er kämpfte wie ein Wilder und versuchte, sich zu befreien, aber vergebens. Er war blind und machtlos. Wie hatte das geschehen können? Noch während er benommen nach einer Antwort suchte, sogen ihn die Worte tiefer in die Dunkelheit hinein, wo er in Schichten aus Legenden und Erinnerungen versank.

Zwei

Gabriel stand am Wohnzimmerfenster und beobachtete seine Tochter, die auf der Straße Fußball spielte. Die Straße bestand aus kleinen Reihenhäusern, gebaut um 1930, mit flickenteppichgroßen Vorgärten. Wie auch ihre Bewohner waren sie ganz unterschiedlich und in diversen Schattierungen von Gelb, Blau, Rosa und Braun gestrichen. Einige hatten niedrige Steinmauern um die Gärtchen, andere Gitterzäune. Sie gehörten entweder der Stadt, wie Gabriels, oder waren nach jahrelangen Mietzahlungen in Privatbesitz übergegangen. Es war keine wohlhabende oder besonders friedliche Wohngegend, aber Gabriel hatte seine Tochter gern dort großgezogen. Hinter den roten Ziegeldächern mit den gemauerten Schornsteinen erhoben sich die Wicklow Mountains, deren grüne Hänge mit Mustern aus Hecken und gefleckten Steinen überzogen waren.

Dana, in ihren ausgefransten Jeans und dem nicht allzu sauberen T-Shirt, war das einzige Mädchen auf dem Platz und obendrein die Lauteste von allen. Sie war groß für eine Zwölfjährige und in diesem Sommer noch ein Stück in die Höhe geschossen, sodass sie mager und schlaksig wirkte. Gabriel dachte stöhnend daran, dass sie schon wieder neue

Kleider brauchte, denn das bedeutete einen Ausflug zu den Secondhandläden auf der Hauptstraße. Zerstreut nahm er den Gegensatz zwischen seiner Tochter und der schnatternden Schar von Mädchen wahr, die vom Rand aus zuschaute. Die anderen Mädchen waren nach den neusten Trends ausstaffiert und in ihren Haaren glänzten Spangen und Bänder. Bei seinem Einkommen war kein Geld für modischen Schnickschnack übrig und Dana interessierte sich auch gar nicht für Mädchenkram. Trotzdem kam sie manchmal gekränkt und wütend nach Hause und erzählte ihm schließlich von den gemeinen Bemerkungen und Sticheleien. Mädchen konnten grausam sein. Schlimmer als Jungs, die sich meist einfach nur prügelten.

Dana hatte den Ball an sich gebracht. Mit fliegender dunkler Mähne spurtete sie auf das Tor zu.

Ein großer Junge mit einem Gesicht wie eine geballte Faust versuchte, sie abzublocken.

»Aus dem Weg!«, brüllte sie.

Falls er vorhatte, sie einzuschüchtern, ging das gründlich daneben. Dana dribbelte geschickt um ihn herum und lachte laut.

Gabriel zuckte zusammen. Der Junge sah stinkwütend aus. Er würde es ihr heimzahlen.

Das Tor war ein Riss in der Straße. Wenn Dana den Ball über die Linie kickte, war das Spiel gewonnen. Mit entschlossen angespanntem Gesicht lief sie darauf zu. Rechts und links kam es zu Rempeleien, während ihre Mannschaftskameraden die gegnerische Verteidigung in Schach hielten. Gabriel fühlte sich an lauter übereinanderkrabbelnde Maikäfer erinnert.

Die Mädchen am Spielfeldrand feuerten sie an. Zwei

Hunde in der Gruppe begannen laut zu bellen, ein zotteliger Mischling und ein reizbarer Jack Russell. »Köter und Jeff«, wie Gabriel sie gern nannte. Sie hatten Dana während des ganzen Spiels aufmerksam zugesehen und jedes Mal geknurrt, wenn sie aus ihrer Sicht bedroht wurde. Seine Tochter war die Schutzheilige aller Tiere der Nachbarschaft; sie sammelte Knochen bei den Metzgern ein und verteilte sie an ihr Gefolge und auch an fremde Streuner. Sogar der König der Katzen, der grimmigste Kampfkater der Straße, benahm sich in ihrer Gegenwart wie ein Gentleman. Und immer, wenn es zu den unvermeidlichen Balgereien kam, zögerte Dana nicht, dazwischenzugehen, oft unter beträchtlicher Gefahr für sich selbst.

Jetzt griff der Junge, den sie ausgetrickst hatte, wieder an. Er beabsichtigte offensichtlich ein hartes Foul. Das verstieß im Prinzip nicht gegen die Regeln des Straßenfußballs und kam häufig vor – ein Sturz, ein verrenkter Knöchel, eine Platzwunde am Kopf. Alle Spieler waren irgendwann schon einmal zusammengeflickt worden. Und es war zwecklos, das Fußballspielen zu verbieten, sie würden es nur woanders machen.

Gabriel schluckte, als der Junge von rechts auf Dana zustampfte. Sie konzentrierte sich auf den Ball und bemerkte es gar nicht. Aber der Jack Russell sah es und schoss plötzlich aus der Zuschauermenge hervor. Jemand packte ihn am Kragen und riss ihn zurück, obwohl er jaulte und schnappte. Der Junge hatte Dana schon fast eingeholt. Gabriel hielt die Luft an, sah aber hin. Ein Vater durfte vor nichts die Augen verschließen. Er war es gewohnt, Angst um sie zu haben. Sie war so ehrgeizig, dass sie oft ziemlich kühne Sachen machte, manchmal tollkühne. Er hatte den Verdacht, dass sie es auch gewesen war, die im vergangenen Sommer dieses Irrsinnsspiel erfunden hatte, bei dem die Kinder als Mutprobe vor fahrende Autos laufen sollten. Obwohl sie es abstritt, je dabei mitgemacht zu haben, setzte sein Herz immer noch kurz aus, wenn er irgendwo Reifen quietschen hörte. Das Einzige, womit er ihr noch beikommen konnte, war die Androhung von Hausarrest. Dana hasste es, im Haus eingesperrt zu sein, und sie war zu ruhelos, um länger zu lesen oder fernzusehen. Sie saß eigentlich nur still, wenn er ihr etwas vorlas oder ihr Geschichten erzählte.

Jetzt ging es um die Wurst. Dana war dicht am Tor. Der große Junge war dicht an Dana. Ohne zu ihm hinzusehen, täuschte sie ein Abspiel in seine Richtung an, das ihn aus dem Konzept brachte, und stellte ihm flugs ein Bein.

Vor Zorn und Schmerz brüllend, knallte er hin.

Dana trat den Ball mit Triumphgeheul über den Riss im Pflaster.

Danas Mannschaftskameraden jubelten und ebenso die Zuschauer. Die beiden Hunde jaulten. Als der Jack Russell losgelassen wurde, stürzte er sich in das Gedränge um die Torschützin. Gabriel entspannte sich. Seine Tochter hatte den Sieg errungen, ohne verletzt zu werden. Dann wurde er wieder nervös, als ihm einfiel, dass er selbst drauf und dran war, sie zu verletzen, und es nicht mehr länger aufschieben konnte.

Er lehnte sich aus dem Fenster und rief Dana zum Mittagessen ins Haus.

Mit siegesroten Wangen kam sie in den Hof hinterm Haus gehüpft, der fast ein Garten war. Wildblumen und Grasbüschel kämpften sich durch die geborstene Betondecke. Die

Steinmauern leuchteten weiß im Sonnenschein. Kleider flatterten auf der Wäscheleine. Den klapprigen Picknicktisch vor dem Schuppen hatte Gabriel selbst gezimmert, ebenso den kleinen Verschlag daneben, das ehemalige Zuhause von Millie, dem Kaninchen, das immer noch betrauert wurde. Muscheln und Kerzen markierten sein Grab unter dem Weißdornbusch. Zurzeit hatten sie keine Haustiere, da die letzten drei Hamster ihr verhätscheltes Leben in »Hamsterdam«, wie Gabriel Danas Zimmer nannte, ausgehaucht hatten. Ein Trip zum Tierheim war längst überfällig, aber bisher war es ihm immer wieder gelungen, ihn aufzuschieben.

Beim Anblick des Festmahls auf dem Picknicktisch bekam Dana große Augen. Ein weißes Bettlaken diente als Tischtuch, und all ihre Lieblingsgerichte waren dabei: hellgrüne Melonenscheiben, ein Glas Dillgurken, Avocadohälften mit Zitrone und Olivenöl, in Viertel geschnittene Eiersalatsandwiches, eine Schale Krautsalat und eine große Schüssel Himbeeren.

»Was ist los, Gabe?«, fragte sie. »Neuer Job? Großer Gig? Irgendein Festival in Europa?«

»Ein neuer Job, genau«, antwortete er verlegen. »Hast du dir die Hände gewaschen?«

»Natürlich«, log sie und wischte sie sich an ihrer Jeans ab.

Sie war zu sehr damit beschäftigt, das Essen herunterzuschlingen und sich ihren Teller immer wieder neu zu füllen, um zu bemerken, dass er in seiner Mahlzeit nur herumstocherte. Auch sein nervöses Gezappel entging ihr. Zwischen zwei Bissen berichtete sie von dem Spiel und flocht die Andeutung ein, dass sie einen neuen Fußball bräuchten. Sie strahlte vor Gesundheit, vor Sommersonne und frischer

Luft. Die rabenschwarzen Haare fielen ihr ständig in die Augen und sie strich sie ungeduldig zurück. Sie war ein Kind und doch kein Kind mehr, denn ihre Gesichtszüge wurden langsam reifer: Die Wangenknochen zeichneten sich markanter ab, die vollen Lippen, die geschwungenen Augenbrauen. Sie würde eine Schönheit werden, genau wie ihre Mutter.

Der alte Schmerz durchzuckte Gabriel und er wartete, bis er sich legte. Er musste sich jetzt konzentrieren. Er musste ihr sagen, dass sie wegziehen würden.

Sie war fast fertig mit Essen. Nachdem sie die Himbeeren gerecht zwischen ihnen aufgeteilt hatte, steckte sie sich je eine auf die Fingerspitzen und begann sie nacheinander abzupflücken.

»Dana, ich muss dir etwas sagen, was dir nicht gefallen wird, aber du musst mich aussprechen lassen.«

Sie ging sofort in die Defensive. Richtete sich auf. Harter Blick, bereit für einen Streit. Ein weiterer Versuch, ihr das Fußballspielen zu verbieten? Eine Predigt über den Zustand ihres Zimmers? Neue Regeln, um ihr mehr Hausarbeit aufzubrummen? Wie immer in solchen Situationen benahm sie sich als gleichberechtigte Gegnerin. In ihrer Zwei-Personen-Familie hatten sie eine spezielle Beziehung zueinander entwickelt. Er ermutigte sie stets, ihre Meinung zu sagen, und das oft zu seinem eigenen Nachteil. Sie würde ihn zwar ausreden lassen, aber das bedeutete noch lange nicht, dass sie zustimmen oder sich fügen würde.

»Professor Blackburn hat heute Morgen angerufen. Er hat mich für eine Stelle an der University of Toronto vorgeschlagen. Als Dozent für Musik und irische Sprache in der Abteilung für Keltische Studien.«

»Toronto? Du meinst *Kanada?*«

Sie wusste sofort, worauf das hinauslief. Kein Wunder. Denn sie lebten zwar in Irland, wo sie auch geboren worden war, aber Gabriel war Kanadier. Er brachte das Thema einer möglichen Rückkehr immer mal wieder auf den Tisch, wobei es bisher jedoch bei der vagen Idee geblieben war. Sie fühlten sich in Bray zu Hause und die niedrige Miete für ihr Haus bot eine gewisse Sicherheit bei den unregelmäßigen Einkünften eines Musikers. Es gab keinen Grund für einen Umzug.

»Es ist nicht nur die Stelle«, fuhr er fort. »Es geht auch um dich. Du wirst so schnell groß, und ich habe keinen Schimmer, wie ich damit umgehen soll. Denk nur an das Fiasko, als wir dir einen BH kaufen wollten, und …«

»Pa!!!«

»Siehst du? Wir können über so was noch nicht mal miteinander reden. Deine Tanten Dee und Yvonne dagegen werden wie große Schwestern für dich sein und dir bei allem zur Seite stehen. Und deine Großmutter auch.«

»Ich will nicht nach Kanada! Mein Zuhause ist hier!«

»Kanada ist genauso dein Zuhause. Meine Familie lebt dort.«

»Aber auch hier! Großtante Patsy und Onkel Sean. Alle Cousins und Cousinen. Du sagst dauernd, wir hätten zu viel Verwandtschaft! Das hier ist unsere Heimat! Wir sind Iren!«

»Ich bin in Kanada geboren«, beharrte er ruhig. »Und dort aufgewachsen. Ich bin Ire *und* Kanadier. Und das Gleiche gilt für dich.«

Gabriel spielte an seinem silbernen Ohrring herum. Dann strich er sich über den Kopf, den er gerade frisch rasiert hatte. Das waren typische Gesten, wenn er unter Anspannung stand. Er war fast dreißig, sah aber wesentlich jünger aus und benahm sich nur selten seinem Alter entsprechend. Dana behandelte ihn manchmal wie einen älteren Bruder. Sie mochte seine Musik, eine Verschmelzung von traditionellen irischen Songs mit Jazz und Folk, und ihre Freunde fanden ihn auch cool. Sie wussten beide, dass sein Status als Künstler und obendrein Ausländer das Stigma, arm und alleinerziehend zu sein, teilweise aufwog. Trotzdem hatte ihm Dana einmal gestanden, dass es ihr manchmal lieber wäre, er wäre normaler, so wie der Vater ihrer besten Freundin, der in einer Bank arbeitete. Gabriel besaß nicht einmal einen Anzug.

»Ich möchte zurück nach Kanada«, sagte er. »Ich war nicht mehr dort, seit … na, vor deiner Geburt. Zuerst wird es schwer für dich sein, ich weiß, aber dann wirst du es ganz toll finden. Kanada ist ein großartiges Land.«

Sein ruhiger Ton sagte ihr, dass seine Entscheidung bereits getroffen war. Sie starrte ihn sprachlos an. Wäre sie ein Mädchen gewesen, das schnell weinte, wäre sie jetzt in Tränen ausgebrochen. Stattdessen knirschte sie nur mit den Zähnen und spuckte ihren Protest förmlich aus.

»Du hast mich nicht einmal gefragt! Wir haben nicht mal darüber geredet! Als wäre ich überhaupt nicht davon betroffen! Du bist nichts als ein … ein Diktator! *Ich hasse dich!*«

Damit sprang sie vom Tisch auf und stürmte ins Haus.

Kurz darauf hörte er, wie ihre Zimmertür zugeknallt wurde.

Gabriel starrte auf die übrig gebliebenen Himbeeren, die auf dem Boden der Schüssel in ihrem roten Saft schwammen. Die kommenden Tage würden der reinste Albtraum werden. Er wusste genau, was auf ihn zukam – Streitereien, Wutanfälle, beleidigtes Schweigen. Aber war das nicht letztlich der Grund für seine Entscheidung? Nicht ihre Launen oder ihr Trotz, sondern seine Unfähigkeit, damit fertigzuwerden. Seine eigenen Ängste und Schwächen. Es gab Zeiten, da wusste er einfach nicht, wie er sich verhalten sollte. Während er sich noch einigermaßen durchgeschlagen hatte, solange sie ein Kind war, hatte das vergangene Jahr ihm doch ziemlich zu denken gegeben. So etwas wie ein Handbuch für alleinerziehende Väter von Teenagern gab es leider nicht. Er brauchte Hilfe. Seine Mutter freute sich schon darauf, mehr von ihrer Enkelin zu sehen, und seine beiden jüngeren Schwestern waren praktisch selbst noch Jugendliche. Wenn es hart auf hart kam, konnten sie als Helfer einspringen.

Gabriel begann, den Tisch abzuräumen. Doch. Es war die richtige Entscheidung. Für sie beide. Jetzt musste er nur noch seine Tochter davon überzeugen.

Drei

Tief im Wald kroch das Etwas aus rotem Dunst zwischen den Bäumen hindurch. Eichhörnchen richteten sich wachsam in ihren Nestern auf. Das Zirpen der Insekten verstummte. Ein Fuchs blieb wie angewurzelt stehen, die Nase witternd in die Luft gereckt, das Fell gesträubt. Ein Kaninchen trommelte auf den Boden. Warnung. Gefahr. Alles erstarrte in Erwartung der Katastrophe.

Zuerst blieb der Dämon im modrigen Schatten des Unterholzes und mied das Licht, das seine Schmerzen verschlimmerte. Mit seiner unförmigen, unfertigen Gestalt suchte er instinktiv nach Lebendigem, um sich davon zu nähren, und verleibte sich alle Insekten ein, die seinen Weg kreuzten. Das Töten brachte Erleichterung. Sein Hunger, seine Gier nahm zu. Die Vogelmutter kreischte hilflos, als ihre Jungen verschlungen wurden. Der Hase versuchte, seinem Schicksal davonzulaufen, doch vergebens. Und der mächtige Hirsch mit seinem Geweih kämpfte wild und mutig, bevor auch er fiel.

Als die nebelhafte Form an Stärke gewann, verschmolzen Bruchstücke von Bildern und Erinnerungen zu Gedanken.

Er hatte eine Mission.

Ein Ziel, das er zerstören musste.

Was? Oder wen?

Er wusste, dass er nicht an diesen Ort gehörte, doch er war schon *einmal hier gewesen. Vor dem Feuerblitz, der seinen Verstand verwüstet hatte.*

So vieles war verloren gegangen. So vieles, an das er sich erinnern musste! Und noch während er nach Erkenntnis tastete, spürte er die beiden Welten, die um ihn herum existierten und mit den verschiedenartigsten Wesen bevölkert waren. Die eine Welt war körperlich und sichtbar, die andere von einem andersartigen Gewebe; sie schlug sachte gegen die erste Welt wie Wellen ans Ufer. In welcher dieser beiden Welten würde er seine Beute finden?

Und wie sollte er in seinem verkrüppelten Zustand seine Mission erfüllen?

Er musste wachsen, lernen, verstehen.

Als er durch die Abenddämmerung schlich, geschirmt vom Baldachin der Bäume, kam er zu einer Lichtung, auf der ein Lagerfeuer brannte. Die Wärme und die Helligkeit der Flammen stießen ihn ab, aber er floh nicht. Sogleich spürte er hier eine verwandte Seele. Eingehüllt in Düsternis beobachtete er und wartete und grübelte über den Anblick nach.

Eine Gruppe tapferer Gefährten saß redend und lachend beieinander. Trinkbecher machten die Runde, dazu Teller mit Käse und Haferbrot. Der Anführer war ein kräftiger Mann mit einem wettergegerbten Gesicht und einem herzlichen Lachen. In ihm brannte eine Flamme, so hell wie das Lagerfeuer.

Der Feuerschein flackerte über seine Züge, da stellte er seinen Kameraden eine Frage.

»Was ist das schönste Geräusch auf der Welt?«

Sie bedachten die jeweilige Antwort mit Gejohle.

»Das Rufen des Kuckucks von einem hohen Baum.«

»Das überraschende Lied einer Lerche über einem Feld.«

»Das Röhren des Hirsches über einen See hinweg.«

»Das Lachen eines hübschen Mädchens.«

»Das Wispern der Lippen einer Geliebten.«

»Was ist für dich *das schönste Geräusch auf der Welt?«, fragten sie ihr Oberhaupt dann.*

Er gab ein brüllendes Lachen von sich.

»Der Klang der Ereignisse. Das ist das herrlichste Geräusch, das man hören kann.«

Ihr Frohsinn war schwer zu ertragen, trotzdem fühlte sich der Dämon zu der Runde hingezogen. Denn es war einer darunter, der ihm nicht unähnlich war. Doch er musste vorsichtig sein. Der Anführer argwöhnte bereits seine Gegenwart und ließ stirnrunzelnd den Blick über den Lagerplatz wandern. Eine der Frauen erschauerte. Das Oberhaupt stand auf und bedeutete mit seiner rechten Hand, die Umgebung abzusuchen.

Zu spät.

Er strich bereits unter ihnen umher, versteckt in den Schatten, die sie warfen.

VIER

Eine Meeresbrise wehte durch die offenen Fenster herein und spendete ein wenig Kühle im stickigen Inneren des alten Triumph Herald. Bei einem Wagen Baujahr 1960 konnte man keine Klimaanlage erwarten. Danas Oberschenkel klebten an dem schwitzigen Ledersitz fest, aber sie beklagte sich nicht. Sie war in diesem alten Auto groß geworden: Nickerchen auf dem Rücksitz auf langen Überlandfahrten, Picknicks am Straßenrand im Regen, Fahrten mit der Fähre in die Bretagne und zu den äußeren Hebriden, wo Gabriel bei keltischen Folkfestivals spielte.

Sie warf ihrem Vater einen zornigen Blick zu. Auch das würde ein Ende haben! Als der erste Schock über seine Ankündigung nachgelassen hatte, war ihr erst so richtig bewusst geworden, was das bedeutete. Was sie alles verlieren würde. Ihre beste Freundin. Ihre Fußballgang. Ihre Straße. Ihr gewohntes Leben.

»Sobald du dort mit der Schule anfängst, wirst du neue Freunde finden«, hatte Gabriel an diesem Morgen gesagt, um sie aufzuheitern.

»Das wird kein Ersatz sein! Nichts kann einen solchen Verlust ersetzen. Das weißt du genau!«

Kaum war es heraus, tat es ihr auch schon leid. Er machte ein Gesicht, als hätte sie ihn geschlagen.

»Ach, Gabe … Pa … das wollte ich nicht …«

Er war aufgestanden, um Teewasser aufzusetzen. Als sie seine hängenden Schultern sah, gab es ihr einen Stich. Er war sensibler als sie und verletzlicher.

Schweigend hatten sie weitergefrühstückt. Der trockene Toast blieb ihr in der Kehle stecken und sie begann zu husten. Er reichte ihr ein Glas Orangensaft und klopfte ihr auf den Rücken. Sie lächelte ihn durch die Tränen hindurch, die ihr der Hustenreiz in die Augen trieb, entschuldigend an. Er lächelte zurück.

»Lass uns heute in die Schlucht fahren«, hatte er vorgeschlagen. »Ich muss mit den Jungs reden. Vielleicht könntest du dir ja ein Baumhaus angucken?«

Das war ein Friedensangebot, beinahe eine Bestechung. Bisher hatte er sich nämlich immer geweigert, sie in die Nähe der Baumhäuser zu lassen, die die Ökoaktivisten im Glen of the Downs gebaut hatten. Seit der Widerstand der Umweltschützer zu Beginn des Sommers Gestalt angenommen hatte, hatte sie ihn angebettelt, zu einem der Häuser hinaufklettern zu dürfen.

Es war eine alte Geschichte, und sie trug sich in einem alten Land zu, das sich jäh verändert hatte und reich geworden war. Der wirtschaftliche Fortschritt wütete. Grüne Wiesen wurden unter Beton und Teer erstickt, kleine Dörfer von sich ausdehnenden Städten verschlungen. Gewundene, mit Hecken gesäumte Sträßchen verschwanden in neuen Geflechten aus Kreiseln und Autobahnen. Obwohl das Glen of the Downs ein ausgewiesenes Naturschutzgebiet war, hatte die Regierung die Verbreiterung der Straße, die mitten hindurchführte, genehmigt. Ganze Wälder sollten gefällt werden, um Platz für eine vierspurige Fernstraße zu machen. Ökoaktivisten aus aller Welt waren angereist und hatten sich den Protestaktionen der irischen Umweltschützer angeschlossen. Sie hatten ihr Lager in den bedrohten Waldabschnitten aufgeschlagen und alle Arbeiten zum Erliegen gebracht, indem sie in Zelten auf dem Boden oder in luftigen Baumhäusern kampierten.

Gabriel bremste ab, als der gesprenkelte Gipfel des Sugar Loaf Mountain vor ihnen aufragte. Hinter dem Berg begann die Straße sich durch das Glen of the Downs zu schlängeln, die tiefe Schlucht, die ein urzeitlicher Gletscher gegraben hatte. Zu beiden Seiten der Fahrbahn ragten bewaldete Hänge über hundert Meter hoch in den Himmel. Rechts, oberhalb der Baumgrenze, zierte eine alte Steinmauer den Grat wie eine zerbrochene Krone. Darauf prangte in grob gemalten, großen weißen Lettern der Aufruf: WER KÄMPFT FÜR DIE SCHLUCHT?

Gabriel bog nach links auf den Parkplatz ein und stellte den Wagen unter einem zwischen zwei Bäume gespannten Banner ab. KEINE AUTOBAHN HIER! Dana sprang sofort heraus. Sie waren schon mitten im Wald, umringt von hohen Buchen, Birken und Eichen. Nur ein paar Meter hinter ihnen verlief die Straße, verborgen von dichtem Grün. Das Rauschen der vorbeijagenden Autos vermischte sich mit dem Seufzen des Windes in den Bäumen. Unten wucherten üppig Brennnesseln und purpurner Fingerhut. Eine Weile vorher hatte es geregnet und ein satter Geruch nach Lehm hing in der Luft

Dana liebte die Schlucht. Sie war schon oft mit Gabriel hier wandern gegangen. Als die Proteste begonnen hatten, hatten sie sich ihnen sofort angeschlossen und mit Unterschriftenlisten, Lebensmitteln und Geldsammeln geholfen. Obwohl viele Einheimische die Ökoaktivisten als Hippies und Unruhestifter ansahen, gab es in den umliegenden Gemeinden doch auch eine breite Unterstützung für »die Baumleute«.

GIVE TREES A CHANCE.

DIE ERDE GEHÖRT UNS NICHT.
WIR GEHÖREN DER ERDE.

IN DER WILDNIS LIEGT DIE RETTUNG.

DER TOD DES WALDES IST
DER ANFANG VOM ENDE UNSERER WELT.

Die Transparente und Schilder waren überall und hingen wie überdimensionale Weidenkätzchen von den Bäumen. Dana rannte an ihnen vorbei auf die Lichtung, wo die Ökokrieger ihr Hauptquartier errichtet hatten. Der Platz war von Schottischen Kiefern umringt, und auf dem Boden lag ein Teppich aus braunen Nadeln und Zapfen, der unter ihren Füßen knisterte. Hier versammelten sich die Umweltschützer zu Besprechungen und Mahlzeiten ums Lagerfeuer oder saßen einfach beieinander, wenn sie keinen Dienst hatten. Obwohl bereits eine Klage lief, um sie zu vertreiben, nutzten sie die Zeit, um noch mehr Unterstützer für ihre Sache zu werben.

Nach wochenlangem Campen und Schlafen im Freien sahen die Aktivisten ein bisschen wild und verwahrlost aus. Mit schlammverkrusteten Stiefeln und schmutzigen Kleidern, strähnigen Haaren und unrasierten Gesichtern hockten sie auf alten Stühlen und einem durchgesessenen Sofa am Feuer. Für Dana waren sie eine Gruppe von Gesetzlosen, so wie Robin Hood und seine Gesellen. Big Bob war ihr Anführer, ein breitschultriger Bär von einem Mann mit lachenden Augen und einer dröhnenden Stimme. Seine Haare waren sandfarben und ebenso sein Bart, und er trug eine verwaschene Arbeitshose, die er sich in die Stiefel gestopft hatte. Seinen Biohof in der County Monaghan hatte er seiner Frau und seinen erwachsenen Kindern anvertraut, um die Protestaktionen zu leiten.

»Man muss dem Ruf folgen, wenn man gebraucht wird«, pflegte er zu sagen.

Sobald er Dana sah, lief er auf sie zu und umarmte sie stürmisch. »Wie geht es der jüngsten Ökokriegerin Irlands?«, röhrte er.

»Immer bereit, für die gerechte Sache zu kämpfen!«, antwortete sie wie jedes Mal.

»Das ist mein Mädchen! Hast du einen Barkeeperwitz für mich?«

»Ja!«, rief sie glücklich. Sie hatte sich den Witz extra aufgespart. »Kommen ein Priester, ein Rabbi, ein Pfarrer, eine Blondine und ein Hund in eine Bar. ›Was soll das denn werden?‹, fragt der Barmann. ›Ein Witz?‹«

Big Bob lachte dröhnend und schlug ihr anerkennend auf den Rücken. »Großartig!«

Die anderen machten Platz für sie am Feuer. Ein geschwärzter Kessel stand in den Flammen, in dem Teewasser brodelte. Angeschlagene Becher und Tassen wurden herumgereicht. Alle rochen nach Holzfeuer. Obwohl gelegentliche

Windstöße ihnen den Qualm ins Gesicht trieben, rührte sich niemand. Sie saßen da wie Geister im Nebel.

Dana lächelte zu Billie hinüber, einer englischen Rucksackreisenden mit Piercings in Ohren, Nase, Lippen und Augenbrauen. Eine tätowierte blaue Schlange wand sich ihren Arm hinauf. Neben ihr saß Murta, Big Bobs rechte Hand und Stellvertreter, ein drahtiger Mann, der Selbstgedrehte rauchte und ständig das Handy am Ohr hatte. Mehrere Neuankömmlinge stellten sich ihr vor, doch erst nach einer Weile bemerkte sie einen weiteren Fremden, der, an eine alte Eiche gelehnt, etwas abseits im Schatten der Bäume stand. Er trug einen schwarzen Hut mit breiter Krempe und hatte sich grünes Laub ins Hutband gesteckt. Jacke, Jeans und T-Shirt waren ebenfalls schwarz. Er gesellte sich nicht zu ihnen, schien den Kreis aber unter seinem Hut hervor zu beobachten. Die anderen beachteten ihn nicht, nur Dana spähte immer wieder in seine Richtung. Irgendetwas an ihm beunruhigte sic.

Das Gespräch am Lagerfeuer drehte sich um die illegalen Müllkippen in den Wicklow Mountains.

»Tonnenweise Giftmüll«, sagte Billy kopfschüttelnd, »der den Boden und das Grundwasser verunreinigt.«

»Es geht dabei nicht mehr nur um politische oder wirtschaftliche Überzeugungen«, erklärte Big Bob aufgebracht. »Die ökologische Krise ist inzwischen eine moralische Frage. Wir haben hier einen Kampf zwischen dem, was gut für unseren Planeten ist, und dem, was schlecht ist!«

Dana hörte eine Weile zu, aber als sie auf einstweilige Verfügungen und andere juristische Mittel zu sprechen kamen, verlor sie das Interesse. Ohne die Ablenkung durch die anderen wurde sie wieder auf ihre eigenen düsteren Gedanken an den bevorstehenden Umzug zurückgeworfen.

Big Bob merkte, dass sie etwas bedrückte. »Wie der Barkeeper zu dem Pferd sagte: ›Warum das lange Gesicht, Kumpel?‹ Macht dir dein Pa das Leben schwer? Soll ich ihm eins auf die Löffel geben?«

Gabriel bedeutete ihm, sich rauszuhalten, aber zu spät. Dana witterte einen Verbündeten.

»Wir sollen weg von hier! Nach Kanada!«

Big Bob fiel aus allen Wolken. »Ihr wollt uns doch nicht verlassen, Gabe? Wann? Warum?«

Gabriel zuckte die Achseln. »Man hat mir einen Job angeboten. Er ist zu gut bezahlt, um ihn abzulehnen. Und ich finde, es wird langsam Zeit. Zeit wegzugehen. Zeit loszulassen ...«

Er stockte und starrte in die Flammen.

Seine Freunde wechselten Blicke miteinander. Billie stand auf, um eine Schachtel Schokoladenkekse herumzureichen. Murta kochte noch eine Kanne Tee.

Dann verlegte sich die Unterhaltung auf neue Möglichkeiten, Geld für die Aktionen aufzutreiben.

Dana wurde schwer ums Herz, als ihre Hoffnung auf Unterstützung dahinschwand. Stellte sich denn niemand auf ihre Seite? War sie völlig allein? Sie stieß einen Seufzer aus und scharrte mit den Füßen im Boden herum. Zu allem Übel war auch noch die Kekspackung leer, als sie bei ihr ankam.

Billie bemerkte, wie sie trübsinnig darauf starrte. »In der Höhle sind noch mehr. Bedien dich ruhig.«

Das ließ Dana sich nicht zweimal sagen. Sie fand es toll, in dem mit Schindeln verkleideten Schuppen herumzustöbern, in dem die Vorräte aufbewahrt wurden. Der höhlenartige Bau stand ein Stück weiter hinten in einer Baumgruppe und beherbergte deckenhohe Holzregale, auf denen dicht an dicht Lebensmittel, Bücher, Planen und Schlafsäcke lagerten. Regenzeug hing an Haken, alte Schränke waren mit Küchenutensilien, Konservendosen und säckeweise Reis und Kartoffeln vollgestopft. Dana kramte gerade in den Lebensmitteln herum, als ein Windstoß die Hütte durchrüttelte. Alles klapperte und wackelte, aber nichts fiel von den Regalen, bis auf ein Päckchen Schokoladenkekse, das direkt vor ihren Füßen landete.

»Hey! Super!«

Als sie sich bückte, um es aufzuheben, merkte sie, dass sie nicht mehr allein war. Dort stand der Mann mit dem breitkrempigen Hut. Sie hatte ihn nicht hereinkommen hören. Eine seltsame Nervosität überfiel sie. Der Mann hatte etwas an sich, was sie nicht verstand. War er jung oder alt? Sie konnte es nicht sagen. Sein Gesicht war auffällig bleich, aber gut aussehend. Das rotblonde Haar hatte er zu einem Pferdeschwanz zurückgebunden, der ihm über die Schulter hing. Doch es waren vor allem seine Augen, die sie bemerkenswert fand: blauer als jedes Blau, das sie je gesehen hatte.

Schüchtern hielt sie ihm die Keksschachtel hin, aber er lehnte lächelnd ab.

»Folge dem grünen Pfad.«

Obwohl er leise sprach, klang seine Stimme volltönend. Sie fühlte sich an Gabriels Schwarzholzflöte erinnert.

»Wie bitte?«, sagte sie.

Er führte eine Hand an den Hut. Zuerst dachte sie schon, er wolle salutieren, aber er pflückte ein grünes Blatt aus dem Band und gab es ihr. Eine Fahrkarte? Eine Einladung?

»Meine Herrin erwartet dich.«

Wieder sprach er leise, doch es war unverkennbar ein Befehl. Sie wollte Fragen stellen, aber er gab ihr keine Gelegenheit dazu. Tippte sich zum Abschied nur kurz an den Hut und verschwand wieder im Wald.

»Halt, warte!«, rief sie ihm nach.

Ein neuer Windstoß fuhr in die Bäume. Der Mann war fort.

»Seltsamer Typ«, murmelte sie.

Andererseits war keiner von den Ökoaktivisten das, was man normal nennen würde. Sie waren allesamt »seltsame bunte Vögel«, wie Gabe gern sagte. Im Grunde traf das auf die meisten seiner Freunde zu.

Dana stopfte das Blatt in die Hosentasche und kehrte zum Lagerfeuer zurück. Wieder wurde Tee aufgebrüht. Wieder wurden Pläne geschmiedet. Sie stöhnte. Sie würden den ganzen Tag hierbleiben. Ein langsamer Tod durch Langeweile.

»Pa, wann kann ich die Baumhäuser sehen?«

Bevor ihr Vater antworten konnte, tat es Big Bob. »Lass sie ruhig gehen, Gabe. Hier kann ihr nichts passieren. Wir sind doch überall, wie Schutzengel.«

»Also schön«, stimmte Gabriel zu. »Aber du gehst nicht in die Nähe der Straße. Und du kletterst keine Bäume hinauf. Du kannst dir die Häuser von unten ansehen und ich gehe später mit dir rauf. Nach dem Mittagessen. Und ruf mich, wenn du mich brauchst. Und …«

»Aye, aye, Käpten«, sagte Dana schnell und lief davon, ehe er sich noch mehr Vorschriften ausdenken konnte.

Big Bob grinste, als Dana zwischen den Bäumen verschwand. »Sie wird langsam groß. Entwickelt sich zur Frau.«

»Wem sagst du das?« Gabriel seufzte. »Das ist einer der Gründe, warum ich zurück nach Hause will. Sie kann manchmal ganz schön schwierig sein.«

»Zwölf ist ein heikles Alter«, erwiderte Big Bob und nickte mitfühlend. »Halb Kind, halb Teenager. Nicht Fisch, nicht Fleisch. Ich bin froh, dass meine damit durch sind.«

»Sie braucht eine Mutter«, murmelte Gabriel.

»Ja«, sagte sein Freund sanft und legte ihm eine Hand auf die Schulter.

FÜNF

Der Riese schwamm durch Schichten von Legenden und Erinnerungen, klammerte sich an Fragmente aus Worten und Bildern. Waren es Teile einer wahren Geschichte, seiner Geschichte? Oder waren es Splitter des Zaubers, der ihn gefangen hielt?

Imdha toir torudh abla,
Imdha airne cen cesa,
Imdha dairbre ardmhesa.

Im Überfluss Äpfel im Osten,
Im Überfluss glänzende Schlehen,
Im Überfluss noble, Früchte tragende Eichen.

Fado, fado.

Es war einmal vor langer, langer Zeit …

… ein Königreich in den Bergen, das sich wie eine Kette um den blauen Schlund des Meeres schmiegte. Es gab dort dunkle Wälder und windumtoste Gipfel, sonnige Schluchten und rauschende

Flüsse. Die Seen und Bäche waren voll von Forellen und Silberlachsen. In den Bäumen erklangen die Lieder bunt gefiederter Vögel.

Der König der Berge, der König des Waldes, war hochgewachsen und breitschultrig, von vornehmer Sprache und noblem Gebaren. Ihm lag nichts an Kriegen und Schlachten. Seine größte Freude war es, in der Gesellschaft wilder Geschöpfe, groß und klein, durch die Hügel zu streifen. Am hellen Tag hallte sein Lachen wie Sommerdonner über das Hochland. Im Schatten des Abends schwamm er in kühlen Gewässern unter dem Mond. Oh, wie friedlich war seine Welt! Wie grün waren die Täler! Wie süß die Luft und wie klar das Wasser!

Und wenn der Frühling den weißen Frost des Winters taute und alles Lebendige vor Glückseligkeit überschäumte, fing das Volk des Bergkönigs an, ihm zuzusetzen.

»Willst du nicht heiraten?«, zirpten die Vögel.

»Willst du dir keine Braut suchen?«, summten die Bienen.

Diese Frage stellten sie immer und seine Antwort darauf schwankte nie.

»Ich warte.«

Dann verstummte er und blickte hinauf in den sternschimmernden Himmel, und Hoffnung trübte seine Augen, bis er fast blind war.

Sechs

Dana rannte den Waldpfad entlang, duckte sich unter überhängenden Ästen hindurch und sprang über Wurzeln und Steine. Rechts von ihr säumte ein gurgelnder Bach die Straße, halb verborgen hinter Haselnusssträuchern und Eschen. Links stieg der Hang steil an, bewachsen mit Bäumen und dichtem Farnkraut. Der Ruf einer Waldtaube hallte über die Wipfel. Der intensive Duft von wildem Knoblauch hing in der Luft. Dana blieb kurz stehen und las mit finsterem Blick, was in den silbergrauen Stamm einer Birke eingeritzt war. Wie würde es den Menschen wohl gefallen, wenn die Bäume ihre Namen in *ihre* Haut ritzten? *Eiche liebt Stechpalme. Eberesche war hier.* Als sie die Hand auf die Narben legte, schreckte sie einen Baumläufer auf. Der winzige Vogel huschte den Stamm hinauf wie eine kleine braune Maus, aber nicht bevor er laut zirpend seine Verärgerung kundgetan hatte.

»Tut mir leid«, rief sie ihm leise nach. »Hab dich nicht gesehen!«

Dana verließ den Pfad und stieg den Hang hinauf, bahnte sich einen Weg durch das Farngestrüpp und mied die Stellen, an denen Stechpalmen und Dornensträucher wuchsen.

Das grüne Zelt sah sie erst, als sie schon fast drüberstolperte. Ein leises Schnarchen kam aus dem Innern; irgendjemand holte seinen Schlaf nach einer Nachtwache nach. Sie suchte das Geäst über ihr ab. Wie das Zelt konnten auch die Baumhäuser gut getarnt sein; vielleicht übersah sie gerade eines.

Als sie weiterging, hörte sie auf einmal einen Zweig hinter sich knacken.

»Hallo?«, sagte sie und sah sich um.

Folgte ihr etwa jemand? Der seltsame Mann vom Camp? Vielleicht war es nur ein Tier. Man sah sie selten bei Tag, aber es lebten Füchse und Dachse in der Schlucht. Der Wald wirkte plötzlich bedrohlich und sie fühlte sich beobachtet. Sie fröstelte. Einen Augenblick überlegte sie zurückzugehen. *Sei nicht dumm. Es gibt nichts, wovor du Angst haben müsstest.*

Als sie weiter den Hang hinaufstieg, entdeckte sie eine Strickleiter, die von einer hohen Buche herabhing. Sie reckte den Hals und erspähte das Baumhaus, das wie ein großer zerzauster Vogel im Gezweig hockte. Es war aus Holzbrettern gebaut und mit blauen, wasserfesten Plastikplanen bedeckt, die im leichten Wind raschelten.

»Jemand zu Hause?«, rief sie.

Keine Antwort.

Sie zögerte nicht länger. Neben der Leiter baumelte ein Sicherungsseil. Sie knotete sich das Seil um die Taille und stieg hinauf. Wenn sie nach unten sah, wurde ihr schwindelig, aber sie war zugleich froh und stolz. Noch nie war sie so hoch oben gewesen.

Als sie das Baumhaus endlich erreicht hatte, stellte sie fest, dass es primitiv und ziemlich schäbig war. Zwei muffige Schlafsäcke lagen auf feuchten Teppichstücken, außerdem Bücher und Papiere und ein paar Kerzen in Konservengläsern. Trotzdem war es aufregend, hier oben zu sein. Sobald der Wind auffrischte, schwankte das Haus zusammen mit den Zweigen. Dana fiel ein Buch ein, aus dem ihr Vater ihr früher vorgelesen hatte: *»Der Baum, der sich hinsetzen wollte.«* Sie hatte sich immer gewünscht, einmal wie das Mädchen in der Geschichte in einer Hängematte zu schlafen, die ganz oben in den Baumwipfeln unter den Sternen gespannt war.

Sie blickte über das weite grüne Dach des Waldes. Unter ihr schlängelten sich die Straße und der Fluss durch die Landschaft. Das Rauschen des Verkehrs und des Wassers drang nur gedämpft herauf, wie das ständige Prasseln von Nieselregen. Rauch vom Lagerfeuer wehte in Fetzen durch die Bäume. Gabe würde einen Anfall bekommen, wenn er sie so sehen könnte!

Irgendetwas blitzte weiter oben am Hang auf. Einer der Aktivisten, der mit einem Spiegel Signale gab? Da war es wieder! Ein goldenes Schimmern. Kein Spiegel. Zu groß, zu strahlend. Als wäre die Sonne in einem Astgeflecht gefangen. Aber die Sonne stand hoch am Himmel. Dana hatte gerade beschlossen, der Sache auf den Grund zu gehen, als sie noch etwas anderes entdeckte, diesmal in ihrer Nähe. Irgendetwas oder irgendjemand bewegte sich zwischen den Bäumen hindurch. Sie konnte die Gestalt nicht erkennen, die gebeugt ging oder halb kroch, als wolle sie sich verstecken, und direkt auf sie zukam. Einer von den Baumhausbewohnern? Aber warum so heimlichtuerisch? Plötzlich hatte sie das ungute Gefühl, dass sie in Gefahr war.

In die Enge getrieben, reagierte sie panisch. Ohne nachzudenken, schwang sie sich auf die Leiter und vergaß, das Sicherungsseil zu befestigen. In ihrer Hast verlor sie das Gleichgewicht und glitt mit einem Fuß aus. Die Leiter schwang heftig hin und her. Die Welt drehte sich. Mit einem Aufschrei klammerte sie sich an die Sprossen, bis die Leiter zur Ruhe kam. Dann kletterte sie schnell hinunter.

Sie war gerade unten angekommen, als jemand aus dem Walddickicht hervorbrach. Murta, Big Bobs rechte Hand. Dana war sofort auf der Hut. Der Typ war ihr schon immer unheimlich gewesen; allein schon die Art, wie er ihr auf die Brüste glotzte, wenn niemand hinsah. Das Camp schien plötzlich sehr weit weg zu sein. Gabes ewige Verhaltensregeln schossen ihr durch den Kopf. *Steh fest und aufrecht. Sieh dem Kerl direkt in die Augen. Mach ihm klar, dass du dich wehren wirst. Das mögen sie nicht. Wenn du angegriffen wirst, ziel zwischen seine Beine. Oder in die Augen, wenn er ganz nah ist. Box ihn, tritt um dich, beiß zu, ganz egal. Brüll, so laut du kannst. Schrei am besten »Feuer«. Darauf reagieren die Leute.*

»Sucht mein Vater nach mir?«, fragte sie. »Ich bin schon auf dem Rückweg.«

»Nein, nein«, antwortete Murta, während er sich nervös die Lippen leckte. Er lächelte bemüht. »Ich dachte mir, dass du dir bestimmt gern ein Baumhaus ansehen würdest. Vielleicht das hier?«

»Ich hab's mir gerade angeguckt«, sagte sie kalt. *Als ob ich mit dir irgendwo hingehen würde.*

»Es gibt noch andere, die du besichtigen könntest«, meinte er und kam näher.

Sie wich instinktiv zurück und stieß gegen den Baum hinter ihr. Murta erschien ihr riesenhaft, versperrte ihr den Weg. Dauernd musste sie auf seine Finger starren, die gelbfleckig vom Nikotin waren.

Dann hörte sie es, von weit oben. Eine Melodie, so schön, dass sie ihr die Tränen in die Augen trieb.

»Gabe?«

Es klang wie seine Flöte, die silberne. Erleichterung durchströmte sie. Er übte gern im Wald.

Murta sah sich hastig um. Seine veränderte Miene versetzte ihr einen Schock: Hass loderte darin.

Ihr blieb keine Zeit, sich den Kopf darüber zu zerbrechen. Sobald er abgelenkt war, rannte Dana los.

Sie lief zum Lager, verlor jedoch in ihrer Angst die Orientierung. Hinter sich konnte sie Murta durchs Unterholz krachen hören. Er atmete schwer. Raucherlunge. Sie kraxelte höher den Hang hinauf, um es anstrengender für ihn zu machen.

Dabei tanzten ständig die silbrigen Klänge durch die Luft und zogen sie weiter.

Der Pfad wurde zunehmend trügerisch. Sie musste gegen hohes Farnkraut kämpfen und der Geruch von vermodernden Pflanzen war erstickend. Sie konnte es sich nicht erlauben, um Dornensträucher oder Brennnesseln herumzulaufen, sodass sie sich die Haut zerkratzte und verbrannte. Obendrein hatte sie keine Ahnung, wo sie war. Dann kam ein Windstoß den Berghang heruntergefahren und ließ die Blätter auf dem Boden auffliegen. Verblüfft sah sie kleine Gesichter in dem Wirbel: schmale Augen und breite Münder und braune runzlige Haut. Sie blinzelte. Die Gesichter waren fort.

Die Erscheinung hatte sie innehalten lassen. Die Musik war ebenfalls verstummt.

Sie stand fast auf dem Kamm der Anhöhe, im abgelegensten Winkel der Schlucht. Vor ihr ragte eine gewaltige Eiche auf, so groß, wie sie noch nie eine gesehen hatte. An ihrem Stamm hing eine Leiter aus geflochtenem Efeu und unglaublich weit oben erkannte sie ein Baumhaus. Selbst aus dieser Entfernung sah sie, dass es sich sehr von den anderen im Wald unterschied. Dieses hatte eine natürliche, anmutige Gestalt, als wüchse es geradezu aus dem Baum heraus.

Es kribbelte sie am ganzen Körper. Sie konnte kaum atmen. Sie wollte unbedingt dort rauf. Angst und Wagemut rangen in ihr. Konnte sie so hoch klettern? Und wenn Murta sie dort erwischte? Sie hörte keinen Verfolger hinter sich, nur das sanfte Wispern im Laub über ihr.

Folge dem grünen Pfad.

Dana packte die Leiter und stieg hinauf, bevor sie es sich anders überlegen konnte. Eichenlaub streifte sie, während sie höher und höher kletterte. Obwohl sie versuchte, nicht nach unten zu blicken, sah sie doch, wie das Tal sich immer mehr entfaltete. Das Walddach erinnerte an ein Feld voll Krauskohl. In der Ferne, weiter östlich, wellte sich der glatte Rasen eines Golfplatzes und dahinter schimmerte blau die Irische See. Ihr war leicht schwindelig, und ihre Hände zitterten, als sie nach der nächsten Sprosse griff. Ein Sicherungsseil gab es nicht. Sollte sie nicht lieber umkehren?

Sie kletterte weiter.

Endlich erreichte sie die Krone und fand dort das hübscheste Baumhaus vor, das man sich vorstellen konnte. Schlanke Äste waren zu einer grünen Kuppel geflochten, die jemand mit Primeln, Glockenblumen und weißem und rosa Fingerhut geschmückt hatte. Öffnungen wie große, runde Augen bildeten die Fenster. Ein natürlicher Astbogen diente als Tür. Dana duckte sich und trat ein. Das Innere war von sanftem grünem Licht durchflutet und es duftete nach Wildblumen. Das ganze Gebilde schaukelte sanft wie ein Boot auf den Wellen.

Zauberhaft.

Aber nicht zauberhafter als die Person, die in dem Baumhaus wartete.

Neben einem niedrigen Holztischchen saß eine junge Frau von atemberaubender Schönheit aufrecht im Schneidersitz. Ihr Kleid war aus grüner, mit Silberfäden durchwirkter Seide. Weiße Blüten steckten in ihren langen blonden Haaren. Ihre Haut hatte einen leichten Goldschimmer.

War sie ein Hippie, fragte Dana sich, so eine englische Tramperin wie Billie? Aber das Etikett passte nicht. Sie hatte etwas zu … Majestätisches an sich. Eine exzentrische Aristokratin vielleicht? Es gab jede Menge davon in der Protestbewegung. Einige wohnten in dem großen Haus über der Schlucht. Dana wurde sich plötzlich schamhaft ihres Aussehens bewusst. Ihre Kleider waren dreckig vom Erklimmen des Hangs und sie hatte überall Kratzer. Mit einer gemurmelten Entschuldigung trat sie den Rückzug an.

Die vornehme junge Frau lächelte. *»Fáilte romhat«,* sagte sie und winkte Dana heran. »Ich heiße dich in meinem Waldtempel willkommen.«

Ihre Stimme war melodisch und glockenhell.

Kein Hippie, befand Dana, aber definitiv exzentrisch. Sowohl Irisch als auch Englisch klangen seltsam aus ihrem Mund.

Mit der gleichen atemlosen Aufregung, mit der sie den Baum hinaufgeklettert war, ließ Dana sich auf einer Matte aus weichem Moos nieder.

»Iss und trink mit mir«, forderte die Frau sie auf.

Ein kleines Festmahl war auf schönem Kristallgeschirr

angerichtet. Es gab Schalen voller saftiger Waldbeeren und gerösteter Haselnüsse, hohe Gläser mit einem dunkelroten Wein und feine Kümmelkuchen, von denen Honig tropfte.

Kaum hatte Dana davon gekostet, hatte sie Appetit auf mehr. Noch nie hatten Nüsse so voll und nussig geschmeckt und die Beeren zergingen mit einer säuerlichen Würze auf der Zunge. Die kleinen Honigkuchen dagegen schmeckten wie mit Zucker bestäubte Sonnenstrahlen. Sie wollte sich gerade noch einen Kuchen in den Mund stopfen, als sie plötzlich zögerte. Eine winzige Alarmglocke ertönte in ihrem Hinterkopf. Eine Warnung, besser nichts mehr zu essen? Sie ließ die Hand zurück in den Schoß fallen. Ihre Lider waren auf einmal bleischwer. Die Alarmglocke in ihrem Kopf läutete jetzt lauter und drängte sie, das Weite zu suchen, aber aus irgendeinem Grund widerstrebte ihr das.

»Wir bedürfen deiner Hilfe«, sagte die edle Dame.

Dana konnte nicht klar denken. Es kostete sie einige Mühe, etwas herauszubringen. »Mein Vater und ich … wir machen … er ist …«

Die Waldfrau schüttelte den Kopf. »Nur du allein, Liebes. Der *Ard Rí* braucht dich als Botin.«

»Der *Ard Rí*? Der Hochkönig? Was …?«

Der Blick der jungen Frau war ruhig. Wo hatte Dana schon einmal derart blaue Augen gesehen?

»Weißt du, wer wir sind?«, fragte sie nun.

Dana war verwirrt. Sie fühlte sich wie eingeschnürt und bekam kaum Luft. »Sind Sie nicht … eine von … den Baumleuten?«

Die Waldfrau nickte ernst. »Das ist einer unserer Namen: die Baumleute.«

Ein Schauder durchrieselte Dana. Sie spürte die größere,

magischere Bedeutung des Wortes, das offenbar nicht nur eine Bezeichnung für Waldschützer war.

»Ich gehöre zu den Baumleuten hinter den Baumleuten«, fuhr die Frau rätselhaft fort. »Wir inspirieren ihre Arbeit. Die Zerstörung des Waldes ist der Anfang vom Ende unserer Welt.«

Dana wurde von Minute zu Minute nervöser. Das war schon mehr als exzentrisch; es war unheimlich und irgendwie beängstigend. Waren da Drogen im Spiel? Sie wollte gehen, konnte sich jedoch nicht bewegen. War vielleicht doch etwas im Essen gewesen? Sie öffnete den Mund und wollte um Hilfe rufen, musste stattdessen jedoch gähnen. Ihre Augen fielen unaufhaltsam zu.

Die vornehme Dame, die sie genau beobachtete, wurde besorgt. »Du bist im Elfenrausch, Dana! Das darf nicht sein! Wach auf, wir brauchen dich!«

Dana wollte ihr gern den Gefallen tun, zumal sie ihr so leckere Sachen zu essen gegeben hatte, aber es war zu anstrengend. Ihre Lider hatten sich fest geschlossen, um das Unmögliche auszublenden, und sie trieb in den sicheren Hafen des Schlafes.

Die Waldfrau vergrub ihr Gesicht in den Händen. »Menschliche Sitten und Worte sind mir fremd geworden! Ich kann weder das Vertrauen dieses Mädchens gewinnen noch ihm eine Zusage abringen. Ich habe dem Sommerland gegenüber versagt!«

Die Tränen und Klagen weckten Dana nicht auf, wohl aber die plötzliche Verwandlung, die darauf folgte.

»Ach du Schande! Du bist ja nur ein Kind! Wie konnte ich dich bloß für diese gefährliche Mission anwerben? Das ist ja schlimmer als eine Entführung!«

Dana riss die Augen auf. Der nordamerikanische Akzent war wie eine kalte Dusche. Was war denn jetzt los? Sie rieb sich die Augen. Alles hatte sich verändert. Die Lady war zwar immer noch hübsch, hatte aber ihren *Glamour* verloren. Der goldene Schimmer war erloschen und die atemberaubenden blauen Augen waren jetzt grün wie unreife Haselnüsse. Ihre blonden Haare waren verfilzt und knotig und mit Gänseblümchen und Blättern übersät. Statt eines seidigen Gewands trug sie eine verwaschene Jeans und ein schmuddeliges T-Shirt. Sie sah genau wie ein Hippie aus und ein ziemlich zerlumpter obendrein.

Dana war sprachlos. »Wer bist du?«

»Ich … ich bin mir nicht sicher.« Ihre Stimme war der größte Schock. Anstelle des Silberglockenklangs hatte sie jetzt diesen Akzent, den Dana so gut kannte, denn ihr Vater sprach mit dem gleichen.

»Du bist ja noch nicht mal Irin!«

Das ältere Mädchen, selbst kaum mehr als ein Teenager, wirkte ebenso überrascht wie Dana. »Ich … ich war … ich weiß nicht … ich bin irgendwie neu hier … So etwas ist mir noch nie passiert!« Bestürzt musterte sie ihre Kleider. »Vielleicht war ich so in Panik, weil ich nicht zu dir durchdringen konnte, dass ich mich in mein früheres Ich verwandelt habe. Verstehst du, wir … das heißt *sie* … Also, du wirst wirklich gebraucht, Dana. Dringend. Etwas Böses hat sich ins Bergkönigreich eingeschlichen. Wir müssen dem Tánaiste eine Nachricht überbringen. Und nur über dich können wir ihn erreichen.«

»Tánaiste?« Danas Verwirrung wuchs. »Du meinst den stellvertretenden Premierminister?«

»Nein, ich meine nicht *euren* Tánaiste, sondern unseren.

Den Stellvertreter des Hochkönigs der Elfen. Er ist zugleich der König von Wicklow. Lugh vom Berg, Lugh vom Wald. Wir haben uns bisher nicht mit ihm in Verbindung setzen können. Seine Grenzen sind dicht und …«

»Ich weiß nicht, wovon du redest!« Dana sprang auf. Es war Zeit, von hier zu verschwinden. »Hör mal, ich kann dir nicht helfen. Und selbst wenn ich es könnte, warum sollte ich? Ich kenne dich nicht mal. Das alles geht mich nichts an.«

»Bitte, geh nicht fort!«, flehte die junge Frau. »Hör mich an!«

Dana zögerte. Obwohl das alles total absurd war, hatte sie auf einmal Mitleid mit ihr. Mit ihren zerlumpten Klamotten und ihrer flehenden Art wirkte sie wie ein heimatloser Streuner.

»Okay, raus mit der Sprache«, sagte Dana widerstrebend.

»Ich werde so ehrlich sein, wie ich kann«, sagte die andere, erleichtert und bange zugleich. »Aber ich scheine eine Menge vergessen zu haben. Vermutlich, weil ich mich rückverwandelt habe. Ich weiß nur eins: Du bist die Richtige für den Job. Die Einzige, die König Lugh erreichen kann. Und was die Frage betrifft, warum du es tun solltest …?«

In ihren Augen blitzte es schelmisch, und ihr Grinsen war so ansteckend, dass Dana nicht anders konnte, als zurückzulächeln.

»Also, wie wär's damit«, sagte sie verschwörerisch: »Wenn du etwas für sie tust … ich meine, für uns … dann sind wir dir etwas schuldig.«

Dana biss an. »Und was zum Beispiel?«

Das Mädchen zuckte die Achseln und kicherte. »Wir erfüllen dir deinen Herzenswunsch. Was es auch ist.«

Sieben

Wo war sie? Ein grünes Tal, überreich an Leben. Sie lächelte angesichts seiner Schönheit.

Die Vision dauerte nur einen Herzschlag lang.

Dann kamen sie.

Zuerst war es wie ein aufziehender Sturm am Horizont, ein finsteres, heranrollendes Gewitter. Dann, als sie herannahten, erkannte sie struppige Krähen mit zugenähten Augen. Sie schwärmten in die Schlucht und attackierten alles Lebendige, entwurzelten Pflanzen und entlaubten Bäume, rissen Tiere in Stücke, verschlangen Vögel und selbst die winzigsten Insekten. Die Stille des Gemetzels war beängstigender als laute Schreie. Roter Blutdunst vernebelte die Szene.

Und als die Dämonenvögel wieder verschwanden, war nichts mehr übrig.

Fahle Schatten legten sich über die Verwüstung. Die Erde lag kahl da, ohne einen einzigen Grashalm. Kein Vogel sang. Keine Kreatur regte sich. Ein übler Wind heulte über die Landschaft, heiß und trocken und erstickend staubig.

Sie spürte das Leiden des Landes. Es sickerte in ihren Körper und ließ ihre Seele welken. War dies Dún Eadóchais? *Die Festung der Verzweiflung? Oder war es* Dún Scáith? *Die Festung der Finsternis?*

Ein tiefes Grauen bemächtigte sich ihrer. Dann wurde sie des Bodens unter ihren bloßen Füßen gewahr. Tödlich kalt und ölig, schleimig, gab er viel zu leicht nach. Mit jedem Schritt sank sie tiefer ein. Generationen sind hier gegangen, sind gegangen, sind gegangen. *Mit wachsendem Entsetzen begriff sie, dass sie nicht auf feste Erde trat, sondern auf einen Pfuhl aus widerwärtigen Substanzen. Verpestete Luft stieg ihr in die Nase: der süße, ekelerregende Geruch von Fäulnis.*

Als der albtraumhafte Gedanke sie übermannte, passierte es auch schon. Sie merkte, wie sie in eine Grube sank. Der stinkende Schlamm gurgelte um sie herum und öffnete sich wie ein Maul, um sie gierig zu verschlingen. Sie kämpfte wie ein wildes Tier, drehte und wand sich heftig und krallte ihre Hände in die Falle.

Sie schrie um Hilfe.

Aber ihre Schreie fielen wie Steine in einen bodenlosen Brunnen.

Sie schrie wieder.

Und wieder.

Acht

»MAMA! MAMA!«

Dana erwachte schreiend. Wie immer schaltete sie auf ihren Vater um, als Gabriel ins Zimmer gestürzt kam.

»PA! PA!«

»Ich bin hier, Prinzessin. Es ist alles gut. Ich bin ja da.«

Er nahm sie fest in die Arme.

Sie war zu Tode erschrocken und zitterte. Dieser Albtraum hatte sie schon länger nicht mehr heimgesucht. Gabes schuldbewusste Miene sagte ihr, dass er glaubte, der Traum sei durch die Nachricht von ihrem Umzug nach Kanada ausgelöst worden. Sie selbst glaubte etwas anderes.

»Ich hätte das Festmahl nicht anrühren sollen«, murmelte sie.

»Welches Festmahl?«, fragte Gabriel, um Verständnis bemüht.

»In der Schlucht.«

Der Verdacht kam nicht von ungefähr. Sie war schließlich mit Geschichten aufgewachsen, in denen davor gewarnt wurde, Speisen oder Getränke von »dem anderen Volk« anzunehmen.

»Okay, die Tassen waren nicht die saubersten«, stimmte

Gabriel zu. »Aber wie deine Großmutter gerne sagt: ›Man muss einen Krümel Dreck essen, bevor man stirbt.‹«

»Igitt«, sagte Dana.

Aber sie ließ ihn in dem Glauben, dass sie von den Ökokriegern sprach. Sie hatte ihm nichts von der Frau im Wald erzählt und schon gar nichts von dem Pakt, den sie mit ihr geschlossen hatte. Für die Erfüllung eines Wunsches hatte Dana sich bereit erklärt, in die Berge zu gehen, um den König von Wicklow eine Nachricht zu überbringen. So etwas vertraute man einem Elternteil nicht unbedingt an.

»Wie wär's mit einem Mitternachtsimbiss?«, schlug sie vor.

Sie tapsten in Schlafanzügen die Treppe hinunter. Es war drei Uhr morgens, die übliche Zeit für Danas nächtliche Schreckenserlebnisse. Manche waren schlimmer als andere und die ganz schlimmen wurden stets mit heißem Kakao und einem Happen zu essen kuriert.

Ihr Reihenhäuschen war klein und schmal, oben befanden sich zwei Schlafzimmer, unten im Erdgeschoss Wohnzimmer, Küche und Bad. Das Wohnzimmer war Gabriels Arbeitsbereich und vollgestellt mit seinen Instrumenten, Verstärkern und dem Computer. Das Sofa und den Fernseher hatten sie in die Küche gezwängt, zusammen mit Bücherregalen, Haushaltsgeräten, Tisch und Stühlen. Wenn das Wetter es zuließ, aßen sie immer im Garten.

Dana goss Milch in einen kleinen Topf, während ihr Vater braunes Brot in den Toaster steckte und ihre Marmeladenauswahl hervorholte – alles selbst gekocht, Blaubeere, Schwarze Johannisbeere und Pflaume.

»Ist schon 'ne Weile her, seit du einen Albtraum hattest, hm?«, meinte er.

»Ja«, seufzte sie achselzuckend.

Sie beugte sich über den Herd, um den Topf im Auge zu behalten. Ihr Haar fiel ihr ins Gesicht und sie strich es zurück. Es war zerzaust, weil sie sich so viel im Bett herumgewälzt hatte, und ihre Augen fühlten sich geschwollen an. Die Gasflamme flackerte blau und orange. Die Milch begann zu köcheln. Sie prüfte mit dem Finger die Temperatur. Die letzten Spuren des Traums zogen durch ihren Kopf, aber sie dachte schnell an die Waldfrau und den versprochenen Wunsch.

»Hör mal, Dana«, tastete ihr Vater sich vor. Sie konnte die Zerknirschung in seiner Stimme hören. »Wir könnten vielleicht abmachen, es erst mal nur zu versuchen. Vielleicht für ein oder zwei Jahre? Wenn es nicht funktioniert … wenn du dort drüben unglücklich sein solltest … dann kommen wir zurück. Ich verspreche es.«

Ohne nachzudenken, platzte sie mit der Frage heraus, die ihr auf der Seele brannte. »Wenn wir nach Kanada ziehen, Gabe, wie soll sie uns dann finden?«

Das wirkte wie ein unvermuteter, heftiger Schlag. Er taumelte beinahe rückwärts. Als er endlich etwas sagte, stolperte er über seine Worte.

»Dana … Schatz … ich dachte … Wir haben das doch alles besprochen. Du weißt genau … *deine Mutter kommt nicht zurück.*«

Ihr Ausdruck wurde hart. »Das weißt du doch gar nicht! Die Dinge verändern sich. Alles Mögliche kann passieren!«

Er war sichtlich bestürzt. Es machte sie selbst fertig, darüber zu sprechen. Die Erinnerung an einen Stein lag ihr in der Magengrube. Seit Jahren hatte keiner von ihnen beiden mehr von ihrer Mutter gesprochen. Dana wusste noch genau, wann sie aufgehört hatte, nach ihr zu fragen. Es war an einem Muttertag und sie war sechs Jahre alt gewesen. Aus irgendeinem Grund hatte sie sich in den Kopf gesetzt: *Das ist der Tag, an dem verschwundene Mütter nach Hause kommen.* Ohne ihrem Vater eine Erklärung zu geben, hatte sie ein Bad genommen, ihr Sonntagskleid angezogen und ihre Haare gebürstet. War Gabe nervös gewesen an diesem Tag? Hatte er etwas vermutet? Sie konnte sich nur daran erinnern, auf der Treppe vorm Haus gesessen zu haben, stundenlang, und hoffnungsvoll die Straße rauf und runter geblickt zu haben. Als der Tag zu Ende ging, hatte es keine Tränen gegeben, aber ein Stein hatte sich in ihr festgesetzt, kalt und schwer. Immer, wenn Gabriel danach ihre Mutter erwähnt hatte, hatte sie den Kopf abgewandt. Schließlich hatte er endgültig aufgehört, das Thema anzusprechen. Was Dana betraf, existierte ihre Mutter nicht mehr.

Die Begegnung mit der Frau im Wald hatte alles verändert. Kaum hatte sie ihren Wunsch ausgesprochen, da war wieder Hoffnung in ihr aufgekeimt und hatte den Stein zerschmettert. *Ich werde sie endlich finden!*

Gabriel rang nach Worten, verhaspelte sich, aber sie erkannte den Tonfall wieder. Er redete wie zu der Zeit, als sie ihn noch angefleht hatte, nach ihrer Mutter zu suchen. *Sie muss sich verlaufen haben, Pa! Wie damals am Strand, als ich dich nicht finden konnte! Wir müssen sie suchen gehen!*

Es war nicht seine Art, ihr auszuweichen. Er sagte ihr stets die Wahrheit. Was konnte er sonst tun? »Du kennst die Geschichte, Mädchen. Aber ich werde sie dir gern immer wieder erzählen, solange du sie hören musst. Es begann vor langer Zeit, vor deiner Geburt. Deine Mutter und ich waren wahnsinnig verliebt, aber wir waren noch sehr jung. Eigentlich noch Kinder, kaum zwanzig. Viel zu jung jedenfalls, um zu heiraten. Wir mieteten ein altes Cottage im Glen of the Downs. Ein Jahr später kamst du zur Welt. Wir waren arm, aber glücklich. Deine Mutter hat Gemüse angebaut und Brot gebacken und so ziemlich alles selbst gemacht. Okay, wir waren Hippies. Ich habe in Pubs gespielt, hab ein paar Schüler unterrichtet, sogar auf der Straße musiziert. Wir sind zurechtgekommen, und es war ein gutes Leben, glaub mir. Du warst ein tolles Baby, du hast immer gelacht.«

Er strahlte bei der Erinnerung.

Dann erstarrten seine Gesichtszüge. »Es kam wie ein Blitz aus heiterem Himmel. Ich kann es nicht anders beschreiben. Ich ging morgens glücklich aus dem Haus, und als ich zum Mittagessen wieder da war, hatte sich alles verändert. Total verändert.«

Dana legte ihrem Vater eine Hand auf die Schulter. Er weinte nicht. Wie sie hatte auch er all seine Tränen schon vor Jahren vergossen, aber er war so verkrampft, als litte er Schmerzen.

»Du warst allein im Haus und hast dir die Seele aus dem Leib geweint. Sie war fort. Ohne Vorwarnung oder Erklärung. Nicht mal ein Brief. Die Polizei vermutete zuerst einen Unfall, vielleicht Schlimmeres. Sie haben die Schlucht abgesucht, die Hügel, die Sümpfe, die Seen und Flüsse, aber keine Spur von ihr gefunden. Am Ende meinten sie, sie sei durchgebrannt, und legten den Fall zu den Akten.«

Gabriel sah aus dem Küchenfenster. Der Morgen dämmerte und im Garten wurde es langsam hell. Die wilden Kletterrosen um den Schuppen schimmerten rot im sanften Licht.

»Und dann sind wir hierher gezogen«, beendete Dana die Geschichte, genau wie damals, als sie noch klein war, »an den Wolfe Tone Square in der Stadt Bray, wo wir seither glücklich miteinander leben, nur wir zwei.«

Doch ihr war anzuhören, dass dieses Ende sie nicht länger zufriedenstellte. »Warum kann ich mich nicht an sie erinnern, Gabe? Ich versuche, sie mir vorzustellen, aber ich kann es einfach nicht.«

»Du warst erst drei Jahre alt. Aber du hast die Fotos gesehen.«

Dana zog einen Flunsch. Wie eindringlich hatte sie früher die paar verwackelten Bilder betrachtet, die mit einer Wegwerfkamera gemacht worden waren! Immer auf der Suche nach irgendwelchen Hinweisen und Erinnerungen. Da war das Foto von der Hochzeit auf dem Standesamt. Ihre Mutter in einem Kleid aus grüner Spitze und mit einer Perlenkette, im Haar einen Geißblattzweig. Dann gab es noch ein paar von der Feier im Cottage mit vielen Freunden, die lachten und tranken, größtenteils junge Musiker und Künstler. Danas Lieblingsbild war immer das von sich selbst als Baby im Arm ihrer Mutter gewesen. Doch wie gründlich und lange sie diese Bilder auch anstarrte, die hübsche junge Frau mit den rotblonden Haaren blieb eine Fremde für sie.

»Ich meine ein Bild in meinem Kopf. Von ihr, wie sie mich ansieht. Ich erinnere mich an *dich,* auch vor vielen Jahren. Ich brauche nur die Augen zuzumachen und schon sehe ich dich vor mir, wie du mich anlächelst.« Dana schloss die Augen. Ihr Gesicht hellte sich auf und spiegelte die Liebe ihres Vaters wider. Aber als sie die Augen wieder öffnete, war ein dunkler Glanz darin. »Wenn ich das Gleiche mit Mum versuche, kommt überhaupt nichts. Da ist einfach nichts. Gabe, hat sie mich gehasst? Ist sie deshalb weggegangen?«

Zum zweiten Mal in dieser Nacht war er sprachlos. Dann

packte er sie an den Armen und sprach mühsam und gepresst. »Mein Gott, Dana, wie kannst du nur so was denken? Wir haben doch so oft darüber gesprochen, als du klein warst. Alle Kinder geben sich selbst die Schuld, wenn ihre Eltern fortgehen oder sich trennen oder sogar wenn sie sterben! Du musst mir glauben: *Es war nicht deine Schuld!* Es hatte nichts mit dir zu tun! Wie sollte es auch? Du warst ein unschuldiges Kleinkind! Drei Jahre alt! Vielleicht habe ich mir was vorgelogen und alles falsch gemacht, aber soweit ich weiß, waren wir drei sehr glücklich. Richtig glücklich. Eins kann ich dir mit Gewissheit sagen – sie hat mich geliebt, und sie hat dich geliebt.«

»Warum ist sie dann weggegangen?« Es kam fast wie ein Wehklagen heraus. Sie waren wieder an dem Punkt angelangt, den sie jedes Mal unweigerlich erreichten: eine dunkle Sackgasse, in der sie sich geschlagen geben und der Ungewissheit überlassen mussten.

Gabriel schüttelte seufzend den Kopf. »Wie gesagt, wir waren noch ziemlich jung. Vielleicht war es doch zu viel für sie. Die Wahrheit ist, Schatz, ich weiß keine Antwort auf diese Frage, und ich habe es aufgegeben, nach einer zu suchen. Ich weiß nicht, warum sie fortgegangen ist. Wir werden es wohl nie erfahren.«

Neun

Der Riese brüllte wie ein verwundetes Tier in der Nacht, wahnsinnig vor Wut. Der Berg schloss ihn ein wie ein Grab. Das Gewicht des Gesteins drückte ihn nieder. Der Zauber, seine Macht verdreifachend, zurrte seine Fesseln mit noch mehr Liedern und noch mehr Worten fest.

Seothó, a thoil, ná goil go fóill,
Seothó, a thoil, ná goil aon deoir,
Seothó, a linbh, a chumainn's a stóir.

Still, mein Herz, kein Grund zu weinen,
Still, mein Herz, kein Grund für Tränen,
Still, mein Kind, meine Liebe, mein Schatz.

Jetzt flammte ein Bild in der Dunkelheit seines Geistes auf. Ein großes Feuer auf einem fernen Hügel. Er bemühte sich, näher heranzukommen, um deutlicher zu sehen. Der Nachthimmel war dunstig vom warmen Atem des Mittsommers. War er das, der da in den flackernden Schatten stand, umringt von Wesen aller Art? Nicht nur von Tieren, sondern auch Naturgeistern des Waldes und des Wassers, die wie Sterne leuchteten. Er lachte mit den anderen, ge-

sellte sich aber nicht zu dem Kreis, der um die Flammen herumtanzte. Seine Augen suchten ständig den Himmel ab.

Dann hob er die Arme, denn er wusste, die Zeit war gekommen, und er stieß einen Schrei aus, der weit flog wie ein Gedanke.

Lass sie nun zu mir kommen, sie, auf die ich so lange gewartet habe!

Zehn

Dana wurde langsam unruhig. Mehr als eine Woche war seit der Begegnung im Wald verstrichen. Die Frau hatte gesagt, dass sie auf ein Zeichen warten solle, aber die Zeit wurde knapp. Die Flugtickets waren gebucht. In weniger als einem Monat würden sie nach Kanada aufbrechen.

In manchen Momenten fragte sich Dana, ob das wirklich passiert war, ob so etwas überhaupt möglich war. Das Blatt, das sie in der Höhle bekommen hatte, war schon vertrocknet und zerkrümelt. Hatte sie sich das alles nur eingebildet? War es Wunschdenken, ein Tagtraum? Und was, wenn nicht? Eine Spur von Angst mischte sich stets unter die Hoffnung. Sie wusste, dass solche Dinge jenseits der Normalität lagen. Sie kannte sie aus den Geschichten, die sie von klein auf gehört hatte, Geschichten über eine manchmal kurz erblickte Welt hinter dem Schleier des Sichtbaren. Eine Welt, die ebenso schön wie gefährlich war. Hatte die edle Dame nicht selbst von Gefahr gesprochen?

Dana wusste, dass sie es trotzdem tun würde. Nachdem sie ihren lang verlorenen Traum erneut zu fassen bekommen hatte, würde sie ihn nicht mehr aufgeben. Sie hatte wieder angefangen, an ihre Mutter zu denken. Frühe Erinnerungen kehrten wieder. Als sie den Karton voller Kleider im Schrank ihres Vaters gefunden hatte. War sie da vier oder fünf gewesen? Es waren größtenteils leichte, geblümte Baumwollkleider und -röcke. Sie hatte ihr Gesicht in den Stoffen vergraben, den noch darin hängenden Duft nach Äpfeln eingeatmet und sich die Seele aus dem Leib geweint. Manchmal hatte sie nachts im Bett gelegen und auf den Klang einer lieblichen Stimme in ihrem Kopf gelauscht. *Still, mein Herz, kein Grund zu weinen. Still, mein Herz, kein Grund für Tränen.* Ihr Kissen war immer feucht gewesen, wenn sie am Morgen aufgewacht war.

Doch da gab es noch etwas anderes. Hinter den Erinnerungsfetzen ahnte Dana den Schatten eines schrecklichen Ereignisses, ungeheuerlich und verborgen zugleich. Es war zu gestaltlos, um sich daran zu erinnern, und stürzte sie nur in Verwirrung.

Sie hätte gern mit jemandem über all das geredet, aber ihre beste Freundin war in Spanien im Urlaub, und die Fußballgang kam nicht infrage. Die würden sie nur verspotten. Niemand glaubte in ihrem Alter mehr an Zauberwelten. Gabriel natürlich schon, zumindest behauptete er das immer, aber er war der Letzte, an den sie sich wenden konnte. *Hey, Pa, ich muss mal eben rauf in die Berge, eine gefährliche Mission erledigen!*

Zu Hause war die Stimmung sowieso schon ziemlich angespannt. Da ihr Vater einen kanadischen Pass besaß, musste er nachweisen, dass er berechtigt war, mit Dana ins Ausland zu gehen. Offiziell brauchte er dazu die Zustimmung der Mutter. Es mussten Zeitungsinserate aufgegeben und Ankündigungen an öffentlichen Orten ausgehängt werden, um ihr die Gelegenheit zu geben, sich zu melden und Anspruch auf ihr Kind zu erheben. Das war ausgesprochen qualvoll für Gabe. Obwohl er Dana nicht in die Sache mithineinzog, wusste sie doch, was vorging, und sah den gehetzten Ausdruck in seinen Augen. Normalerweise hätte sie ihm wegen des Umzugs die Hölle heißgemacht, aber sie brachte es nicht fertig. Er sah zu unglücklich drein.

An einem Sonntag traf sie ihn allein in der Küche an, wo er auf die Wand starrte. Seine Augen waren gerötet, und sie merkte, dass er geweint hatte.

»Lass uns zum Abendessen ausgehen«, schlug sie vor. »Nimm mein Taschengeld für den Monat. Wir sollten deinen neuen Job feiern!«

Sie musste sich schnell abwenden. Es war nicht zu übersehen, dass er gleich wieder weinen würde.

Das Hanuman House war ihr Lieblingslokal in Bray, nicht nur weil das Essen dort köstlich war, sondern auch weil sie die Besitzer kannten, Aradhana und Suresh, die erst vor einem Jahr aus Indien gekommen waren. Zwei Treppen führten hinauf in einen luftigen Gastraum mit Blick auf die steinerne Brücke, die sich über den Dargle spannte. Die Wände und selbst die Decke des Restaurants waren mit Szenen aus einem Hindu-Epos, dem *Ramayana,* bemalt. Dana sah sich furchtbar gern die Wandbilder an, die von dem Helden Rama erzählten, der seine schöne Frau Sita vor dem bösen Dämon Ravanna rettete. Abends, wenn die Kerzen auf den Tischen brannten, schien das Wandgemälde zum Leben zu erwachen. In dem flackernden Licht atmeten und bewegten sich die Figuren, während leise Musik von Trommeln und Sitars durch den Raum schwebte.

Aradhana bediente an diesem Abend, nicht ihr pummeliger, stets zu Späßen aufgelegter älterer Bruder. Sie war schlank und anmutig, mit großen dunklen Augen – ein Spiegelbild der mythischen Schönheit Sitas. Ihr roter golddurchwirkter Seidensari raschelte beim Gehen und in ihren langen dunklen Zopf hatte sie Jasminblüten geflochten. So kleidete sie sich immer für die Arbeit. Wenn sie ihr auf der Straße oder beim Einkaufen begegneten, trug sie meist Jeans und T-Shirt und hatte die Haare zu einem Pferdeschwanz zusammengebunden.

Dana und ihr Vater hatten sich in Schale geworfen. Gabriel hatte eine beigefarbene Leinenhose und ein blassblaues Hemd gewählt, und sein Kahlkopf glänzte mit seinem Silberohrring im Kerzenlicht um die Wette. Dana trug ihr schönstes Ensemble zur Schau, das sie zu ihrer Konfirmation gekauft hatten: einen knöchellangen Jeansrock und eine gelbe Bluse mit bestickten Ärmeln, dazu hochhackige Sandalen. Sie fing den kritischen Blick eines Mädchens in ihrem Alter auf und tat ihn mit einem Achselzucken ab. Für Mode hatte sie weder Sinn noch Interesse.

»Na, wie geht es meiner irischen Barbie heute Abend?«, fragte Aradhana, als sie sie zu ihrem Tisch führte.

Von niemand anderem hätte Dana sich so nennen lassen, zumal sie nie eine Puppe besessen hatte, schon gar keine Barbie, aber aus Aradhanas Mund klang es irgendwie akzeptabel. Und sie war nicht die Einzige, bei der der Charme der jungen Inderin wirkte. Gabriel benahm sich immer komisch in ihrer Nähe. Als Dana ihn einmal damit geneckt hatte, dass er zu feige sei, um sie um eine Verabredung zu bitten, hatte er ganz ernst geantwortet: »Meine Freundinnen halten sich nie lange, wie du weißt. Und Radhi ist etwas Besonderes. Ich will unsere Freundschaft nicht kaputt machen.«

Jetzt verfolgte Dana mit spöttischem Blick, wie ihr Vater über der Speisekarte grübelte, damit Aradhana noch ein bisschen länger bei ihm blieb. Er erkundigte sich nach verschiedenen Gerichten und fragte sie nach ihrer Meinung zu diesem und jenem, obwohl er längst wusste, was er bestellen wollte. Er und Dana aßen immer das Gleiche: weißen Basmatireis und in Baltisoße gekochtes Gemüse, dazu mit Nüssen und Rosinen gefülltes Peshwaribrot und zwei schäumende Gläser Mango-Lassi.

Während Gabriel die Bestellung in die Länge zog, stand Dana auf und schlenderte zu den Wandbildern hinüber. Da war Rama mit seinem großen Bogen und schoss Pfeile ab, die nie ihr Ziel verfehlten. Seine Haut war himmelblau, ein Zeichen seiner überweltlichen Natur, denn er war der Sohn eines Gottes. An seiner Seite stand Sita, eine Königstochter, die sich auf den ersten Blick in Rama verliebt hatte. Als das Paar in den Wald verbannt wurde, geschah es, dass der zehnköpfige Ravanna, halb Dämon, halb Mensch, Sita entführte. In seinem feurigen Streitwagen trug er sie davon in das Inselkönigreich Lanka. Erst nach vielen Abenteuern und mithilfe des Affengottes Hanuman konnte Rama den Dämon besiegen und seine Liebste retten.

Während Dana ihre Lieblingsszene anschaute, in der Rama und Sita wieder vereint wurden, kam eine alte Frau herbeigehumpelt. Sie stützte sich auf einen Schwarzdornstock und trug einen langen dunkelroten Rock und einen schwarzen Schal mit grünen Fransen. Dünne rauchgraue Strähnen umrahmten ein schmales Gesicht mit vielen Falten und einem Damenbart. Ihre Augen waren wie zwei schwarze Perlen.

»*Is breá an tráthnóna é*«, sagte sie zu Dana. »Was für ein schöner Abend.«

»'Sea«, bestätigte Dana höflich. Da sie auf eine Gaelscoil ging, in der auf Irisch unterrichtet wurde, sprach sie die Sprache fließend. *»Conas atá tú, a mháthair?«*

Die alte Dame antwortete nicht auf die höfliche Frage und griff stattdessen nach Danas Händen. »Du musst kommen, mein Kind! Du musst in die Berge kommen! Ich werde dich dort treffen.«

Dann huschte sie überraschend flink aus dem Restaurant.

Rot vor Aufregung kehrte Dana an ihren Tisch zurück. Das Zeichen, auf das sie gewartet hatte! »Gabe, du musst mit mir in die Berge gehen, zum Wandern.«

»Als hätte ich nichts anderes zu tun.«

Sie kannte dieses Gesicht. Es bot keinen Spielraum für Verhandlungen. Aber als Aradhana ihr Essen brachte, hatte Dana bereits einen Plan geschmiedet.

»Wann hast du deinen nächsten freien Tag?«, fragte sie die junge Frau.

»Dana …«, hob Gabriel an, aber sie war zu schnell für ihn.

»Hast du nicht gesagt, dass du noch nie in Powerscourt warst?«

Aradhana nickte. »Es gibt viele Orte, die ich gern besichtigen würde, aber das Geschäft hat Vorrang. Im Moment habe ich keine Zeit für Urlaub.«

»Aber du bekommst einen freien Tag«, insistierte Dana und wandte sich an ihren Vater. »Wir könnten sie zu einem Picknick einladen, Gabe! Beim Wasserfall. Dann könntest du eine Pause von all der Packerei machen. So was wie eine kleine Abschiedsparty.«

»Packerei? Abschiedsparty?« Aradhana klang bestürzt. Sie vermied es, Gabriel anzusehen. »Ziehst du weg, meine irische Barbie?«

»Nicht freiwillig«, sagte Dana, dankbar für die unerwartete Unterstützung. »Er verschleppt mich nach Kanada!«

Aradhanas Miene hellte sich auf. »Oh, Kanada. Das ist ein wunderbares Land. Viele Inder leben dort. Ich habe Vettern und Cousinen in Toronto.«

»Genau dort wollen wir hin!«, erklärte Gabriel, überrascht und erfreut.

Dana runzelte die Stirn. Die beiden glotzten sich an, als wären sie gerade aus einer Gefahr gerettet worden.

»Ihr wandert also aus?«, fragte Aradhana leise.

Gabriel schüttelte den Kopf. »Nein, ich kehre nach Hause zurück. Meine Eltern stammen aus Irland, aber ich bin in Kanada geboren und aufgewachsen.«

»Dann bist du wie ich. Auch an zwei Orten.«

Dana hörte den wehmütigen Unterton in ihrer Stimme. Er war schon angeklungen, als sie von der indischen Gemeinde in Kanada gesprochen hatte. In Irland gab es so gut wie keine. War sie einsam? Hatte sie Heimweh? Wen sonst hatte sie außer ihrem Bruder und den wenigen männlichen Angestellten, die alle älter und verheiratet waren? Ein Anflug von schlechtem Gewissen überkam Dana, weil sie Aradhana als Köder benutzte, um in die Berge zu kommen. Aber der Plan hatte funktioniert. Gabriel schwärmte bereits von dem geplanten Picknick, und als Aradhana ihren freien Tag nannte, war die Verabredung perfekt.

Später, als sie beim Nachtisch waren – frittierte Bananen mit Sahne –, fiel Dana ein junges Paar auf, das an der Theke für die Bestellungen zum Mitnehmen wartete. Auf den ersten Blick sahen die beiden aus wie gewöhnliche Teenager, frisch verliebt und Arm in Arm. Das Mädchen trug einen superkurzen Rock mit einem knappen, pinkfarbenen Top.

Ihre blonden Haare hatte sie hochgesteckt. Sie lachte ständig, während ihr Freund ihr am Ohr knabberte. Er war groß und schlaksig und hatte enge Jeans und ein schwarzes T-Shirt an. Der Hut mit der Blattkrempe war nirgends zu sehen und sein rotgoldenes Haar fiel ihm offen über die Schultern.

Sie fingen an, sich langsam und sinnlich zu küssen, ohne sich um ihre Umgebung zu kümmern.

»Hey, sieh dir die Elfen an!«, rief Gabriel.

»Was?«, keuchte Dana.

Er zeigte auf das Wandbild hinter ihr. Sie fuhr herum. Es war eine der frühen Szenen im *Ramayana,* bevor Sita entführt wurde. Rama ging mit seiner Frau durch den Wald. Und dort, links von ihnen, im dicht belaubten Unterholz, waren Gestalten, die Dana vorher noch nie wahrgenommen hatte. Dunkeläugig und blauhäutig, mit schwach angedeuteten Flügeln, beobachteten sie die beiden Liebenden aus der Deckung heraus.

Gabriel rief Aradhana an den Tisch, um sie nach ihnen zu fragen.

»Oh ja«, sagte sie. »Wir haben auch in Indien Elfen, mit vielen verschiedenen Namen. Einige nennen sie *Devas.* Die Malerin muss das gewusst haben. Ich kann mich nicht an ihren Namen erinnern, aber ich glaube, sie lebt irgendwo oben in den Bergen.«

»Darauf möchte ich wetten«, murmelte Dana.

Sie sah zur Theke hinüber. Das Paar war verschwunden.

Elf

Sie stürzte vom Himmel wie eine Sternschnuppe und zog einen feurigen Schweif hinter sich her. Alt wie die Welt, jung und schön wie der Tag, gehörte sie zu jenem Stamm, der die leuchtenden Körper über das Firmament treibt. Spéirbhean. *Himmelsfrau. Als sie auf die Erde fiel, hielt sie ihr Licht fest in beiden Händen.*

Sie landete neben dem Freudenfeuer auf dem Berg und sah sich verwundert um. Sie war weit gereist, um zu ihm zu gelangen, über Pfade aus Licht und Schatten, und sie hatte viel gelitten unterwegs.

»Bist du der König des Abends?«, fragte sie.
»Wenn du die Königin der Nacht bist«, antwortete er.
»Bist du der Morgenfürst?«, wollte sie wissen.
»Wenn du die Fürstin des Tages bist«, seufzte er.
»Werden wir den ganzen Sommer über tanzen?«
»Wir würden eine schöne Zeit haben.«
»Wird deine Liebe halten, stark und treu?«
»Du wärst mein kostbarster Schatz.«

Oh, wie verschieden sie waren! Er war so braun wie die bernsteinfarbenen Flüsse, die durch die Berge flossen; so beständig wie der uralte Fels. Sie war so bleich und schimmernd wie das Mondlicht, das auf der Gischt des Meeres spielte. Seine Augen waren grün wie die Hügel im Frühling; sein Haar war schwarz wie der Torf in den tiefsten Mooren. Ihre Augen waren blau wie das Sternenzelt und ihr Haar umzüngelte sie wie Flammen.

Sie war eine Tochter der Slua na h'Aeir. *Der Elfenschar der Luft. Eine der* Sídhe na Spéire. *Dem Volk des Himmels. Er war ein Sohn der* Na Daoine Uaisle Na Gnoic. *Der Edelleute von den Hügeln. Einer der* Sídhe Slua na Sliabh. *Der Elfenschar des Berges.*

Es gab welche an seinem Hof, die behaupteten, ihre Verbindung sei zum Scheitern verurteilt, doch er wollte nichts davon hören. Sie war mehr als nur ein Traum von Liebe für ihn, sie war die eine, nach der er sich seit Anbeginn der Zeit gesehnt hatte.

Mit drei Geschenken warb der Bergkönig um seine Himmelsbraut.
Einer gläsernen Krone, geformt wie Taubenflügel.
Einem Anhänger aus blauem Licht, das frühmorgens von einem Bergsee gesammelt worden war.
Einem goldenen Ring, der zwei Schwäne mit verschlungenen Hälsen darstellte.

Als er vor ihr niederkniete, sang er das Lied seines Herzens.

Siúil liomsa, a chara dhil, suas fá na hardaín,
Ar thuras na háilleacht' is an ghileacht amuigh,
Le go ndeánfaimid bogán de chreagán a' tsléibhe,
Is le páideoga lasfaimid dorchadas oích'.

Steh auf, meine Liebste, und komm mit mir auf eine Reise
Durch grüne Schönheit und Sonnenschein,
Um jeden Stein zu glätten, während wir über die Hügel schreiten
Und mit Binsenlichtern das Nachtdunkel erleuchten.

Ní laoithe an bhróin a cheolfainnse duitse,
Ná ní caoineadh donóige nó doghrainn daoi,
Ach le silleadh a mhillfinnse méala an chumha
Sa phluais sin go maidin ar shliabh na caillí.

Kein Kummerseufzen würde ich dir vortragen,
Noch wilde Klage oder traurig töricht Lied;
Mit einem Blick würd' ich die dunklen Sehnsuchtswolken verjagen,
Auf dem Steinhügel am Berg, vom Abend bis zur Morgenröte.

Und als der Bergkönig fragte, ob sie ihn heiraten und auf ewig seine Frau sein wolle, war dies die Antwort, die die Himmelsfrau ihm gab.

Ja, ich will.

Zwölf

Powerscourt war ein alter Landsitz, den ein Viscount Ende des 19. Jahrhunderts hatte restaurieren lassen. Das palastartige Herrenhaus war um die Mauerreste einer Burg herum erbaut und das umliegende Land zu Gärten und Parks gestaltet worden. Zwei Meilen vom Haus entfernt ging das Anwesen in ein naturbelassenes, üppig grünes Tal über, das früher einmal ein Rotwildgehege gewesen war. Hier rauschte der höchste Wasserfall Irlands und ergoss sich wie das silberne Haar einer Riesin über dunkelblaue Felsen. Der Berggrat war steil und abweisend, bedeckt von Eichen, Farndickicht und Heide. Hinter ihm verlief der Wicklow Way, ein Wanderpfad, der weiter in die Berge hineinführte.

Unten sammelte sich der Wasserfall in einem tiefen Tümpel, der von großen flachen Steinen, ähnlich zerbrochenen Tellern, umgeben war. Vom Tümpel aus wand sich ein Bach über den Talboden, zwischen vereinzelten Eichen und Araukarien hindurch. Auf der großen Lichtung spielten Kinder Frisbee und Fußball, und dort gab es auch Picknicktische, einen Laden, eine öffentliche Toilette sowie einen von grünen Büschen getarnten Parkplatz.

Während Gabriel und Aradhana die Sachen ausluden,

lief Dana schon mal los, um einen Picknickplatz zu suchen. Kurz vor dem Wasserfall entdeckte sie eine bekannte Gestalt. Dort am Tümpel stand Murta und sah zum Kamm des Berges hinauf. Schaudernd bemerkte Dana seinen Gesichtsausdruck, der die gleiche unbändige Wut widerspiegelte wie neulich, als die Musik in der Schlucht erklungen war. Sie wich zurück, damit er sie nicht sah, aber da rief Gabriel ihn auch schon. Murta setzte eine freundliche Maske auf.

Gabriel ging auf ihn zu, stellte ihm Aradhana vor und winkte Dana heran.

Murta hielt sein Handy gepackt wie eine Waffe. Sein Blick wanderte abschätzend über die beiden Mädchen. Dana zuckte zusammen und bemerkte, dass es Aradhana genauso ging.

»Hast du heute keine Wache?«, fragte Gabriel.

»Ich soll mich hier mit einer Kontaktperson treffen.« Murta senkte die Stimme und tat geheimnisvoll. Gabriel trat näher an ihn heran, um ihn zu verstehen, während die beiden anderen blieben, wo sie waren. »Mit einer Frau von den *An Taisce.* Sie darf nicht mit uns gesehen werden.« Er zuckte die Achseln. »So eine Mantel-und-Degen-Geschichte. Man muss sie abgefangen haben. Ich sollte wohl besser zurückgehen.«

Es lag auf der Hand, dass er wegwollte.

»Ich will dich nicht aufhalten«, beteuerte Gabriel. »Richte Big Bob aus, dass ich das Gemeindezentrum in Enniskerry für das Konzert reserviert habe. Die North-Wicklow-Tanzgruppe wird auch bei dem Programm mitmachen.«

Gabriel war offensichtlich stolz auf seine Neuigkeit, aber Murta nickte nur gleichgültig. »Ich werde es ihm sagen.«

Dana war sehr erleichtert, als er sich davonmachte, und führte ihren Vater und Aradhana zu der Stelle, die sie ausgesucht hatte.

»Es ist wunderschön hier«, sagte Aradhana, während sie die Decke ausrollten und die Picknicksachen darauf verteilten. »Hört mal, wie die Vögel singen! Herrlich.«

»An Sommerabenden kann man bei Einbruch der Dämmerung den Ziegenmelker hören«, berichtete Gabriel.

»Wirklich? Was macht er für ein Geräusch?«

»Keine Ahnung«, gab er zu. »Ich habe es in dem Prospekt am Eingang gelesen.«

Die beiden lachten.

Dana runzelte die Stirn. Sie lachten ziemlich viel. »Lasst uns ein bisschen im Wasser planschen!«, schlug sie vor und nahm Aradhanas Hand.

Es war ein warmer, sonniger Tag. Sie warfen ihre Sandalen ab und kletterten über die großen Steine um den Tümpel. Das Wasser hatte die Farbe von Bernstein und war eiskalt, und der feine Tröpfchennebel vom Wasserfall kühlte ihre Gesichter. Auf der dunklen, nassen Felswand wuchsen grünes Moos und feucht glänzende Farne. Turmfalken spreizten auf den obersten Felsvorsprüngen ihr Gefieder.

Aradhana hatte ihre Hose bis zu den Knien hochgekrempelt. Hose und Oberteil waren aus weicher, fließender Baumwolle, beige und cremefarben. Um ihre Schultern lag ein dunkeloranger Schal. Ihr pechschwarzes Haar glänzte in der Sonne, einzelne Locken umspielten ihr Gesicht. Dana, die sie verstohlen musterte, fühlte sich auf einmal schäbig in ihren abgeschnittenen Jeans und dem verschlissenen T-Shirt.

»Was hältst du von diesem unheimlichen Typen?«, fragte sie abrupt.

Aradhana machte ein verlegenes Gesicht. »Es wäre nicht richtig von mir, schlecht über die Freunde deines Vaters zu reden.«

»Er ist kein Freund«, sagte Dana fest. »Nur ein Bekannter.« Aber sie war zufrieden. Es war klar, dass Aradhana ihn auch nicht mochte.

»Möchtest du mir vielleicht etwas erzählen?« Aradhana drückte sich vorsichtig aus, aber ihre Augen blickten besorgt.

»Nein. Ich mag ihn einfach nicht.«

Sie wateten in dem sonnenbeschienenen Wasser im Kreis. Dana zupfte ein wenig Sauerklee aus einer Felsspalte und bot ihn der jungen Frau an. »Gabe nennt das Kirschbubble. Schmeckt wie Kaugummi mit Kirschgeschmack.«

Aradhana kaute den Klee nachdenklich. »Sauer, aber wohlschmeckend. Ich werde ihn als Salatzutat ausprobieren, vielleicht auch in einer Soße.« Sie lächelte Dana an. »Ich werde meine irische Barbie vermissen.«

»Ich will nicht nach Kanada. Es ist nicht fair, dass Dad alles allein entscheiden darf.«

»Es ist nicht fair«, stimmte Aradhana ihr zu. »Aber wenn du erwachsen bist, kannst du dein Leben selbst in die Hand nehmen.«

»Wär's doch schon so weit«, seufzte Dana. Sie setzte sich auf einen Stein und trat mit den Füßen Wasser.

»Wir sind uns ähnlich, weißt du«, bemerkte Aradhana und setzte sich neben sie. »Ich bin auch von meinem Vater allein großgezogen worden. Es gab nur Suresh und mich. Unsere Mutter ist gestorben, als wir noch sehr klein waren, und unser Vater hat nie wieder geheiratet. Sein Herz war gebrochen und konnte nicht genug heilen, um noch einmal zu lieben.«

»Wie traurig«, murmelte Dana, aber ihr war nicht ganz wohl dabei.

Sie ahnte, dass Gabriels Freundinnen aus genau demselben

Grund nie lange blieben. Zwar wollte sie, dass er glücklich war, doch sein Herz sollte nicht gerade jetzt schon heilen. Aradhana war anders als die anderen, und wenn es überhaupt keine Hoffnung gegeben hätte – keine Hoffnung, ihre Mutter zu finden –, dann … Aber jetzt *gab* es wieder Hoffnung, und Dana würde alles dafür tun, dass sie erfüllt wurde. Wenn sie sich die Verwirklichung ihres Wunsches verdiente, würde sie ihre Mutter aufspüren und ihre Eltern wieder zusammenbringen. Dann könnten sie in Irland bleiben und für immer glücklich miteinander leben.

»Glaubst du an Elfen?«, fragte sie unvermittelt.

Aradhana lächelte. »Diese Frage, ob glauben oder nicht, ist wichtig für Menschen im Westen, ja? Für uns Hindus ist das nicht so ein Problem. Wir wachsen mit vielen Göttern und Göttinnen auf, vielen Arten von Geistern und anderen Wesen.«

»Die Iren glauben auch an viele Wesen«, betonte Dana. »Gott und die Muttergottes und Engel und Heilige. Pa sagt, er glaubt an Elfen und dass er nicht der Einzige ist.«

»Und du?«

Dana zuckte die Achseln. »Na ja, manchmal passieren schon seltsame Sachen.« Sie versuchte, möglichst beiläufig zu klingen. »Aber eigentlich sind Elfen und Feen und so nur was für kleine Kinder, oder? So wie der Nikolaus?«

Aradhana sah an dem großen Wasserfall hinauf, der auf sie zugedonnert kam. Wo das Sonnenlicht auf die Gischt traf, schossen lauter kleine silberne Pfeile durch die Luft. »Ich würde nicht in einer Welt ohne Götter oder Elfen leben wollen«, sagte sie leise. »Mich macht der Gedanke glücklich, dass das Leben voller Geheimnisse ist.«

Ehe Dana darauf antworten konnte, rief Gabriel nach

ihnen. »Hey, ihr zwei Meerjungfrauen! Kommt mal rüber zu einem armen Sterblichen, der am Verhungern ist!«

Gabe hatte den Picknickkorb aus Weidengeflecht ausgeräumt, auf den er so stolz war. Er hatte ihn für erheblich mehr Geld, als er sich leisten konnte, auf einem Antiquitätenmarkt erstanden. Zu dem Korb gehörten ein Tischtuch und Servietten aus Leinen, blaues Porzellan und vormals angelaufenes Silberbesteck, das er tagelang poliert hatte. Zu essen gab es reichlich: knuspriges Baguette, Ziegenkäse aus dem Delikatessenladen und Käsecreme aus dem Supermarkt, ein Glas Dillgurken und ein weiteres mit Oliven, ein grüner Salat mit Kräutern, eine Tüte Äpfel, ein Netz Mandarinen und zum Nachtisch eine Schachtel Pralinen. Für die Erwachsenen lag eine Flasche Weißwein in der Kühlbox und für Dana eine Cola. Zur großen Freude von Dana und Gabe hatte Aradhana Gemüsesamosas und scharfe Pakoras mitgebracht, dazu knuspriges Pappadam und einen Raita-Dip aus Joghurt mit Gurke und frischer Minze.

»Lecker!«, rief Dana und stürzte sich auf die Köstlichkeiten.

Während sie aßen, erzählte Gabriel Aradhana von dem Film *Excalibur* und dass einige Szenen daraus bei diesem Wasserfall gedreht worden waren. Dann gab er mit der ganzen Inbrust eines geborenen Geschichtenerzählers die tragische Sage von König Artus und Königin Ginevra und dem französischen Ritter Lanzelot wieder, der das Herz der Königin stahl.

Aradhana lauschte verzückt und Dana ebenso. Die Stimme ihres Vaters war wie seine Flöte, volltönend und melodisch. Sie schloss die Augen, vollkommen glücklich. Es war, als sei ihre Welt plötzlich vollständig, so perfekt wie eine

Perle. Verblüfft machte sie die Augen wieder auf. Das Gefühl war seltsam vertraut, wie eine Erinnerung an ein anderes Picknick, an einen anderen Moment wie diesen. Schreck und Schuldgefühle durchzuckten sie. Nein, das war falsch. Das hier war nicht die Familie, die sie wollte. Das war nicht ihr Leben, wie es sein sollte.

Verärgert suchte sie den Park mit den Augen ab. *Wo blieben sie denn?* Sie hatte getan, was sie ihr aufgetragen hatten. Sie war in die Berge gekommen.

Dann, gegen Ende des Picknicks, begann es auf einmal, und nur Dana bemerkte es. Ein silbriger Nebel stieg vom Boden auf und wisperte durch die Gräser und um die Bäume herum. Er überflutete das Tal wie das Meer den Strand. Dana starrte gebannt auf den leuchtenden Nebel. Er hing sogar wie Eiszapfen von den Zweigen. Die Welt um sie herum hatte sich vollkommen verändert. Sie blickte auf die gleiche Umgebung, die doch nicht gleich war. Alles war von einem intensiven Licht durchtränkt, das in ihren Augen schmerzte.

Was war das? Irgendeine geheime Botschaft drückte auf ihre Brust, bis sie kaum noch atmen konnte. Dann begriff sie plötzlich, ohne zu wissen, wie oder warum, dass die andere Welt nicht zu ihr gekommen war, sondern dass sie sie von sich aus betreten hatte; sie war nicht verhext worden, sie war nur erwacht und hatte erkannt, dass das Elfenland überall um sie herum war.

Dann kam der zweite Schock.

Gabriel und Aradhana waren mitten in der Bewegung erstarrt, als wären sie zu Stein verwandelt worden. Das Gleiche galt für jeden Mann, jede Frau und jedes Kind im Park und alles andere darin. Der Wasserfall hing wie gemeißeltes

Eis herab. Kein Wasserrauschen war mehr zu hören. Kein Blatt regte sich am Baum. Kein Vogel sang.

Es wurde Zeit zu gehen.

Einen kurzen Moment schreckte Dana davor zurück. Aber das war der Preis, den sie für ihre Hoffnungen und Träume bezahlen musste. Das Opfer, das sie zu bringen hatte. Sie würde ihren Vater verlassen müssen. Musste ihn ohne Vorwarnung oder Erklärung im Stich lassen, genau wie damals ihre Mutter. Wenn sie daran dachte, wie sehr sie ihm damit wehtun würde, hielt sie es kaum aus.

Jetzt ertönte ein seufzendes Geräusch ringsherum, doch sie sah nicht, woher es kam.

Folge dem grünen Pfad.

Unsichtbare Hände begannen an ihren Kleidern zu zerren. Als sie sich nicht rührte, wurden die Hände beharrlicher, schubsten und zogen.

»Hört auf!«, zischte sie.

Sie stand auf, um die Hände wegzuschlagen, doch sie sah nicht, wogegen sie kämpfte. Als sie herumwirbelte, entdeckte sie eine schmale Gestalt über dem Wasserfall. Es war die Frau, die Dame aus dem Wald, die ihr zuwinkte! Ihre Bewegungen hatten etwas Drängendes, als flehe sie Dana an, sich zu beeilen.

»Schon gut, ich komme ja«, murmelte sie.

Sie schnappte sich ihren Rucksack. Er war schon für die Reise gepackt: eine Jeans, ein warmer Pulli, Laufschuhe und Socken, eine wasserdichte Jacke, Streichhölzer und eine Taschenlampe. Sie stopfte noch ein paar Überreste von dem Picknick hinein, dazu die Flasche Cola und die Schachtel Pralinen. Dann drehte sie sich zu ihrem Vater um. Er war erstarrt, als er Aradhana gerade ein Glas Wein reichen wollte.

Danas Herz krampfte sich bei dem Ausdruck in seinen Augen zusammen. In der normal ablaufenden Echtzeit konnte er ihn verbergen, indem er schüchtern blinzelte. Doch so in den Moment gebannt strahlte er vor Verliebtheit wie ein Leuchtturm.

Aradhana wollte sie gar nicht erst ansehen. Sie sorgte sich um Gabriel, der möglicherweise einen Korb bekommen würde; sie sorgte sich um sich selbst, weil sie diese Komplikation nicht gebrauchen konnte; und sie sorgte sich wegen ihrer Mutter, die vielleicht unwiderruflich ersetzt werden würde. Doch sie sah trotzdem hin. Und wie die Sonne auf einem glatten See spiegelte sich dieselbe Liebe in Aradhanas Augen wider.

Das beseitigte ihre letzten Zweifel. Sie musste ihre Mutter finden, bevor es zu spät war. Bevor die Dinge sich weiterentwickelten. Bevor jemand verletzt wurde.

Sie umarmte ihren reglosen Vater und küsste ihn zum Abschied. »Hab dich lieb, Pa. Ich komme zurück, sobald ich kann. Versprochen.« Dann flüsterte sie Aradhana ins Ohr: »Pass gut auf ihn auf für mich.«

Dana hatte gerade erst angefangen, den steilen Hang zu erklimmen, als sie das Echo von Schritten vom Parkplatz her hörte. Da bewegte sich noch jemand im Park! Sie konnte sich nicht umdrehen und nachsehen, weil die unsichtbaren Hände sie weiter hinaufzogen. Diesmal wehrte sie sich nicht dagegen. Das kalte Prickeln in ihrem Nacken sagte ihr alles. Wer oder was da auch hinter ihr herkam, führte nichts Gutes im Schilde.

Dreizehn

Der Dämon begann, sich allmählich zu erinnern. Das Feuer in seinem Kopf bereitete ihm zwar immer noch Qualen, die sich in kurzen Anfällen von Wahnsinn äußerten, doch er wurde jedes Mal stärker und wissender, wenn er fraß. Der Wirtskörper, von dem er Besitz ergriffen hatte, half ihm zusätzlich und nährte ihn mit der Essenz menschlicher Bosheit.

Ein Bild hatte sich bereits in seinem Geist geformt, eine schemenhafte Erinnerung an das, was zu morden er ausgeschickt worden war. Eine schlafende Macht. Ein schlummernder Riese. Einer, der vernichtet werden musste, solange er noch schwach und schutzlos war.

Er wusste, dass er listig vorgehen musste, seine Fähigkeit nutzen musste, im Verborgenen zu schleichen. Verstümmelt und verletzlich wie er selbst war, durfte er es nicht riskieren, gefangen oder gar getötet zu werden.

Alles hing von seinem Auftrag ab. Der letzte Schritt des großen Plans. Der Rest war schon geregelt worden. Dieses Blutvergießen, der rote Ritus des Mordens, würde den Anfang vom Ende besiegeln.

Denn er war im Namen des Weltenzerstörers gekommen.

VIERZEHN

Dana kletterte mühsam den Felshang hinauf, vorbei an den überall aufgestellten Warnschildern. GEFAHR. KLETTERN UND ABSEILEN VERBOTEN. Hatte Gabe nicht mal gesagt, dass diese Wand mindestens ein Leben pro Jahr forderte? Sie fand einen Pfad, der zu schmal war, um von Menschen begangen zu werden, höchstwahrscheinlich von Wild angelegt, das hier auf der Höhe umherstreifte. Es war schwer voranzukommen. Sie musste sich durch Farnbüschel kämpfen, die größer waren als sie selbst, und der Boden war nass und schlüpfrig. Noch weiter oben stolperte sie über knorrige Wurzeln und Ginsterbüsche, die ihre Arme und Beine zerkratzten. Sobald sie langsamer wurde, zogen die unsichtbaren Hände sie weiter. Jetzt war sie dankbar für die Hilfe, denn ohne sie hätte sie es nie geschafft.

Der silbrige Nebel wich langsam aus dem Tal zurück, aber die unheimliche Stille blieb und beunruhigte sie. Rechts von ihr hing der Wasserfall in bedrückender Reglosigkeit da, als wäre er aus Glas. Da sie ständig die Ohren spitzte, hörte sie sofort, wie ein kleiner Stein hinter ihr über den Fels hüpfte. Schnell drehte sie sich um. Unter ihr wogte das grüne Meer des Farnkrauts sachte, obwohl kein Wind wehte. Ihr Herz setzte einen Schlag lang aus. Wurde sie verfolgt? Einen Moment war sie versucht, zu ihrem Vater zurückzulaufen, aber sie wusste, dass er ihr nicht helfen konnte.

Dann wurde sie von oben gerufen.

»Beeil dich, Dana! Schnell!«

Die Waldfrau klang nervös.

Die unsichtbaren Hände wurden noch beharrlicher und zogen sie über die Felsen, durch Brennnesseln und Dornengestrüpp. Als sie durch hohe Heidelbeerbüsche stolperte, platzten die reifen Beeren auf und färbten ihre Kleider und ihre Haut rot. Dana war es egal. Ihr Herz raste. Sie musste den Gipfel erreichen. Sie musste sich in Sicherheit bringen.

Sie war fast oben, als wieder Leben in den Park kam. Wie eine donnernde Welle schlugen die Geräusche über ihr zusammen – das Rauschen des Wasserfalls, das Geplapper der Vögel, die Rufe der spielenden Kinder. Die unsichtbaren Hände waren verschwunden. Über ihr stand die Waldfrau und streckte einen schlanken Arm aus, um ihr auf den Felsvorsprung zu helfen.

»Irgendetwas ist hinter mir her!«, ächzte Dana, nach Luft ringend.

Die Frau spähte stirnrunzelnd den Hang hinab. »Ein Gefühl sagt mir, ich kenne dieses Wesen, und doch kenne ich es nicht. Was kann das zu bedeuten haben?«

Trotz ihrer gestelzten Ausdrucksweise sah sie aus wie eine normale junge Frau in Kakishorts, ärmellosem Top und Ledersandalen. Ein blonder Pferdeschwanz hing hinten aus ihrer weißen Baseballkappe heraus und sie trug eine schicke Sonnenbrille.

»Ich habe die anderen ausgesandt, um Nachforschungen

anzustellen«, fuhr sie fort, »aber es hatte bereits die Flucht ergriffen.«

Obwohl sie ruhig sprach, wirkte sie sorgenvoll.

»Was …?«, wollte Dana fragen, unterbrach sich jedoch, als unten jemand laut rief.

»Dana! Wo bist du?«

Es war Gabe. Er klang verblüfft.

»Das ist mein Pa«, sagte sie bedrückt.

Die Waldfrau zog sie eilig vom Bergkamm weg und in den Hain hinter dem Wasserfall. Ihr Griff war fest und erinnerte Dana an die unsichtbaren Hände.

Gabriel rief jetzt schneller hintereinander nach ihr und ihm war diese elterntypische Mischung aus Besorgnis und Verärgerung anzuhören.

Dana blieb stehen und sah sich nach ihm um.

Die junge Frau lockerte ihren Griff, als sie ebenfalls anhielt und lauschte. Ein sehnsüchtiger Ausdruck trat auf ihre Züge. »Ich hatte auch einmal einen Vater …« Dann biss sie sich auf die Unterlippe. »Das ist einfach nicht richtig.« Sie schüttelte den Kopf. »Was mache ich hier eigentlich? Wie kann ich dich allein in die Berge schicken? Wie kann ich dich in solche Gefahr bringen?«

Jetzt war es Dana, die sie weiterzog. Sie packte die andere fest am Arm und zerrte sie durch den Wald. Aradhana hatte nun ebenfalls angefangen, nach ihr zu rufen, und Gabriel klang immer hektischer. Sie musste sich ihnen entziehen. Es würde nicht lange dauern, bis sie versuchen würden, ihr hinterherzuklettern. Das Zaudern der Waldfrau zerstreute Danas sämtliche Bedenken. Aus Angst, ihren Wunsch nicht erfüllt zu bekommen, wurde sie entschlossener denn je.

»Du kannst jetzt nicht kneifen! Das war deine Idee! Du hast mich da reingezogen!«

Tiefer im Wald, wo sie Gabriels Rufe nicht mehr hören konnte, verlangsamte Dana ihr Tempo.

»Es stimmt, es ist meine Schuld.« Das tiefe Seufzen der Waldfrau war wie eine Brise im Gezweig. »Ich habe dich angelockt, dich geködert. Und wenn ich so bin wie ... *sie,* habe ich auch kein Problem damit. So macht man das eben bei ihnen. Sie benutzen Sterbliche für ihre Zwecke, ohne weiter darüber nachzudenken. Aber ich habe manchmal menschliche Gefühle.«

Sie waren jetzt tief im Waldesinnern. Die junge Frau hakte sich lässig bei Dana ein. Dana bemerkte, dass die Nesseln und Dornensträucher sich vor ihnen zur Seite neigten. Rehe spähten scheu hinter den Bäumen hervor. Ein Otter ließ sich vom Flussufer ins Wasser gleiten. Überall trällerten Singvögel, die in Flugarabesken um sie herumschwirrten. Als sie an einem wilden Rosenstrauch vorbeikamen, regnete ein Wirbel rosafarbener Blütenblätter auf ihren Weg.

Zuerst schien es, als würde ihre Gefährtin gar nicht bemerken, was um sie herum vorging. Doch dann erhaschte Dana etwas aus dem Augenwinkel: eine Vision der Waldfrau in einem fließenden grünen Gewand und mit einer Krone aus weißen Blumen, wie sie huldvoll allem zuwinkte.

Wer jetzt eine Auseinandersetzung mit ihr anfing, war jedoch wieder eine ganz gewöhnliche junge Frau. »Hör mal, du bist doch nur ein Kind. Ich sollte jemand anderen für die Aufgabe finden. Jemand Älteren. Normalerweise werden Teenager auf solche Missionen geschickt.«

Dana musste würgen. Sie kannte diesen Ton, es war derselbe, mit dem ihr Vater ihr verkündet hatte, dass sie nach

Kanada ziehen würden. Diese Unerbittlichkeit der Erwachsenen, die alle Macht hatten; diese selbstgewisse Überzeugung, dass sie es besser wussten. Ein rebellischer Zorn wallte in ihr auf.

»Du hast einen Pakt mit mir geschlossen! Du hast ein Versprechen gegeben! Ich will meinen Wunsch erfüllt haben, und dafür tue ich alles. Ich bin fast dreizehn. Ich bin praktisch ein Teenager. Du kannst mir diese Chance nicht wieder nehmen!«

Die Waldfrau zögerte. Sie wollte sich offensichtlich gern überzeugen lassen. »Der Hochkönig sagt, du seist die Richtige ... Er meint, die Sterblichen unterschätzten ihren Nachwuchs ständig.«

»Und er hat recht!«, beharrte Dana. »Wir können viel mehr, aber niemand lässt uns. Ich kann das schaffen! Ich weiß, dass ich es kann!«

Die Waldfrau wirkte immer noch nicht zufrieden. Sie hatten nun den Waldrand erreicht, und als sie zwischen den Bäumen hervortraten, blickten sie auf eine Landschaft aus heidebewachsenen Hügeln, die sich, immer höher ansteigend, bis zum Horizont wellten wie ein grüner Ozean aus Gras. Sie waren an der Schwelle der Wicklow Mountains angekommen.

Und der Zugang war versperrt.

Ein großer, grauer, aufrecht stehender Stein hielt sie zurück. Der Monolith war mit einer welligen Hieroglyphenschrift versehen, die von den Hügeln inspiriert zu sein schien.

Die junge Frau legte eine Hand auf den Stein. »Hier steht, dass die Grenzen des Bergkönigreichs geschlossen sind. Es gibt noch mehr solche Steine entlang der Grenzlinie. Wie lange sie schon hier stehen, wissen wir nicht. Das Bergvolk lebt ziemlich abgeschieden und pflegt kaum Kontakt zum Hohen Hof oder dem Rest der Elfenwelt. Die Steine enthalten verschiedene Zauber, um Eindringlinge fernzuhalten, aber selbst ohne die würden wir ihren Wunsch respektieren. Jedes Königreich in der Elfenwelt erlässt seine eigenen Gesetze.«

Sie ließ den Blick in die Ferne schweifen. »Kennst du den Berg namens Lugnaquillia?«

»Es ist der höchste in der Bergkette«, antwortete Dana nickend. »Pa und ich haben ihn im vergangenen Sommer bestiegen.«

Die Waldfrau wirkte erfreut und ein wenig erleichtert. »Auf dem Lugnaquillia steht der Palast unseres Tánaiste, Lugh vom Berg, Lugh vom Wald.«

Dana verließ kurz der Mut. Der Lugnaquillia erhob sich weit am Ende des Gebirgszugs, hinter vielen Gipfeln und Tälern. Ihn zu erreichen, würde Tage dauern. Und das bedeutete, dass sie mehrere Nächte allein in den Bergen verbringen musste. Eine schwere Aufgabe für jeden und erst recht für eine Zwölfjährige ohne Zelt oder ausreichende Vorräte.

»Gut, dann mal auf zum Lugnaquillia«, sagte sie mit erzwungener Beherztheit. Sie durfte sich ihre Angst nicht anmerken lassen. Der Auftrag hing schließlich schon am seidenen Faden. »Um Lugh vom Berg, Lugh vom Wald aufzusuchen. Wie lautet die Botschaft?«

Die Waldfrau musterte Dana erneut mit stirnrunzelnder Besorgnis.

Dana hielt die Luft an und gab sich alle Mühe, entspannt und zuversichtlich zu wirken.

Die Frau wählte ihre Worte mit Bedacht.

»Ein Schatten des Zerstörers ist in das Land eingedrungen. Wo ist das Licht, das die Dunkelheit überwindet?«

Dana war perplex. »Was bedeutet das?«, fragte sie bebend.

»Der Tánaiste wird es wissen. Die Botschaft ist für ihn bestimmt. Deine Mission besteht lediglich darin, sie ihm zu überbringen.«

Doch das Unbehagen der Waldfrau wuchs. Ihre Augen färbten sich dunkel vor Sorge.

Dana erschauerte und fror plötzlich. Sie nahm ihren Rucksack ab, holte den Anorak heraus und zog ihn über.

Das ältere Mädchen wurde sehr fürsorglich, band Danas Kapuze fest und schob die hervorlugenden Haarsträhnen darunter. »Halte die Ohren gut bedeckt. Draußen auf der offenen Ebene weht der Wind kälter. Hast du genug zu essen und zu trinken mitgebracht? Geh immer in westliche Richtung. Dem Sonnenuntergang entgegen.«

»Ich weiß, was ich zu tun habe«, sagte Dana und rückte von ihr ab. »Ich komme schon zurecht.« Sie wollte sofort aufbrechen, bevor die Waldfrau ihre Meinung ändern konnte.

Deren Miene hellte sich plötzlich auf. »Warte, das hätte ich beinahe vergessen! Ich kann dir etwas mitgeben! Das ist Tradition. Eine besondere Gabe. Sie wird dir unterwegs helfen.«

Dana rechnete schon damit, dass sie ein Schweizer Armeemesser aus ihren Kakishorts zutage fördern würde, doch stattdessen war es ein kleines goldenes Döschen mit einem Edelsteinverschluss. Darin war eine rote Pomade, die nach Äpfeln roch.

»Schließ die Augen«, sagte die Waldfrau. Während sie den süß duftenden Balsam auf Danas Lider tupfte, erklärte sie seinen Zweck. »Damit kannst du sehen, was Sterblichen sonst verborgen ist. Deine Augen werden den Schleier durchdringen, der unsere Welt umgibt, und du wirst erkennen, dass die Elfenwelt überall um dich herum ist. Die Wesen, die sich für unsichtbar halten, werden sichtbar gemacht, aber sie werden dich weiterhin für blind halten. Das verschafft dir einen Vorteil und genug Zeit, um Freund von Feind zu unterscheiden.«

Dana überlief es kalt. Es würde also noch andere Feinde geben außer dem Schatten, von dem sie gerade gesprochen hatte? Sie traute sich nicht, danach zu fragen, sonst würden ihrer Auftraggeberin am Ende wieder Bedenken kommen. Die Waldfrau hielt Dana an beiden Händen gefasst; es widerstrebte ihr sichtlich, sie gehen zu lassen.

»Okay, ich muss los!«, sagte Dana und entzog sich ihrem Griff. »Auf Wiedersehen!«

Sie beschritt eilig den Weg, der in die Berge führte, und drehte sich erst um, als sie schon ein Stück weit weg war.

Dort stand die Frau im Waldschatten, umrahmt von Ästen voll Eichenlaub wie von einem Portal. Ihr Gewand schimmerte im gefilterten Sonnenlicht. In ihr langes blondes Haar war ein Weißdornkranz geflochten.

»Mein Segen begleitet dich«, rief sie mit silberheller Stimme. »Mögest du immer guten Mutes sein auf dem grünen Pfad.«

Fünfzehn

Versteckt in seinem menschlichen Wirt kehrte der Dämon zurück, um die Helle ohne ihr Wissen zu verfolgen. Er nahm an, dass sie seine Beute war, denn er spürte die Macht unter ihrer sterblichen Erscheinung. Schlangengleich kroch er durchs Gebüsch und wagte es, sich ihr zu nähern. Auf diese Weise hörte er von der Mission und der Botschaft.

Wo ist das Licht, das die Dunkelheit überwindet?

Die Worte lösten einen Wirbelsturm der Verwirrung in ihm aus. Die Helle rief etwas noch Mächtigeres zu Hilfe! Zweifel trieb seinen gequälten Geist um. War sie doch nicht das, was zu vernichten er entsandt worden war? Sie sprach von einem König. War er das Licht? Oder der Weg zum Licht? Und was war mit dem Kind?

Er lag im Verborgenen und nagte an seinen Gedanken wie ein ausgehungertes Tier, das einen Haufen Knochen ausgegraben hatte. Das Kind musste sterben, bevor es den König warnen konnte. Und dann der König. Aber nicht, bevor er ihm entrissen hatte, was er wissen musste. So oder so, das Licht würde gelöscht werden.

Einen Plan zu schmieden, half ihm, sein fiebriges Hirn zu kühlen. Vorsicht erschien ihm unerlässlich. Er war noch nicht stark genug für einen offenen Kampf. Außerdem war da noch das Ringen mit dem, von dem er Besitz ergriffen hatte. Trotz ihrer dunklen

Seelenverwandtschaft kam keine Verschmelzung ihrer beider Willen zustande.

Stunden vergingen, ehe er aus dem Halbdunkel der Bäume schlich. Als er zu der Markierung kam, die verkündete, dass die Grenze geschlossen war, zögerte er nur kurz. Dann passierte er den großen Stein und machte sich auf den Weg ins Bergkönigreich.

Sechzehn

Dana folgte vorsichtig dem Wanderweg, der sich durch die Wicklow Mountains wand. Die mächtigen Hügel erhoben sich ringsherum wie gewaltige, scheckige Tiere, die sich im Sonnenschein räkelten. Rechts ragte der spitze Gipfel des Djouce Mountain auf, dessen Flanken mit purpurnem Heidekraut bewachsen und von grauem Fels durchzogen waren. Vor ihr lag das bewaldete Tal mit dem Bergsee Lough Tay im Schatten des Luggala und dahinter die Schlucht des Lough Dan unterhalb von Knocknacloghoge. Sie würde den ganzen restlichen Tag brauchen, um den Lough Dan zu erreichen, und das war erst ein Drittel ihrer Reise. Nach einer Weile blieb sie stehen, um die Karte zu studieren, die sie in ihrem Rucksack hatte. So viele Berge zu erklimmen, Täler zu durchqueren, Seen und Wälder zu passieren! Obendrein musste sie bewohnte Gebiete und die beliebtesten Wanderrouten meiden. Sobald sie als vermisst gemeldet worden war, würden Suchtrupps und Rettungsteams ausschwärmen. Sie würde ständig auf der Hut sein und sich verstecken müssen.

Es würde nicht leicht werden.

Obwohl sie recht zuversichtlich aufgebrochen war, fing

sie bereits an zu verzagen. Alleine wandern machte keinen Spaß. Sie und Gabe waren immer mit der Wandergruppe aus dem Ort losgezogen. Viele davon waren Freizeit-Naturforscher und studierten mit ihren Vergrößerungsgläsern winzige Wildblumen und die Flechten auf den Felsen. Sie fragten sie häufig nach den irischen Namen von Bäumen und Pflanzen, da sie als Einzige die Sprache fließend beherrschte. *An cuileann.* Die Stechpalme. *An dair ghaelach.* Die irische Eiche. *Méiríní sídhe.* Fingerhut oder Elfenfinger. *Méaracán gorm.* Ein und dieselbe Bezeichnung für die blaue Glockenblume und die wilde Hyazinthe.

Sie sehnte sich nach Gesellschaft. Die Weite und Abgeschiedenheit der Landschaft war überwältigend, und Dana fühlte sich schon bald schrecklich einsam, wozu noch ein wachsendes, schleichendes Unbehagen kam. Die Berge kamen ihr jetzt wie mürrische Riesen vor, die sie grübelnd beobachteten. Sie versuchte, nicht an das Etwas beim Wasserfall zu denken und zu überlegen, ob es irgendwo hier draußen war. Ob es sie belauerte. Sie jagte. Immer wieder blickte sie über die Schulter. Die Natur war wunderschön, wenn man sich in ihr sicher fühlte. Wenn nicht, war sie erschreckend.

Sie hatte absichtlich einen der weniger begangenen Pfade eingeschlagen, der über die Höhen führte. Selbst wenn es ihr gelänge, Leute, die ihr begegneten, davon zu überzeugen, dass sie bestens allein zurechtkam, wäre es nur eine Frage der Zeit, bevor diese sich mit Gabe in Verbindung setzten. Jedes Mal, wenn sie an ihren Vater dachte, gab es ihr einen heftigen Stich. Er musste inzwischen außer sich sein vor Sorge. Es war schrecklich, sich vorzustellen, wie er unzählige Anrufe machte, ihre Freunde zusammentrommelte, die Berge durchkämmte und dabei halb verrückt wurde. Sie hatte versucht, ihm eine Nachricht zu schreiben, aber ihr war nichts eingefallen, was halbwegs vernünftig klang oder ihn beruhigen würde. *Ich bin mit ein paar Elfen unterwegs. Sie haben versprochen, mir einen Wunsch zu erfüllen. Wenn es so weit ist, komme ich mit Mum zurück.*

Wenn es so weit ist …

Es hatte auch keinen Sinn, ihm mitzuteilen, wohin sie ging. Er würde ihr sofort folgen und alles verderben.

Sie beschleunigte ihren Schritt. Im Grunde machte sie das doch auch seinetwegen, oder? Wenn sie ihm seine Frau zurückbrachte, würde es das alles wert gewesen sein, selbst die Angst und Sorge.

Dana war seit mehreren Stunden unterwegs, als sie vor sich am Wegrand eine Gestalt ausmachte. Jemand hockte dort bucklig auf einem Felsbrocken inmitten von Heckenrosen. Ihr Herz tat einen Sprung, und sie wollte schon weglaufen, aber dann erkannte sie, wer es war – die alte Dame aus dem Hanuman House in Bray. Sie rannte auf sie zu.

»Hier bin ich! Wie Sie es wollten!«

Die kleinen Knopfaugen waren dieselben, dunkel und lebhaft, aber das Gesicht schien bärtiger geworden zu sein.

Die alte Frau lächelte mit schräg gelegtem Kopf. »Hörst du es, *mo leanbh? Éist nóiméad.*«

Dana lauschte einen Moment lang. Sie hatte sich an den Wind gewöhnt, der durch die Berge heulte, aber jetzt hörte sie außerdem einen tiefen, hallenden Ruf.

»Wie habe ich mich danach gesehnt, das wieder zu hören«, sagte die alte Frau. »Das Lied der Rohrdommel. Jäger und Trockenlegungen hatten sie aus den Mooren vertrieben, aber jetzt ist sie zurückgekommen. Nicht alles, was verschwindet, ist für immer fort.«

Das klang tröstlich.

»Go raibh míle maith agat«, dankte Dana ihr.

Das bärtige Gesicht wurde runzlig vor Lachen. »Du hast ein ziemlich gutes Benehmen für ein mutterloses Kind. Nun, ich will dir den Weg weisen. Lauf diesen Hügel hier hinauf, so schnell deine Füße dich tragen, das Herz so wild wie ein Vogelherz, und du wirst eine wunderbare Überraschung erleben. *Wie die Hirschkuh über die Höhen springen.«*

Dana verstand kein Wort, aber sie liebte Überraschungen und rannte für ihr Leben gern. »Vielen Dank noch mal!«, rief sie schon im Davonstürmen.

Sie lief einen steilen Pfad durch Farnbüsche hinauf. Links und rechts des Weges winkte ihr langer pinkfarbener Fingerhut zu. Ein Stück weiter reichte ihr ein einsamer Weißdornbaum, knorrig und gebeugt vom Wind, einen freundlichen Ast, an dem sie sich hochziehen konnte. Sie eilte weiter, ohne nachzudenken, erfüllt von einer unerklärlichen freudigen Erregung. Ihr Herz schlug schnell, wild wie ein Vogelherz, und als sie oben ankam, keuchte sie auf vor Entzücken.

Sie erstarrten bei ihrer Ankunft. Die Köpfe erhoben, die Ohren aufgestellt, die sanften Augen weit aufgerissen, das Geweih emporgereckt: ein großes Rudel Hirsche.

Sie merkte, dass sie scheu und ein wenig nervös waren, aber sie flohen nicht vor ihr. Sie blieb ebenfalls still stehen, um sie nicht zu erschrecken. Eine der Hirschkühe wagte sich näher heran und schnupperte an ihrer Hand. Die anderen folgten, und auf einmal war Dana von einem wilden, süßen Geruch umgeben, während die Tiere sie sanft anstießen. Sie spürte, dass sie gleich loslaufen wollten und dass sie mit ihnen laufen sollte.

»Ich bin nicht sicher, ob ich das kann«, murmelte sie.

Dann hauchten die Hirsche sie an mit ihrem warmen, grasigen Atem, und es wisperte in ihrem Kopf: *Folge dem grünen Pfad.* Sie spürte ein Kribbeln in den Beinen. Ihre Muskeln begannen zu zucken. Ihre Füße richteten sich auf, bis sie auf den Zehenspitzen stand. Jetzt schoss die Gewissheit durch sie hindurch wie frische Frühlingssäfte: Sie konnte eine von ihnen sein.

Was für ein herrliches Gefühl, mit den Hirschen zu laufen! *Wie die Hirschkuh über die Höhen springen.* Dichtes braunes Fell wogte um sie herum, Hufe trommelten auf den Boden. Sie rannten und sprangen mit einem Sinn, als wären sie ein einziger Körper. Mitten in der Herde lief auch sie, wild und unbändig, ihre Menschlichkeit abgestreift wie Kleider im Wind. Sie lief zwar noch auf zwei Beinen, aber ihre Füße waren Hufe, ein Geweih ragte aus ihrer Stirn und ihr Herz schlug mit dem wilden Herz der Herde.

Hinauf in luftige Höhen und hinab in die Schlucht voll Binsen.

Die Landschaft verschwamm um sie herum, so schnell waren sie. Während sie haltlos hangabwärts jagten, wirbelten sie Steine und Erde hinter sich auf. Jetzt stürmten sie in einen Hain aus Eichen und Birken und schlängelten sich wie ein rehbrauner Bergbach zwischen den Bäumen hindurch. Dann wieder hinaus in ein grünes Tal, wo sie spritzend durch den Cloghoge River galoppierten. Das blaue Wasser des Lough Tay lag spiegelnd vor ihnen. Darüber ragten die hohen Felswände des Luggala auf. Dana hätte es niemals allein diesen Geröllhang hinaufgeschafft, doch nun flog sie mit den anderen hinauf, dass die losen Steine in einer Wolke aus grauem Staub aufstoben.

Sie jagten über den kahlen, offenen Gipfel des Luggala, dann seinen westlichen Hang hinunter und wieder hinauf zu einem neuen Kamm. Erst als sie oben auf dem Knocknacloghoge ankamen, machte die Herde halt. Dicht um Dana gedrängt, stupsten die Tiere sie an, um Lebewohl zu sagen.

»Danke, danke«, murmelte sie immer wieder, schon ganz traurig, sich von ihnen trennen zu müssen.

Dann liefen die Hirsche auf dem gleichen Weg wieder den Abhang hinunter.

Als Dana sich umsah, erkannte sie, wie weit die Herde sie gebracht hatte, und weinte beinahe vor Dankbarkeit. Sie hatten in einer Stunde eine Strecke zurückgelegt, für die sie sonst den ganzen Tag gebraucht hätte. Doch als sie westwärts blickte, zu ihrem Ziel, fühlte sie eine kalte Hand im Nacken. Was war das dort am Horizont?

Sie beschirmte ihre Augen gegen die Sonne und spähte in die Ferne. Zuerst konnte sie kaum glauben, was sie da sah. Dann fiel ihr die Pomade der Waldfrau wieder ein, und es war klar, dass sie funktionierte. Denn dort, über dem Granitrücken des Hochlands, lag die Silhouette eines schlafenden Riesen. Sein gewaltiger Körper bestand aus Fels und Erde und wurde von einer Torfdecke gewärmt. Sein Gesicht war zerklüftet, wirkte aber nicht unfreundlich. War das etwa König Lugh? Sein Kopf lehnte am Lugnaquillia, als wäre der Berg ein Kissen. Doch wenn er es wirklich war, was konnte ihn dazu gebracht haben, seine Grenzen zu schließen und sich zwischen den Bergen niederzulegen?

Noch während sie den schlafenden Riesen betrachtete, durchlief er eine Veränderung. Sturmwolken sammelten sich am Himmel über ihm und ließen seine Züge düster und angestrengt erscheinen. Als es zu schütten anfing, liefen Ströme von Wasser über sein Gesicht, als ob er weinte. Dann zogen die Wolken weiter, die Sonne kam wieder hervor und der Riese lächelte im Schlaf. Dana war verwirrt. Bildete sie sich das alles nur ein?

Es blieb keine Zeit, lange zu überlegen. Die Regenwolken sausten über die Hügel und kamen in ihre Richtung. Der offene Gipfel bot keinerlei Schutz und es war jetzt schon kühler. Schnell schlüpfte sie in Jeans und Pullover und tauschte ihre Sandalen gegen Socken und Laufschuhe. Sie war froh, dass sie ihre wasserfeste Jacke mit der Kapuze mitgenommen hatte, aber schon bald wünschte sie, sie hätte auch die Regenhose eingepackt. Wie immer in den Bergen peitschte der Regen von der Seite auf einen ein. Schon nach wenigen Minuten war die Jeans durchweicht und klebte ihr an den Beinen. Es konnte nur noch schlimmer werden.

Dana, die die Hirsche vermisste, stieg die steile Westseite des Knocknacloghoge mit Blick auf den Lough Dan hinunter. Der Abstieg durch Heide und Moorgras wurde durch den nassen Untergrund sehr erschwert. Immer wieder rutschte sie aus. Ein Wanderstock wäre eine gute Hilfe gewesen. Sie nahm sich vor, nach einem starken Ast Ausschau zu halten, sobald sie wieder an einem Baum vorbeikam. Ihr Magen knurrte, doch sie ignorierte es. Sie musste weiter. Obwohl es noch eine ganze Weile hell sein würde, verblasste das Nachmittagslicht langsam. Die gefürchtete Frage, wo sie die Nacht verbringen sollte, würde sich bald stellen. Die schwere Bürde der Aufgabe begann sie niederzudrücken – der Nieselregen, der Matsch und das trübsinnige Alleinwandern. Es war nicht gerecht. Wie konnte man von ihr erwarten, so etwas ohne irgendwelche Hilfe zu schaffen? Sie fing an zu schniefen, dann wurde sie böse auf sich selbst. *Lass den Quatsch! Du hast selbst darauf bestanden, dass du es schaffen kannst!*

Am Fuß des Hügels musste sie sich durch ein weiteres Meer von Farnen kämpfen, bis sie zu einem kleinen Fluss kam. Bei der mühsamen Durchquerung rutschte sie auf den Steinen aus und fiel auf die Knie. Jetzt hatte sie blaue Flecken und war noch nasser als zuvor. Würde es denn nie aufhören zu regnen? Vor ihr lag eine dicht mit Riedgras bewachsene, durchweichte Wiese. Dahinter erhob sich die felsige Anhöhe des Scarr Mountain. Rechts von ihr erstreckte sich das dunkelblaue Wasser des Lough Dan. Sie entdeckte eine Wandergruppe auf dem Pfad, der am See entlangführte; die farbigen Jacken der Leute leuchteten wie bunte Vögel in den Binsen. Alle hatten zum Schutz vor dem Regen den Kopf gesenkt und schienen sie nicht zu sehen. Trotzdem lief sie geduckt weiter.

Als sie den Aufstieg zum Scarr begann, musste sie sich immer wieder antreiben. Sie setzte einen Fuß vor den anderen, zählte ihre Schritte und blieb nach jedem zehnten Schritt stehen, um Atem zu schöpfen. Es hatte zwar endlich aufgehört zu regnen, aber ihre Füße waren durchnässt, ihre Beine schmerzten und ihr Rucksack fühlte sich an wie eine Ladung Ziegelsteine. Der Berghang schwankte unter ihr, und sie glaubte, gleich ohnmächtig zu werden. Schließlich ließ sie sich auf einen Flecken Heidekraut fallen, holte eine Handvoll Pralinen aus dem Rucksack und stopfte sie sich in den Mund.

Wenn's dir beschissen geht, iss zuerst den Nachtisch.

Sie nuckelte gerade an der Colaflasche, als sie etwas bemerkte, was sich auf der gegenüberliegenden Seite des Lough Dan den Hang hinunterbewegte. Zuerst hielt sie es für einen Hirsch und ihr wurde leichter ums Herz. Gleich darauf wurde ihr schlagartig kalt. *Was war das?* Sie konnte es aus dieser Entfernung nicht deutlich erkennen, und es verschwand immer wieder hinter den Felsen. Dann sah sie es plötzlich deutlich. Ein Mensch. Mit Gliedmaßen und einem Kopf. Sie lachte beinahe. Es war alles schon schlimm genug, warum musste sie sich auch noch selbst Angst einjagen? Trotzdem beobachtete sie die Gestalt weiter. Sie tauchte wieder hinter einem Felsen auf, und Dana entdeckte noch etwas anderes: ein rötliches Wesen, seltsam gegliedert, mit vielen, zu vielen Beinen.

Von Furcht getrieben, krabbelte Dana den Hügel hinauf. War es das Ding vom Wasserfall? Oder ein anderer bedrohlicher Feind? Hatte es sie gesehen? Kam es hinter ihr her? Die Angst verlieh ihr neue Energie. Beflügelte sie. Sie keuchte, ihre Lunge brannte. Ihre Panik machte sie unvorsichtig. Einmal wäre sie beinahe abgestürzt. Als sie das Gleichgewicht wiedergewonnen hatte, blieb sie stehen, um hinter sich zu spähen. Nichts zu sehen.

Ein kurzer Moment der Erleichterung.

Dann blitzte etwas Rotes an der Stelle auf, wo sie den Fluss überquert hatte. Sie hätte beinahe aufgeschrien. Es hatte ihre Witterung aufgenommen und verfolgte sie wie ein Hund. *Es jagte ihr nach.*

Die letzten Meter bis zum Gipfel legte sie in blinder Hast zurück, begleitet von Furcht und Hoffnung. Jetzt war ihr alles egal, und sie betete, dass da oben jemand sein würde. Eine Gruppe von Ausflüglern. Ein einsamer Wanderer. Irgendjemand. *Bitte.*

Als sie die Höhe erreichte, stöhnte sie enttäuscht auf. Nichts als Fels und struppige Heide. Sie war allein und schutzlos einem unheimlichen Jäger ausgeliefert.

Siebzehn

Für eine kurze Weile verlor Dana jede Beherrschung. Sie rannte hektisch im Kreis herum wie ein verängstigtes Kleinkind. *Ein Ungeheuer ist hinter mir her! Ein Ungeheuer ist hinter mir her!* Sie schrie nicht, aber nur deshalb, weil sie sich eine Faust in den Mund gestopft hatte. Dann blieb sie abrupt stehen. Zwang sich zum Nachdenken. *Was kann ich tun? Wo kann ich mich verstecken?* Aus dem grasbewachsenen Gipfel ragten hier und da Felsvorsprünge und kleine, von Menschen gemachte Steinhaufen auf. Dana suchte sie flink ab und fand eine schmale, mit Heidekraut überwucherte Öffnung. Drinnen war genug Platz für sie. Sie kroch rückwärts hinein, um hinauslugen zu können, und bemühte sich, die Heidebüschel, die einen gewissen Schutz boten, nicht zu zerdrücken. In jeder Faust hielt sie einen scharfkantigen Stein. Wenn man sie in die Enge trieb, konnte sie kämpfen wie eine Wildkatze.

Das Warten war qualvoll. Durchnässt und in dem engen Spalt zusammengekauert, zitterte sie vor Kälte und Furcht. Mit angehaltenem Atem und zusammengekrampftem Magen spähte sie durch das Gestrüpp, und ihr graute vor dem, was da auf sie zukam. Schritte näherten sich. Langsam und schwer. Lose Steine wurden aus dem Weg gekickt. Instinktiv krümmte sie sich, um sich klein und unsichtbar zu machen. Dann trat jemand in ihr Blickfeld. Dana unterdrückte einen überraschten Ausruf.

Murta!

In der ersten Erleichterung, weil sie so froh war, ein bekanntes Gesicht zu sehen, wäre sie beinahe aus ihrem Versteck gesprungen. Doch irgendetwas hielt sie davon ab. Sie dachte an das ungute Gefühl, das sie immer in seiner Nähe bekam. Was machte er hier? Und war es nicht ein ausgesprochen seltsamer Zufall, dass er sich auch beim Wasserfall aufgehalten hatte? Ihr wurde übel. Was hatte das zu bedeuten?

Während Murta sich umsah, sog er witternd die Luft ein wie ein Tier. Suchte er etwa nach ihr? Ihr Verstand beharrte auf einer vernünftigen Erklärung. Sie wurde seit fast einem halben Tag vermisst. Suchtrupps würden die Berge durchkämmen. Aber wenn er zu einem dieser Trupps gehörte, warum war er dann allein? Er machte nicht den Eindruck, als wäre er auf einem Rettungseinsatz. Er hatte nicht einmal einen Rucksack dabei.

Murtas Handy klingelte schrill in der Stille. Er holte es aus der Tasche und starrte eine Weile darauf. Langsam führte er es ans Ohr.

»Ja? … Nein … Ich bin … ich habe … zu tun.«

Dana bekam eine Gänsehaut. Seine Stimme klang fremd und träge. Jetzt steckte er das Telefon wieder ein und nach einem letzten Blick in die Runde stakste er davon, verschwand auf der Westseite hinter dem Hang.

Sie kam erst hervor, als sie sicher sein konnte, dass er fort war. In ihrem Kopf ging es drunter und drüber. Was war hier los? Nichts ergab einen Sinn. Und was sollte sie jetzt tun? Sie musste in westliche Richtung gehen, aber sie wollte nicht von ihm gesehen werden. Sie würde eine andere Route einschlagen, einen Umweg um den Scarr herum machen müssen. Sie hatte gerade beschlossen, etwas zu essen und ihre Karte zurate zu ziehen, als sie ein neuer Schrecken durchfuhr. Dort, in der Nähe des Spalts, in dem sie sich versteckt hatte, ragte etwas unter einem großen Felsbrocken hervor.

Zwei Beine und Füße!

Sie schrie.

Eine männliche Stimme krächzte etwas zur Antwort unter dem Stein hervor.

Jemand war dort eingeschlossen!

»Ist alles in Ordnung mit Ihnen?«, rief sie. »Sind Sie verletzt? Können Sie sich bewegen?«

Sie stemmte sich mit aller Kraft gegen den Felsen und rief dem Mann dabei zu durchzuhalten. Er bewegte sich jetzt, zappelte mit den Füßen und brüllte ebenfalls. Dana legte sich noch mehr ins Zeug, weil sie glaubte, dass er Schmerzen hatte, aber als der Stein sich endlich wegrollen ließ, merkte sie, dass der Mann sie anschrie.

»Heilige Stechpalme, was machst du denn so einen Höllenlärm?«, brüllte er.

Sprachlos starrte Dana den kleinen Mann an. Er war von Kopf bis Fuß gelblich braun und so verschrumpelt wie Herbstlaub. Seine Haare samt Bart hingen in dicken, zottigen Strähnen herab und wickelten sich wie ein Vogelnest um seine Füße. Sein Hemd und seine Hose schienen aus braunem, mit Zwirn verschnürtem Papier gemacht zu sein und ließen ihn wie ein vergessenes Päckchen wirken.

Auf einmal waren Schritte vom Westhang her zu hören und Murta tauchte wieder auf. Er atmete schwer und sein

Blick schnellte in alle Richtungen. Er wirkte irgendwie größer und dunkler, war sehr rot im Gesicht und beängstigend. Er musterte den kleinen Mann flüchtig, aber als er Dana sah, zuckte er überrascht zurück. Dann verzerrte eine schreckliche Grimasse seine Züge. Sie wusste sofort, dass ihr Gefahr drohte.

Dana stand wie gelähmt da, unschlüssig, was sie tun sollte. Aus dem Augenwinkel suchte sie den Boden nach den Steinen ab, die sie fallen gelassen hatte. Sie brauchte Waffen.

Murta leckte sich über die Lippen, als er drohend auf sie zukam.

Der kleine Mann hatte aufgehört zu brüllen, um Murta anzustarren, und jetzt drehte er sich zu Dana um. »Gehörst du zu dem da, *girseach?«*, fragte er sie.

»Nein.«

Die Antwort hätte entschieden herauskommen sollen, aber es wurde eher ein Wimmern.

Murta hatte sie beinahe erreicht. Seine Augen funkelten böse. Dana versuchte, ihre Füße dazu zu zwingen wegzulaufen, aber sie weigerten sich.

»Hab ich mir gedacht«, sagte der kleine Mann. Dann kramte er in seinen Kleidern und zog einen Löwenzahn mit noch unversehrter Distelwolle hervor. »Jetzt halt dich fest«, sagte er und packte Danas Hand. »Wie der Blitz sind wir weg.«

Er pustete auf die Distelwolle.

Und blies sie beide fort. Einfach vom Berg weg!

Es war ein überaus merkwürdiges Gefühl, als würden sie in einen Staubsauger hineingesogen. Zischend verschwamm die Landschaft zu grünen und braunen Streifen mit einem blauen Fleckchen Himmel darüber.

Dann fand sie sich auf einem ganz anderen Berggipfel wieder, ein bisschen schwindelig, aber sehr erleichtert.

»Danke!«, sagte sie herzlich. »Dieser Mann macht mir eine Heidenangst!«

»Mann?«, fragte ihr Gefährte und blinzelte sie durch das Haargestrüpp über seinen Augen an.

Dana betrachtete ihn neugierig. War er so eine Art Kobold? Und hatte er ihr geholfen, weil sie ihn freigelassen hatte? »Bist du okay?«, fragte sie. »Warst du unter dem Felsbrocken dort eingesperrt oder ist er auf dich draufgefallen?«

»Bist du total bescheuert, oder was?«, rief er. »Ich hat grad so ein schönes Nickerchen gemacht, als du mich da rausgerissen hast.«

»Aber ich dachte ...« Dana stockte. Er hatte ein Nickerchen gemacht? Sie fühlte sich ein wenig benommen. Nach der großen Erleichterung darüber, Murta entkommen zu sein, musste sie über die Mätzchen dieses komischen kleinen Mannes einfach kichern.

»Bist du ein Elf?«, fragte sie ihn.

»Sehe ich aus wie einer?«, erwiderte er gereizt.

Ihr Gekicher erstarb. »Entschuldigung«, sagte sie hastig. »Die Waldfrau hat mir erklärt ...«

Er hob eine schmuddelige Hand und sein Ton wurde freundlicher. »Alles klar! Jetzt weiß ich Bescheid. Du bist die Botin der Dame vom Wald. Sie hat verkünden lassen, dass wir nach dir Ausschau halten sollen. Kannst du mich deshalb sehen, obwohl deine Art sonst nicht dazu in der Lage ist? Sie latschen immer an mir vorbei mit ihren großen tollpatschigen Füßen und Taschen voller Fressalien. Dann hocken sie sich einfach auf Yallery Browns Bett – den Travellers Rock, nennen sie es –, und keiner von den Geizkragen bietet mir einen Happen zu essen an. Man sollte meinen, unsereins hätte keinen Mund.«

Hoffnungsvoll beäugte er ihren Rucksack.

»Ich wollte gerade Abendbrot essen«, sagte sie zu ihm.

Yallery begutachtete den Bergkamm und zeigte dann auf einen großen, flachen Stein in der Nähe. »Das dort ist ein hübsches Möbelstück«, bemerkte er. »Kann uns als Tisch dienen.«

Sie ließen sich auf dem Stein nieder und Dana breitete ihr Essen aus – einen Brocken Cheddarkäse, ein übrig gebliebenes Salatsandwich, vier Samosas, einige eingelegte Gurken, mehrere Äpfel und ein kleines Häufchen Pralinen.

Yallery musterte die Samosas. »So was hab ich noch nie gesehen.«

Er nahm sich eines und hielt es sich an die Nase. Seine Barthaare zitterten. Die gefüllte Teigtasche mit beiden Händen haltend, begann er zierlich daran zu knabbern, zuerst an den Ecken.

Dana musste einen neuen Kicheranfall unterdrücken. Er aß wie ihre Hamster. Sie selbst schlang das Sandwich mit grünem Salat, Tomate, roter Zwiebel und Paprikastreifen herunter. Sie war halb verhungert. Seit dem Picknick am Wasserfall in Powerscourt waren viele Stunden vergangen. Bei alledem, was inzwischen passiert war, kam es ihr sogar wie Tage vor. Sie blickte zum Himmel hinauf. Die Sonne stand schon ziemlich tief. Es wurde Abend. Sie wühlte in ihrem Rucksack, zog die Karte heraus und breitete sie auf ihrem Schoß aus.

»Kannst du mir sagen, wo wir sind?«, fragte sie ihn mit vollem Mund.

Yallery Brown besah sich die Karte. Es war eine topografische Darstellung der Wicklow-Berge mit Gipfeln und Tälern, Seen und Flüssen.

»Hier«, antwortete er und tippte mit schmutzigem Finger auf den Duff Hill.

»Oh«, machte sie betroffen.

Er hatte sie weit nach Norden geblasen, fernab von ihrer eigentlichen Route, sodass sich ihre Reise um mindestens einen Tag verlängern würde. Dana verbarg ihre Enttäuschung und bot ihm noch ein Samosa an. Wenn sie ihn bei Laune hielt, würde sie ihn vielleicht überreden können, noch einen Löwenzahn einzusetzen.

Yallery, der an der zweiten Teigtasche nagte, streckte die Beine aus.

Dana bemerkte, dass er zwei linke Füße hatte, sagte aber nichts. Es war Zeit für den Nachtisch. Sie teilte jedem von ihnen drei Pralinen zu, weil sie wusste, dass sie einen Notvorrat für die vor ihr liegende Strecke aufheben musste.

Yallery leckte mit seiner hellrosa Zunge über eine Mokkasahne-Praline. »Erzähl uns eine schöne *scéal«,* sagte er. »Ich habe seit Ewigkeiten keine Menschengeschichte mehr gehört.«

Sie sah ihn verdutzt an. »Du meinst ein Märchen?«

»Nein, die sind ein alter Hut und lauter Geschwafel. Viel zu viel Fantasie drin. Man muss sich immer den Kopf zerbrechen, was da wirklich abgeht. Da ziehe ich doch jederzeit eine ordentliche Menschengeschichte vor. Lauter Fakten und Gefühl. Soll ich dir eine Geschichte über Johnny Magorey erzählen?«

Dana, die auf einem Toffeebonbon kaute, nickte.

»Soll ich sie beginnen?«

Sie nickte wieder.

»Damit ist kein Blumenpott zu gewinnen!«

Sein Gegacker endete in einem Hustenanfall.

Dana lachte mit. »Der war gut. Das werde ich meinem Pa erzählen, wenn ich nach Hause komme.« Weil sie plötzlich wieder an Gabe denken musste, wurde sie ganz niedergeschlagen.

Yallery sah sie nachdenklich an. Dann begann er leise zu singen.

Skinnymalink melodeon legs,
Big banana feet,
Went to the pictures
And couldn't get a seat.

Steckendünne Beine,
Dic Füßc bananenkrumm,
Wollte mal ins Kino gehn
Bekam keinen Platz, zu dumm.

Sie lachte wieder.

»Jetzt bist du dran«, sagte er. »Ein Gedicht oder ein Lied oder eine Geschichte.

»Mir fällt nichts ein«, gestand sie geknickt. »Pa ist der Geschichtenerzähler in der Familie. Wie wär's mit einem Witz?«

Bevor er Einwände erheben konnte, legte sie los.

»Kommt ein Grashüpfer in eine Bar. Sagt der Barkeeper zu ihm: ›Wissen Sie, dass ein Cocktail nach Ihnen benannt wurde?‹ – ›Wirklich?‹, sagt der Grasshopper. ›Es gibt einen Cocktail, der Bob heißt?‹«

Yallery Brown blinzelte verständnislos.

»Es gibt einen Drink namens Grasshopper«, erklärte sie.

»Wie? Willst du damit sagen, deinesgleichen trinkt Grashüpferblut? Die armen kleinen Kerle!«

»Nein, nein«, erwiderte sie und versuchte es mit weiteren Erklärungen, aber der Witz war weg.

»Ha, das genügt aber ganz und gar nicht«, sagte er unbarmherzig. »Wie wär's mit deiner eigenen Geschichte? Heißt es nicht, jeder ist der strahlende Held seiner Lebensgeschichte?«

»An meiner ist nicht viel dran«, antwortete Dana. Sie überlegte einen Moment. »Also, das Wichtigste. Ich heiße Dana Faolan. Ich gehöre zu den Faolans von Wicklow, das ist die Familie meines Pas. Seine Mum, meine Oma, ist eine Gowan aus Wexford. Sie lebt schon lange in Kanada. Über die Familie meiner Mum weiß ich nichts. Sie ist fortgegangen, bevor ich sie danach fragen konnte.« Dana schwieg einen Augenblick. »Sie ist fortgegangen, bevor ich sie überhaupt irgendwas fragen konnte.« Sie seufzte tief. »Ich schätze, ich habe nur eine halbe Geschichte.«

Yallery Brown tätschelte ihre Hand. »Macht nichts, *a leanbh*. Deine Geschichte geht schließlich noch weiter. Und wie sagt deinesgleichen doch so gern? *Es ist erst vorbei, wenn die dicke Alte singt.«*

Das Letzte sagte Yallery mit einem so schrecklichen amerikanischen Akzent, dass Dana laut lachen musste.

Zufrieden strich er sich die Samosakrümel aus dem Bart und förderte einen weiteren Löwenzahn aus seinem Anzug zutage.

Dana beeilte sich, ihre Sachen zusammenzusammeln.

Als der kleine Mann auf die flaumige Kugel blies, segelten seine Abschiedsworte durch die Luft. »Gehab dich wohl auf deiner Reise, Mädchen. *Folge dem grünen Pfad.«*

Und dann, mit einem Zischen wie von Wasser, das in einen Abfluss strömt, verschwand er.

Dana sah sich um. Yallery Brown war weg und sie stand immer noch auf dem Duff Hill.

»Verdammt!«

Achtzehn

Hätte Yallery Browns Gesellschaft Dana nicht so gründlich aufgeheitert, wäre sie am Boden zerstört gewesen. Um sie herum nichts als eine Wildnis aus Fels und feuchtem Gras unter einem endlosen Himmel. Sie befand sich auf dem nördlichen Ausläufer der Wicklow Mountains, auf einer langen Hügelkette, die sich durch eine windgepeitschte Moorlandschaft zog. Sie war nicht einmal in der Nähe des Weges, der zum Lugnaquillia führte.

Verdrossen starrte sie auf die Karte. Sie würde auf dem Höhenzug, zu dem der Duff Hill gehörte, bleiben und in westlicher Richtung bis zum Mullaghcleevaun weitergehen müssen. Von dort aus konnte sie sich nach Süden wenden, in Richtung Wicklow Gap, und dann wieder nach Westen, wo ihr Ziel lag. Mit einem Blick auf die Route sah sie, dass es Tage dauern würde. Ihr blieb nichts anderes übrig, als so weit wie möglich zu wandern, bevor es dunkel wurde, und dann die Nacht über draußen zu kampieren. Vielleicht in dem Wald unterhalb des Stoney Top.

Nachdem diese Entscheidung getroffen war, schwang Dana ihren Rucksack auf die Schultern und brach auf. Der Westwind blies kräftig durch den ungeschützten Talkorridor. Sie wünschte, sie hätte eine Wollmütze und Handschuhe mitgenommen; weder Kapuze noch Jackentaschen schützten ausreichend gegen die Kälte, die an ihren Ohren und Händen nagte. Auch die Landschaft war trostlos und düster. Obwohl einige Schafe über die unteren Wiesen zockelten, war weit und breit kein Haus oder Bauernhof in Sicht. Kein menschliches Lebenszeichen. Yallerys Pusteblumenzauber hatte sie weit fort vom üblichen Wegenetz geführt. Die Elfenwelt schien die eher verlassenen Regionen zu bevorzugen. Verbargen sich seine Bewohner in den letzten Stückchen unberührter Natur? Waren sie, wie die Wildnis überhaupt, dem Untergang geweiht angesichts des Vormarsches der Menschen?

Es dauerte nicht lange, bis sie anfing, sie wahrzunehmen.

Ein scharfes Krächzen durchdrang die Stille, als ein großer Rabe in ihrer Nähe landete. Dana wusste sofort, dass es kein gewöhnlicher Vogel war, denn er war so groß wie ein ausgewachsener Hund und hatte silbrig weiße Augen, die leuchteten wie Gewitterblitze. Kaum war er gelandet, verwandelte er sich. Die blauschwarzen Federn verschmolzen zu einem weiten langen Umhang, aus dem Arme und Beine hervortraten. Dunkle Haut begann sein Gesicht zu überziehen, während der Schnabel schrumpfte, um zu einer Adlernase zu werden. Glänzende Dreadlocks fielen ihm über den Rücken. Der Rabe hatte die Gestalt einer hochgewachsenen, schönen Frau angenommen, die ebenso atemberaubend wie beängstigend war. Ihre goldgeränderten, grimmigen schwarzen Augen durchbohrten Dana für eine nervenzerreißende Sekunde, dann entließen sie sie aus ihrem Bann. Als die Rabenkönigin davonstolzierte, seufzte Dana erleichtert auf.

Kurz darauf fuhr sie vor Schreck zusammen, denn ein Berghase kam aus einem Heidefeld hervorgeschossen. Sie war nur mäßig überrascht, als er sich in eine verhutzelte alte Frau verwandelte, denn sie kannte den alten Aberglauben, dem zufolge Hasen Hexen waren. Doch auch dieses Wesen kümmerte sich um seine eigenen Angelegenheiten. Wie die Waldfrau gesagt hatte, hielten die Bewohner des Elfenreichs Dana für blind, und sie war froh, dass sie keinerlei Interesse an ihr zeigten. Dennoch hatte das Geschenk der Lady einen Haken. Wollte sie wirklich all das sehen, was um sie herum war?

Sie hielt sich an die tiefer gelegenen Hänge, um den schneidenden Wind zu vermeiden, und kam zu einem Wildbach, der durch eine dunkle Felsrinne strömte. Zuerst dachte sie, das Wasser sei so rot, weil das Erdreich eisenhaltig war. Doch dann hörte sie den Gesang. Die Stimme war klagend und hoch, ein markerschütterndes Heulen. Dana reckte den Hals und entdeckte die weibliche Gestalt, die auf einem Felsvorsprung über ihr kniete. Langes, strähniges Haar verbarg den größten Teil ihres Gesichts; ihre Hände waren faltig und blutbefleckt. Neben ihr lag ein Haufen besudelter Wäsche. Während sie die Kleidungsstücke im Bach wusch, färbte das Wasser sich rot.

Trotz ihres Schauderns hatte Dana keine andere Wahl, als tapfer durch den Bach zu waten. Ihre Laufschuhe färbten sich rosa, während sie durch das seichte Wasser platschte. Ihr Magen rebellierte. Sie hatte von der *Bean Nighe,* der Wäscherin, gehört, sie schrubbte die Leichentücher von Ermordeten. Die *Bean Sidhé* war ihre Schwester, ein grünhaariger Geist, der nachts vor den Häusern der Menschen heulte, die bald sterben würden.

Dana ergriff die Flucht, taumelte geradezu den Hügel hinunter, verfolgt von der schrecklichen Stimme.

Wagst du es, mein Kind,
In die Nacht hinauszugehn,
Wo der Tod wartet,
In der Dunkelheit lauert?

Dana wurde schlecht vor Angst. Die Abenddämmerung senkte sich mit stählernem Licht über die Berge. Der Gedanke daran, im Dunkeln allein mit solchen Kreaturen zu bleiben, war grauenerregend. Sie hastete einen Schafspfad hinab, durch ein Dickicht aus Stechginster. War da etwas hinter ihr? Sie blieb stehen und sah sich um. Nichts zu erkennen. Ein Tier vielleicht? Ein Dachs oder Fuchs? Sie lief weiter abwärts und redete sich gut zu, Ruhe zu bewahren. Aber eine warnende Stimme in ihrem Kopf schrie, dass sie verfolgt wurde. Da war es wieder! Ein klackendes Geräusch, als würden Steine gegeneinandergeschlagen. Plötzlich bewegten sich die Büsche links und rechts von ihr. Sie erspähte Umrisse wie von riesenhaften Insekten, die darin umherhuschten. Der Schreck schnürte ihr die Kehle zu. Es war eine ganze Horde!

Dana schrie und rannte los.

Sofort setzten die Kreaturen ihr nach.

Hals über Kopf stürmte sie den Hang hinunter, ohne sich um Brombeergestrüpp oder Brennnesseln zu kümmern. Halb verrückt vor Furcht keuchte sie wie ein gehetztes Tier. Wer waren sie? Warum jagten sie ihr nach? Eines der Wesen holte sie ein und lief neben ihr her. Es war klein und dunkel und hatte kupferfarbene Augen, die boshaft glitzerten. Mit einem Aufschrei sprang sie weiter. Ihre Beine waren länger. Aber konnte sie die Verfolger abhängen? Das Herz hämmerte ihr in der Brust, ihr Atem ging flach. Langsam bekam sie Seitenstechen.

Ein Stein traf sie am Hinterkopf. Sie kreischte laut, worauf es Kieselsteine um sie herum hagelte. Einige landeten vor ihr auf dem Pfad. Bruchstücke von Feuerstein! Axtteile wie die, die man im Museum sah. *Elfenpfeile,* nannten die alten Leute das. *Feengeschosse.* Sie versuchte, den Wurfgeschossen auszuweichen, indem sie Haken schlug. Das war nicht einfach, weil sie steil bergab lief und der Boden uneben war. Der Ginster zerkratzte ihre Arme und Beine. Sie hielt sich die Rippen, denn das Seitenstechen schmerzte jetzt wie Messerstiche.

Es war das Netz, das sie schließlich zu Fall brachte. Zuerst sah sie nur seinen Schatten, wie große Flügel über ihr. Dann ein Plumps, als es schwer auf ihr landete. Sie taumelte in ein Gewirr aus Schnüren, Gliedmaßen und Buschwerk und riss ein paar der Angreifer mit sich. Von allen Seiten ertönte lautes Geschrei.

Gefangen wie eine Fliege im Spinnennetz, trat Dana wild um sich. Durch das grobe Gewebe konnte sie ein paar vierschrötige, schlammfarbene Kreaturen ausmachen. Sie schienen etwa halb so groß zu sein wie sie, mit Fingern, zwischen denen sich Schwimmhäute spannten und die kalt und feucht waren. Obwohl sie im Nachteil war, wehrte sie sich tapfer, fest entschlossen, wieder auf die Beine zu kommen. Wo immer ihre Tritte landeten, schrie und fluchte es, aber die Wesen hielten sie hartnäckig fest. Es kamen immer mehr dazu, die sich auf sie warfen, als wollten sie sie zerquetschen. Schon bald versank sie in einem Gewühl aus kleinen Leibern, überwältigt von einem Geruch von feuchter Erde und Gras.

»Ich gebe auf!«, rief sie, aus Angst, sie könnten sie wirklich erdrücken.

Sobald sie aufhörte, sich zu wehren, hüpften sie mit Triumphgeheul von ihr herunter. Innerhalb von Sekunden hatten sie Dana mit dem Netz gefesselt und auf ihre Schultern geladen. Dann stapften sie zurück den Berg hinauf.

Dana stand unter Schock und hielt vorläufig still. Keines der Wesen hatte ein Wort zu ihr gesagt, aber sie plauderten in einer Mischung aus Irisch und Englisch miteinander. Ihre Stimmen klangen tief und rauchig. Meistens riefen sie sich Warnungen und Anweisungen zu.

»Pfütze hier!«, schrie einer von rechts.

Dana wurde sofort nach links gerissen.

»Dornensträucher!«, rief eines vorn.

Sie vollführten einen so plötzlichen Schlenker, dass sich Danas Magen hob.

»Brennnesseln! *Suas! Suas!*« Das kam zu spät und schon stachen die gefürchteten Blätter sie wie ein Schwarm wütender Bienen.

»Au!«, brüllte sie. »Passt doch auf!«

Sie achteten nicht auf sie.

Dana zwang sich, einen klaren Kopf zu behalten. Sie musste herausbekommen, was das für Wesen waren und warum sie sie entführten. Von Zeit zu Zeit versuchte sie, sich ein wenig zur Wehr zu setzen, aber der Griff der Unbekannten war zu fest. Sie konnte kaum einen Muskel bewegen. Schließlich beschloss sie, ihre Kräfte zu schonen und auf den richtigen Augenblick zu warten, um zu entkommen. Nach dem vielen Schnaufen und Keuchen zu urteilen, ließen ihre Kräfte allmählich nach. Irgendwann würden sie ihre Beute ablegen und sich ausruhen müssen.

Auf einmal hallte ein Kuckucksruf vom Tal herauf. Sie blieben abrupt stehen. Dana spürte, dass sie den Atem anhielten, während sie lauschten. Jetzt rief der Kuckuck ein zweites Mal. Sie brachen in Jubel aus.

»Das kam von rechts!«

»Glück für ein Jahr und einen Tag!«

Unter fröhlichem Gekrähe setzten sie ihren Marsch fort.

Wohin wollten sie? Als die Abenddämmerung hereinbrach, verdunkelten sich die Berge wie Riesenschatten. Die Luft wurde kühl. Trotz des Gerüttels und Gewackels und der Ungewissheit über ihr Schicksal begann Dana sich zu langweilen. Ihre Angst hatte sich gelegt. Die Kreaturen hatten sie zwar angegriffen und entführt, aber sie spürte keine Bösartigkeit in ihnen. Obwohl sie den meisten von ihnen beim Kampf ein paar blaue Flecke beigebracht hatte, hatte nicht einer sie auch nur gezwickt oder gepikt. Und ihr Geruch war irgendwie angenehm, wie frisch gemähtes Gras an einem Sommerabend.

Sie hatte jedes Zeitgefühl und die Orientierung verloren und war halb eingeschlafen, als sie merkte, dass sie neues Terrain betraten. Die Füße der Entführer glucksten auf weichem nassem Boden. Hier gab es keinen Ginster mehr, nur büschelweise feuchtes Gras. Und noch etwas anderes fiel Dana auf. Sie schienen auf einmal neue Kraft getankt zu haben, denn sie trabten jetzt flotter und munterer voran. Außerdem lachten und redeten sie unbeschwerter. Sie vermutete, dass sie auf heimischem Boden angelangt waren.

»Sind wir nicht fein clevere Boggels? Das erste Menschenkind, das wir gestohlen seit Langem!«

»Und ein Mädchen! Ein Mädchen!«

Begeistertes Kreischen.

»Hach ja, sie lassen ihre Kinder nicht mehr einfach so laufen herum.«

»Genau! Keine Kinderwagen mehr vorm Haus oder unterm Baum.«

»Keine Babys auf einer Decke im Gras.«

»Keine Jungschen, die mutterseelenallein über die Felder zur Schule gehn.«

»Sie bewachen sie besser heutzutag.«

»Füttern sie auch besser!«, meldete sich eine hellere Stimme zu Wort. »Schwer ist sie! Mindestens fünfunddreißig Kilo.«

»Aye, sie wiegt eine Tonne«, stimmte ein anderer ächzend zu. »Die Dreijährigen die Besten sind. Sie wird wohl neun sein oder zehn.«

Obwohl Dana sich vorgenommen hatte, still zu sein, in der Hoffnung, etwas Nützliches zu belauschen, war das nun doch zu viel.

»Ich bin zwölf!«, rief sie entrüstet.

Die Kreaturen japsten nach Luft, dann folgte totales Schweigen. Sie waren eindeutig schockiert.

»Wie kommt es, dass sie uns kann hören, Freunde?«, fragte einer schließlich.

»Ich wusste, dass sie uns hat gesehen! Nicht nur die Elfensteine!«

»Manche von ihnen das konnten in alter Zeit.«

»Das rechte Gemüt hat sie dafür. Hier draußen in den Bergen, allein auf sich gestellt. Wetten möcht ich, sie ist ausgerissen von zu Haus.«

»Je nun, weit weg ist sie von zu Haus. Viel Spaß haben werden wir mit ihr.«

Sie begannen einen Freudentanz und ließen sie in ihrem Netz auf und ab hüpfen.

»Du meinst, nicht auffressen werden wir sie?«

Diese Bemerkung provozierte einen leisen Schrei von Dana, was zu so viel Gekicher führte, dass sie argwöhnte (und hoffte), die Bande neckte sie nur. Trotzdem beschloss sie, dass es Zeit war, noch einmal zu kämpfen. Mit lautem Brüllen bäumte sie sich auf und drehte und wand sich voll Ingrimm.

Darauf nicht vorbereitet, ließen sie sie fallen.

Dana rollte zur Seite und riss krallend an dem Netz wie ein Katze in einem Sack. Nach wenigen Augenblicken war sie frei und stand aufrecht, die Fäuste erhoben.

Ihre Entführer rührten sich nicht.

»Boggels« hatten sie sich genannt und ins Moor gehörten sie. Sie reichten ihr nur bis zur Taille und hatten eine schlammbraune Hautfarbe, lange, magere Hälse, runde Köpfe und kleine Kugelbäuche. Ihre großen, mit Schwimmhäuten versehenen Füße waren platt wie Teller. Einige sahen mürrisch aus, während andere auf eine komische Weise hässlich waren. Manche glänzten, weil sie bronzene Schuppen hatten. Das Hübscheste an ihnen waren die kupferfarbenen Augen, die funkelten wie neue Münzen.

Die Boggels musterten Dana umgekehrt genauso, aber mit selbstgefälligem Entzücken. Sie nickten sich zu, grinsten und tuschelten. Sie begutachteten sie, offensichtlich zufrieden mit ihrer Beute, ihrem geraubten Schatz. Mit einem flauen Gefühl bemerkte Dana, dass sie kein bisschen beunruhigt waren, weil sie sich befreit hatte. Als sie sich umsah, begriff sie, warum.

Sie standen auf einer endlosen Moorebene, die sich nach

allen Seiten ausdehnte, so weit das Auge reichte; eine trostlose Gegend ohne Bäume oder Straße oder sonst etwas. Der Boden bestand aus weichem Torf, von Feuchtigkeit durchdrungen und moosig. Der Himmel wirkte immens über dieser Ebene und war mit lauter Glassplittern von Sternen bestäubt. In der Ferne ragten schemenhaft die Wicklow Mountains auf. Sie stöhnte leise. Sie war meilenweit entfernt von der festgelegten Route. In einem verlassenen Ödland. Kein Wunder, dass die Boggels so zufrieden dreinblickten.

An Weglaufen war nicht zu denken. Es gab weit und breit keinen Zufluchtsort.

Neunzehn

Einer der Moorleute trat vor. Mit circa einem Meter war er der Größte unter ihnen und offensichtlich der Anführer. Außerdem war er der Einzige, der so etwas wie Haare zu haben schien: eine Sumpflilie, die aus seinem Kopf spross.

Er verneigte sich vor Dana. »Das Menschenkind im Moorland wir willkommen heißen. Was können wir tun, damit du fühlst dich wohl?«

»Mich in Ruhe lassen!«, schrie sie und stampfte mit den Füßen.

Sie machten geschlossen einen Satz zurück, wirkten aber nicht wirklich erschrocken. Einige kicherten sogar. Sie grinsten sich an und zuckten die Achseln. *Tja, wenn sie es so haben will.* In Zweier- und Dreiergrüppchen glitten sie auf ihren flachen Schwimmfüßen über das nasse Erdreich davon, wie Schlittschuhläufer über einen Teich.

Sobald Dana begriff, dass die Boggels sie allein lassen wollten, bekam sie es wieder mit der Angst zu tun. Sie hatte keine Ahnung, wo sie war. Es wurde finster. Sie wollte nicht allein zurückbleiben.

»Wartet!«, rief sie. »Wartet einen Moment!«

Sie liefen vor ihr weg und stoben auseinander wie Schafe auf der Straße.

»Kommt zurück!«, schrie sie. »Ich werde nicht mehr kämpfen! Ich verspreche es!«

Sie hatte einen von ihnen eingeholt und wollte ihn sich gerade schnappen, als er in letzter Sekunde davonsprintete. Alle waren sie flink und lebhaft und quiekten wie die Ferkel, wenn Dana ihnen zu nahe kam. Ein oder zwei blieben stehen, um ihr die Zunge herauszustrecken oder eine lange Nase zu drehen. Andere machten Luftsprünge und wirbelten umher wie Taumelkäfer in einer Sumpfpfütze.

Für einen Moment glaubte sich Dana wieder daheim bei ihrer Jungsgang. Glaubten die wirklich, sie wären ihr überlegen? »Von wegen!«, schrie sie. »Ich kriege euch! Wartet's nur ab!«

Sie pickte sich den Kleinsten in der Horde heraus und verfolgte ihn.

»Lauf, Bird, lauf!«, kreischten die anderen.

Aber er hatte keine Chance.

»Eins, zwei, drei, hab dich!«, brüllte sie triumphierend, als sie ihn packte.

Johlend vor Lachen stürzte Bird wieder davon, sobald sie ihn losließ, und rannte hinter dem Nächsten her.

Die Jagd hatte begonnen. Ein wildes Fangenspiel auf dem windigen Moor. Sie hüpften über hohe Büschel von Binsengras und Heidekraut. Sprangen über Senken voll braunem Wasser. Spritzten durch Tümpel, überwuchert von Sumpfmoos. Der weiche Boden, auf Irisch *bogach,* quatschte und gluckste unter ihren Füßen und überzog sie mit Schlamm.

Übermütig mit den anderen lachend und kreischend, verlor sich Dana ganz in dem Spaß. Wie herrlich war es, einfach nur zu rennen und zu spielen! Keine Sorgen zu haben, keine Verantwortung. Einfach wieder ein Kind zu sein. Sie fühlte sich wie draußen auf ihrer Straße. Beim Herumspringen sah sie manchmal nicht die Boggels, sondern Liam und Conor und Eoin.

Einmal blieb sie stehen, um Atem zu holen, und stützte die Hände auf die Knie. Sie sah sich verwirrt um. »Was ist das hier?«, fragte sie. »Wo bin ich?«

»Zu Hause bist du!«, erscholl es im Chor.

»Seid nicht dumm!«, widersprach sie, obwohl ihr Verstand nur langsam und träge funktionierte. »Ich wohne ... hier ... nicht!«

Mehrere Boggels kamen und zogen sie an den Armen. »Tust du wohl!«, riefen sie wie aus einem Mund. »Wohnen tust du hier!«

Dana runzelte die Stirn. Da stimmte doch was nicht. Irgendetwas regte sich in ihrem Hinterkopf. Etwas Wichtiges, an das sie sich nicht erinnern konnte. War es nicht gefährlich, bei Dunkelheit draußen zu spielen? Sollte sie nicht besser Gabe fragen?

»Weiterspielen sollst du mit uns!«, rief einer.

»Spaß haben! Spielen!«, bedrängten sie die anderen.

Jetzt tobten sie alle um sie herum und Dana konnte bei dem Lärm erst recht nicht klar denken. »Ach so ja, spielen!«, sagte sie schließlich, regelrecht erleichtert. »Was spielen wir denn?«

»Bock springen!«, verkündete jemand, worauf ein wilder Jubel ausbrach. Weil Dana die längsten Beine hatte, war sie die Schnellste und die Beste. Sie flog über die kleinen geduckten Körper hinweg, die sich kreuz und quer hintereinander aufgereiht hatten. Ihre Turnschuhe waren durchweicht, ihre Kleider trieften vor Schlamm, aber das war ihr egal. Als die Boggels sie zur Siegerin erklärten, stieß sie ausgelassen die Faust in die Luft.

»Sie vergessen wirklich schnell«, bemerkte einer zu seinem Nachbarn.

Dana hörte es und eine böse Ahnung durchzuckte sie. Tief im Innern wusste sie, dass etwas nicht in Ordnung war. *Und wenn schon.* Wenn sie sich was eingebrockt hatte, würde sie es eben später wieder auslöffen. Im Augenblick wollte sie nur spielen.

Einer der Moormänner kletterte auf einen Wall aus Torfballen. »Der König der Burg ich bin!«, trompetete er.

Dana sprang hinauf und stieß ihn runter. »Und ich der böse Schurke bin!«

Die Spiele gingen weiter, bis Dana ganz blass war vor Erschöpfung. Sie hatte blaue Lippen, ihre Zähne klapperten und sie war furchtbar hungrig, aber sie dachte gar nicht daran, sich etwas Trockenes anzuziehen oder von ihren Vorräten zu essen. Ihr Rucksack hing vergessen auf ihrem Rücken, ebenso durchweicht und mitgenommen wie alles andere an ihr.

Der Mond war inzwischen aufgegangen und strahlte die Wolkenstreifen an. Die ganze Landschaft war in ein unwirkliches Licht getaucht. Es wimmelte von Mücken und schillernden Libellen. Der Abendhauch brachte den würzigen Duft von Sumpfmyrrhe mit sich. Der Mondschein bewirkte eine Veränderung bei den Moorwesen. Schimmerten ihre Augen tagsüber kupferfarben, so glänzten sie jetzt wie Goldmünzen.

Endlich legten sie eine Pause ein, um zu Abend zu essen. Aus Scheiten von Mooreichenholz wurde ein großes

Lagerfeuer gebaut und alle hockten sich auf Steinen drum herum. Danas Kleider waren schlammverkrustet und die Haare klebten ihr am Kopf. Fast ohne es zu merken, beteiligte sie sich eifrig an den Diskussionen darüber, wer welches Spiel gewonnen hatte und welches man fairerweise als unentschieden werten sollte. Hin und wieder verwechselte sie die Namen der Boggels, denn sie waren für sie schwer zu unterscheiden. Sie entschuldigte sich jedes Mal, doch die Moorleute winkten großmütig ab.

»Ihr für uns auch alle gleich ausseht«, sagte Piper, der Anführer. »Außer, wenn ihr farbig seid. Die Braunhäutigen uns am besten gefallen.«

Neben Piper mit seinem Sumpflilienschopf war auch Bird leicht zu erkennen, denn er war der Kleinste und hatte einen Vogelschnabel statt Nase. Nie würde sie es jedoch schaffen, Butterhill und Silverhill zu unterscheiden, die Zwillingsbrüder waren, oder Snow und Twig, die zwar nicht miteinander verwandt waren, aber trotzdem völlig gleich aussahen. Dann gab es da noch Underhill, der in keinem Verwandtschaftsverhältnis zu den anderen »Hills« stand, sondern ein Cousin von Goodfellow, Lightbow und Gem war. Einige hatten so etwas wie Namensabzeichen. Green trug eine grüne Weste aus gewobenem Gras und Stone eine kleine Kette aus Kieseln um den Hals.

Als das Feuer für heiß genug erachtet wurde, stellten die Boggels einen großen Kessel in die Mitte. Alle möglichen Zutaten für einen Eintopf wurden kunterbunt hineingeworfen, und Dana lief bei den Aromen das Wasser im Mund zusammen. Sie begutachtete die Sumpfflora, die im Kessel blubberte: dunkelviolette Leberblümchen, fett wie Würmer, grünes und schwarzes Torfmoos, ledrige Moorbohnen mit fleischigen Stängeln und behaarten Blüten, Riedgras und Laichkrautgewächs mit flachen, roten Blättern. Kurz fragte sie sich, ob man das gefahrlos essen konnte, beschloss dann aber, dass es ihr egal war. Sie konnte es sich nicht leisten, wählerisch zu sein. Sie war vollkommen ausgehungert.

Während die Sumpfbouillabaisse vor sich hin köchelte, verteilte Dana schon mal ihre Pralinen. Da niemand da war, es ihnen zu verbieten, aßen sie den Nachtisch zuerst.

Endlich wurde der Eintopf in Holzschalen verteilt. Er schmeckte tatsächlich köstlich. Ein bisschen so, als würde man das Moor selbst essen, und die vorherrschende Geschmacksnote war »braun«. Sie fühlte sich an all die braunen Dinge erinnert, die sie gern aß, sowohl süße als auch herzhafte: Mandelcroissants, die knusprige Kruste von frisch gebackenem Brot, mit Butter bestrichener Toast und Erdnussbutterkekse; aber auch goldbraune Pommes frites, gegrillte Pilze, HP-Würzsoße und die krosse Schale von Ofenkartoffeln. Die Moormänner boten ihr trübes Wasser zum Trinken an, das sie jedoch ablehnte. Als sie ihre Flasche Cola herumreichte, bewunderten sie die Farbe, spuckten die Flüssigkeit aber aus.

»Ihr mögt wohl keine chemischen Zusätze, was?«, bemerkte sie.

»Du etwa?«

»Ja. Schmeckt super.«

Sie rückten näher ans Feuer und lehnten sich aneinander wie eine Bande von Straßenkindern mit schmutzigen Gesichtern. Dana fühlte sich an Peter Pans verlorene Jungs erinnert. War sie demnach Wendy? Jetzt, da alles ein wenig zur Ruhe gekommen war, wurde sie wieder nachdenklich.

»Also schön, Jungs«, sagte sie. »Es gibt da etwas, was wir besprechen müssen …«

Doch bevor sie ausreden konnte, waren die Moorjungs aufgesprungen. »Zeit zu tanzen!«, riefen sie.

Trommeln aus Tierhäuten und Panflöten tauchten von irgendwoher auf, und eine wilde, unbändige Musik legte los, es trommelte und dröhnte, trillerte und trällerte. Ein Rhythmus, der in die Beine ging.

Ungeachtet ihrer Proteste wurde Dana in den Kreis hineingezogen und aufgefordert, mitzuhüpfen und mitzuspringen. Der Tanz hieß *Wir feiern das entführte Kind,* und dabei wurde sie immer wieder herumgewirbelt, bis ihr total schwindelig war. Sie musste so viel lachen, dass ihr der Bauch wehtat.

Für den *Lichtertanz* musste sich jeder einen Stern aussuchen und diesen im Auge behalten, während er sich wie ein Kreisel drehte. Wenn die Musik abbrach, blieben alle stehen. Bis auf die Erde und den Himmel, die sich weiterdrehten, sodass alle laut johlend umhertaumelten, bis sie hinfielen.

Für *Lasst die Peitsche knallen* hielten sie sich wie bei einer Polonaise an den Händen und sausten verwegen in einem scharfen Zickzackkurs übers Moor, was dazu führte, dass denen am Ende der Reihe fast die Arme ausgerissen wurden. Dieser Tanz – den Dana von zu Hause als Spiel kannte – führte sie unversehens an eine Straßenkreuzung.

Sie hatte gar nicht bemerkt, dass sie auf einer Straße entlanghüpften, die das Moor begrenzte wie ein Fluss. Es war ein Wegweiser, der sie jäh innehalten ließ. Weil sie allen Menschenkram vergessen hatte, war sie so bestürzt über das Schild, dass sie die Peitsche abrupt losließ und in einen Graben segelte.

Nachdem sie hinausgeklettert war, rannte sie zu dem Wegweiser zurück.

Er wies in alle vier Himmelsrichtungen: Im Norden lag Dublin, Glendalough im Süden, Blessington im Westen und Bray im Osten. Jetzt wusste sie, wo sie war: im Sally Gap, ziemlich nahe bei Powerscourt. Um viele Meilen zurückgeworfen, ganz in die falsche Richtung! Frust und Verzweiflung überkamen sie. Ihre Erinnerung kehrte auf einmal vollständig zurück und damit alles, was sie beim Spielen vergessen hatte: ihren Auftrag, ihre verschwundene Mutter, ihren armen, verlassenen Vater.

Ein vertrautes Geräusch in der Ferne ließ sie aufhorchen, und plötzlich wanderten gelbe Scheinwerfer über die Landschaft.

Auch die Boggels hatten das Auto entdeckt. Mit Geheul und Kriegsgeschrei kam die knallende Peitsche zurück und fing Dana ein.

»Halt, nein, wartet!«, flehte sie, als kleine feste Hände sie packten. »Halt! *Bitte!*«

Zu spät, schon war sie wieder in die Reihe eingegliedert und wurde zurück ins Moor gezogen.

Der Triumph Herald hielt an der Kreuzung. Gabriel stieg aus und sah sich forschend um.

»Da ist nichts«, rief Aradhana sanft aus dem Wagen.

»Ich bin sicher, dass ich was gesehen habe«, murmelte er.

Er starrte in die Ferne. Seine Augen waren blutunterlaufen, sein Gesicht wirkte gramzerfurcht. Jagte er hinter Gespenstern her? Aber was sollte er sonst tun? Rettungsteams suchten die Berge ab, der Polizeihubschrauber war unterwegs. Noch immer keine Nachricht von ihr. Er war krank vor schlechtem Gewissen, krank vor Sorge. Bestimmt war sie weggelaufen, um gegen den Umzug nach Kanada zu protestieren. Was, wenn ihr etwas zustieß?

Er würde keine Ruhe finden, bis er sie gefunden hatte.

Wo konnte sie nur sein?

Zwanzig

Es war weit nach Mitternacht. Das Moor lag still unter der schwarzen Himmelskuppel und dem kalten Auge des Mondes. Die Silhouette der Berge beschattete den Horizont. Trotz der späten Stunde wirkte alles seltsam hell, glänzend von Mondlicht. Dana lümmelte mit den Boggels ums Feuer herum und sah zu, wie die Sterne fielen. Immer, wenn einer vom Himmel plumpste, stießen sie *Ohhhs* und *Ahhhs* aus wie bei einem Feuerwerk. Dann riefen sie: *»Die Sterne, was ist das? Was ist das?«*

Obwohl sie begeistert miteinstimmte, dachte Dana zugleich angestrengt nach. In den Atempausen zwischen den Spielen hatte sie erraten, was vor sich ging. Durch irgendeine Art von Moorzauber vergaß sie beim Spielen, wer sie war. Nur wenn sie ruhte, kehrte sie zu ihrem Selbst zurück. Aber sie machte sich keine Sorgen. Die Boggels kamen ihr weder gefährlich noch boshaft vor. Aber sie waren gewitzte Schelme und sie würde sie irgendwie überlisten müssen.

Bird kletterte auf ihren Schoß und bot ihr einen Halm Wollgras an. Das weiße Haarbüschel flatterte wie eine Miniaturfahne. »Sag: ›Für ein Jahr und einen Tag will ich verweilen‹«, bat er sie.

Sie sah ihm lächelnd in die großen Augen, die wie geschmolzenes Gold glänzten, dann fing sie die begierigen Blicke der anderen auf. Sie waren schon komische kleine Kerle. Sie mochte sie wirklich gern. Und es war ein bisschen traurig und sprach von Einsamkeit, dass sie ihre Gesellschaft so sehr brauchten. Sie waren wirklich verlorene Jungs, obdachlos und mutterlos und bedürftig nach Zuwendung.

Die Boggels hielten den Atem an, als sie den Halm zwischen den Fingern drehte. Endlich sagte sie feierlich:

Für ein Jahr und einen Tag
Will ich verweilen.

Sie wollte gerade in Jubelrufe ausbrechen, als sie hastig hinzufügte:

Ach nein, ich muss davoneilen!

Über Nacht aber will ich bleiben.
Kampflos lass ich mich treiben,
Gebt ihr mich frei am Morgen,
Ohne Tränen oder Sorgen.

Wenn dann auch der Abschied naht,
Bleibt unsre Freundschaft doch bewahrt.

Ihre Absage war so freundlich verpackt, dass sie nicht beleidigt sein konnten. Einige applaudierten sogar. Aber die Älteren tauschten Blicke, und Dana wusste, dass sie drauf und dran waren, zu einem weiteren Spiel aufzurufen. Dann würde sie alles, was sie gerade an Boden gewonnen hatte, wieder verlieren.

»Ich weiß, was wir spielen können!«, sagte sie. »Ich wette, dieses Spiel kennt ihr noch nicht. Es ist etwas für kluge Leute.«

»Wir sehr kluge Leute sind!«, riefen sie.

Sie verkniff sich ein Grinsen. Sie wusste, dass die Boggels dieser Herausforderung nicht widerstehen konnten.

»Alle Kinder in meiner Straße spielen es. Es heißt ›Sonnenpfennig‹.«

Der Ausdruck regte ihre Fantasie an, womit sie ebenfalls gerechnet hatte.

»Wir auch spielen wollen es!«, schrien einige. »Die Regeln, sag sie uns!«

Dana wartete ab. Sie merkte, dass viele noch immer die Stirn runzelten. Sie musste sie alle ködern. »Gut, das Spiel geht so«, erklärte sie. »Ich nenne euch Dinge, die Sonnenpfennige sind, und solche, die keine sind, und die Regeln müsst ihr selbst herausfinden.«

»Ahhh«, machten sie mit großen Augen.

Jetzt waren noch mehr von ihnen neugierig geworden, aber manche tuschelten argwöhnisch miteinander. Sie musste die Spannung des Augenblicks nutzen, um sie alle mitzuziehen. Nun war sie an der Reihe, einen Zauber mit Worten zu wirken.

»Boggels sind ein Sonnenpfennig!«, verkündete sie. »Dana ist keiner!«

Das genügte. Alle waren jetzt voll dabei. Sie legten ihre kleinen Gesichter in Falten und grübelten eifrig.

»Mehr Beispiele kannst du uns geben?«, wollte Pfeifer wissen.

»Natürlich«, antwortete sie prompt. »Und ihr könnt mich fragen, ob dies oder das ein Sonnenpfennig ist.«

Darauf redeten alle wild durcheinander.

»Ist die Sonne ein Sonnenpfennig?«

»Ja.«

Entzücktes Kreischen. Es war Bird, der den ersten Erfolg erzielt hatte.

»Ist der Mond einer?«

»Nein.«

Enttäuschtes Aufstöhnen.

»Ist das Gras ein Sonnenpfennig?«

»Nein.«

Neuerliches Stöhnen.

»Aber das Moor ist einer und das Wollgras und ein Sonnenpfennig auch«, erklärte sie.

»Ein Sonnenpfennig ist ein Sonnenpfennig?«

Sie zogen Grimassen, kniffen die Augen zu, rieben sich die Stirn und schürzten die Lippen. Ihre angestrengte Konzentration tat beinahe weh beim Zugucken. Zugleich musste Dana sich das Lachen verbeißen. Denn so viele Dinge sie auch nannten und manches richtig tippten, konnten sie doch das Muster nicht erkennen, den Schlüssel nicht erraten. Einige waren schon den Tränen nahe: dass ein Spiel existierte, das die Boggels nicht zu meistern in der Lage waren!

Erst als sie den Höhepunkt ihrer Frustration erreicht hatten und nach der Lösung verlangten, rückte sie mit ihrer kleinen Erpressung (ebenfalls ein Sonnenpfennig) heraus.

»Ich verrate es euch nur, wenn …« Dana machte eine Kunstpause, um die Spannung zu steigern, »… ihr versprecht, mich gehen zu lassen. Wie ich schon sagte, ich werde heute Nacht bleiben und mich morgen früh verabschieden.«

Die Boggels konnten sich nicht mehr genug beherrschen, um zu widersprechen oder zu lamentieren. In ihrer Gier auf des Rätsels Lösung stimmten sie sofort zu.

Dana lachte und erlöste sie. »Ein Sonnenpfennig ist jedes Wort, das einen *Doppelbuchstaben* hat!«

Es gab viel Gejaul und Gekreisch und Gelächter, aber sie stimmten alle überein, dass sie hübsch reingelegt worden waren, und »Sonnenpfennig« bekam einen Ehrenplatz im Kanon der Boggelsspiele.

»Morgen früh du kannst gehen«, bestätigte Piper. Die Sumpflilie auf seinem Kopf wackelte im Takt, als er huldvoll nickte.

Nachdem das geregelt war, zeigten sie ihr, wo sie schlafen konnte. Sie wohnten in Höhlen, die im ganzen Moor verteilt waren. Jede Höhle, *pollach* genannt, lag kuschelig tief unter der Erde mit einem Knick im Tunnel, damit es nicht hineinregnete. Sie waren mit frischen Binsen und Büscheln von weißem Wollgras ausgepolstert und erinnerten Dana an die Nester ihrer Hamster.

Zurück am Lagerfeuer entspannten sich die Boggels, da sie Dana nicht länger mit Spielen abzulenken brauchten. Stattdessen erzählten sie ihr Geschichten über ihre Schelmereien und Streiche: wie sie Trockenmauern um Weiden einrissen, um die Bauern zu ärgern, Kleider von Wäscheleinen klauten und Mülltonnen und die Topfpflanzen auf den Fenstersimsen umkippten. Ihr Lieblingsstreich, gestanden sie, war es, Wind von oben in einen Schornstein zu blasen, bis das ganze Haus voll Ruß war.

»Sie schreien und klagen, die armen Hausfrauen, schlimmer als die Todesfee!«, lachten sie übermütig.

Dana lachte mit über ihren Unfug und gab auch selbst

was zum Besten: wie sie und ihre Gang bei den Nachbarn an der Tür klingelten und dann schnell wegliefen, um sich hinter einer Hecke zu verstecken und sich halb totzulachen, wenn das arme Opfer sich suchend auf der Straße umsah. Und abends, wenn die Fenster hinter den Spitzengardinen gelb erleuchtet waren und die Leute vor ihren Fernsehern saßen, warfen sie und die Jungs gern Steine an die Fenster, um zu beobachten, wie sie drinnen erschrocken auffuhren. Aber sie musste zugeben, dass die Moormänner sie an Kühnheit weit übertrafen.

»Ich hatte vorher noch nie von euch Boggels gehört«, sagte sie, »nur vom Schwarzen Mann.«

Sie schrien auf.

»Still! Nicht beim Namen nennen darfst du ihn! Auch uns macht er Angst!«

»Das schwarze Schaf der Familie! Black Bart, der Schwarze Mann.«

Sie begannen an Fingern und Zehen die vielen Mitglieder des Bobogha-Clans abzuzählen, zu dem sie gehörten: Boggels natürlich, Moorkerle, Boggles, Torfler, Sümpfler, Zümpfler, Däumlinge, Wichtel, Heinzelmännchen, Butzemänner, Kobolde, Trolle, Gnome, Hobgoblins, Pucks, Heidezwerge, Erdwichtel und Erdmännchen.

»Vergesst die Klabautermänner nicht«, meldete Green sich zu Wort, »unsere norddeutschen Verwandten.«

»So viele!«, rief Dana erstaunt. »Und niemand bekommt sie je zu Gesicht!«

»In den Bergen wir bleiben meist und an entlegenen Orten.«

»Wetten möchte ich, du siehst die Großkobolde«, meinte Underhill. »Das sind entfernte Verwandte um dreizehn

Ecken. Viele von ihnen in den Städten leben. Sie als Menschen durchgehen.«

»Nein, die hab ich noch nie …« Dana unterbrach sich. Sie dachte an all die kleinen, alten Männer, die ihr manchmal im Bus oder an einer Straßenecke aufgefallen waren. An den, der ihr mal im Café einen Platz angeboten hatte. An den anderen, der ihr in der Bibliothek ein Buch gegeben hatte – über Elfen! Natürlich! All diese hutzeligen alten Männchen mit Knubbelnasen und haarigen Ohren und funkelnden Äuglein. Wie oft schon hatte sie bei sich gedacht: *Er sieht aus wie ein Kobold.*

Die Nacht war jetzt weit fortgeschritten und der Moment erreicht, da man Geheimnisse miteinander teilt und sich ewige Freundschaft schwört. Dana stellte endlich die Frage, die ihr schon die ganze Zeit im Kopf herumging.

»Gibt es denn keine Moorfrauen?«

Die Reaktion darauf war abrupt und heftig. Bird hüpfte von ihrem Schoß. Alle rückten ein Stück ab. Viele sahen weg. Einige begannen nervös herumzuzappeln, während andere sich darauf verlegten, das Feuer zu schüren. Sie schienen mit einem Mal nicht nur stumm und verstockt geworden zu sein, sondern vor allem tief bekümmert.

»Wir nicht reden über sie«, sagte Piper schließlich und starrte trostlos in die Flammen. »Unsere Ivy, unsere Sally, Flower und Pepper.«

»Unsere Megs und Mags und Pegs und Pogs.«

»Unsere Dew und Dally und Sue und Tally.«

»Wir unsere Frauen sehr vermissen!«

»Fortgegangen sind sie, doch sein musste es.«

»Ganz allein sind wir!«

Ihre großen goldfarbenen Augen wurden trüb und wässrig.

Sie begannen zu schniefen. Große Tränen liefen über ihre Wangen, tropften von den Nasen und spritzten zischend ins Feuer.

»Es tut mir so leid!«, rief Dana. »Ich hätte nicht fragen sollen! Wäre ich doch nur nicht so furchtbar neugierig! Ich wollte euch nicht traurig machen!«

Die Moorjungs heulten und weinten jetzt haltlos. Dana fühlte sich wie ein Babysitter, der keine Kontrolle mehr über seine Schutzbefohlenen hat, während alle nach der Mama schreien.

»Sie werden bestimmt eines Tages zurückkommen«, sagte sie zerknirscht.

»Nicht, wenn nicht das Licht zurückkommt«, schluchzte der kleine Bird.

Kaum war es heraus, brachen die anderen ihr Wehklagen ab, und die, die Bird am nächsten saßen, hielten ihm den Mund zu.

»Pst! *Dún do bhéal!*«

»Nichts sagen, und das immer wieder!«

»Geflüster fliegt mit dem Wind!«

»Schlimm wär's, wenn er es hört!«

Dana bemerkte den neuerlichen Stimmungswechsel und wurde wachsam. Nervosität lag in der Luft. »Wer könnte das denn hören? Und warum wäre das schlimm? Habt ihr einen Feind?«

Sie fragte sich, ob die Boggels denselben Feind hatten wie sie.

Doch sie schüttelten nur grimmig den Kopf. Niemand wollte antworten. Sie machten eine verschließende Geste vor dem Mund und pressten fest die Lippen aufeinander.

Dana überlegte, wie sie sie zum Reden bringen konnte.

Ein Gedanke regte sich. Bird hatte etwas von einem Licht gesagt. War es dasselbe Licht wie in ihrer Botschaft? *Wo ist das Licht, das die Dunkelheit überwindet?* Könnte es etwas mit ihrer Mission zu tun haben?

»Kennt ihr Lugh vom Berg?«, fragte sie.

»Lugh vom Wald?«, kam das einstimmige Echo.

Sie erkannte sofort, dass sie damit alles noch schlimmer gemacht hatte. Die Moormänner erstarrten auf ihren Plätzen und gafften sie an.

Piper erhob sich steif. »Warum du fragen tust?«

Seine Stimme klang so gepresst, dass er piepste. Dana wurde es immer unbehaglicher. Die Stimmung war schon wieder umgeschlagen. Sie beäugten sie jetzt mit einem Argwohn, der an Feindseligkeit grenzte.

»Ich habe eine Botschaft für ihn«, erklärte sie widerstrebend. »Vom Hochkönig von …«

Bevor sie ihren Satz beenden konnte, brachen sie in Geheul aus, und diesmal war es Angstgeheul.

»Sie gehört zum Hof!«

»Der Elfenadel hat sie geschickt!«

»Nachdem wir sie ferngehalten so lange!«

»Die Hinterhältigen! Ein Menschenkind zu schicken!«

»Nicht wissen konnten wir's.«

Ihre Furcht war schrecklich mitanzusehen. Verwegene Kinder, ertappt und niedergedrückt von einer Todesangst vor Bestrafung.

»Was können wir tun?«

»An fathach mór 'na lui faoi shuan.«

»Ja, er schläft! Aber wie lange noch?«

»Wenn sie ihn findet, weckt sie ihn auf!«

»All die Stürme! All der Regen!«

»Unsere *pollachs* überschwemmt.«

»Schreckliche Überflutungen!«

»Kaputtgehen würde das Moor!«

Sie steigerten sich in helle Aufregung hinein, wurden immer lauter und verstummten dann jäh.

Eine neue Veränderung ging mit den Boggels vor, krasser als alle zuvor. Sie sahen plötzlich nicht mehr niedlich aus, nicht einmal Bird. Ihre Augen verengten sich zu Schlitzen, der Blick wurde kalt und fremd. Sie bleckten die Zähne, die spitz und weiß im Mondlicht blitzten. Wie fleischfressende Moorungeheuer, grausam und gefährlich.

Dana bekam es mit der Angst zu tun.

»Fernhalten müssen wir sie von ihm!«

»Verstecken müssen wir sie!«

Es wäre zwecklos, vernünftig mit ihnen zu reden oder sie anzuflehen. Alles hatte sich von Grund auf verändert. Auf einmal waren sie der Feind.

Sie sprang auf und rannte los.

Und sie hinterher.

Diesmal war sie ihnen eher gewachsen. Dank der Spiele kannte sie sich jetzt besser im Moor aus und konnte es sicher überqueren. Sie lief auf die Straße zu. Das graue Teerband schimmerte fahl in der Ferne. Die gelben Scheinwerfer eines Autos kamen langsam näher, funkelnd wie Katzenaugen. Wer fuhr um diese Zeit noch durch die Berge? Egal, das war ihre einzige Chance. Sie ruderte mit den Armen und schrie, aber der Wagen war noch zu weit entfernt. Sie musste sich verstecken, bis er näher herankam.

Die Moormänner holten brüllend auf. *Wo konnte sie sich verstecken?* Ringsherum nur die offene, mondbeschienene Ebene. Ihr fiel der Graben neben der Straße ein, in den sie vorhin gefallen war. Ein Blick zum Himmel. Der Nachtwind trieb ein paar Wolken herbei. In einer Minute würden sie den Mond verdecken und ihr mit Dunkelheit zu Hilfe kommen. Aber nicht lange. Schnell schmiedete sie einen Plan, beflügelt von Furcht. Und vielleicht auch von einer Art Moorzauber? Sie hatte nämlich immer noch einen guten Vorsprung vor ihren Verfolgern. Geduckt lief sie im Zickzackkurs weiter und hoffte, ihre Blicke von der Straße abzulenken. Sie dagegen behielt den Mond im Auge.

Ja!

Als die Wolken das Land in Dunkelheit tauchten, sprang Dana seitwärts in den Graben.

Und landete mit einem dumpfen Aufprall.

Der harte Sturz raubte ihr den Atem. Sobald sie sich halbwegs erholt hatte, huschte sie geschwind vorwärts, bis sie zu der Kreuzung kam. Auf allen vieren kroch sie durch das kalte, schleimige Wasser, aber das kümmerte sie nicht. Der Trick hatte funktioniert. Als der Mond wieder hervorkam, hallte wütendes Geheul über das Moor.

Sie hatten sie aus den Augen verloren.

Dana hörte, wie die Boggels sich aufteilten und hierhin und dorthin liefen. Und sie hörte auch den Motor des Wagens, der sich der Kreuzung näherte. Sie hatte sich ganz klein zusammengeduckt und würde erst herausspringen, wenn das Auto fast bei ihr war.

Plötzlich ein Keuchen über ihr. Als sie aufblickte, sah sie Bird, der zu ihr herunterspähte. Sein Mund stand offen, aber es kam kein Ton über seine Lippen.

»Bitte«, flüsterte sie. »Tu's nicht. Ich bin deine Freundin.«

Seine Miene drückte einen schweren Konflikt aus.

»Bitte«, flehte sie.

Dann rief er, schrill und gequält, aber laut genug. *»Sie ist hier!«*

Dana war noch nicht aus dem Graben heraus, als das Netz sie auch schon einfing. Sie schrie, so laut sie konnte, aber das Auto war noch immer zu weit entfernt. Binnen Sekunden war sie gefesselt und hilflos.

Als der Wagen zu der Kreuzung kam, hatte man sie bereits weggezerrt.

»Lasst mich los!«, flehte sie. »Ihr habt es versprochen, erinnert ihr euch? Als ich euch die Lösung genannt habe? Versprechen muss man halten! Ich habe mir meine Freiheit verdient! Wo ist euer Sportsgeist? Ich werde euch nicht verraten. Bestimmt nicht. Ich würde keinem von euch schaden!«

Ihre Argumente stießen auf taube Ohren. Sie schleppten sie zu einem abgelegenen Teil des Moors, wo Raubbau an den Torfsoden getrieben worden war und die Leute ihren Müll abluden. Der Boden war mit alten Kühlschränken, zerrissenen Matratzen und haufenweise Plastiktüten zugeschüttet, aus denen Wegwerfwindeln und verfaultes Essen quollen. Der Gestank war widerwärtig.

Aus dem Netz befreit, aber von vielen Händen festgehalten, sah Dana zu, wie die Boggels einen Stein vor einem alten *pollach* beiseiterollten. Das Loch sah dunkel und feucht aus. Als sie sich um sie drängten, die Augen hart wie Metall, wusste sie, was sie vorhatten.

Unter dem kalten, gleichgültigen Antlitz des Mondes kämpfte Dana ihre letzte Schlacht mit den Moorleuten. Stumm und hartnäckig wehrte sie sich mit Zähnen und Klauen. Solange sie noch atmete, würde sie nicht in dieses Loch gehen. Sie kämpfte wütend wie ein wildes Tier in einer Falle.

Und genauso vergeblich.

Langsam und unausweichlich zerrten sie sie zu der Höhle. Langsam und unausweichlich öffnete sich der Schlund, um sie zu verschlingen.

»Nein! Nicht! Bitte, bitte nicht!«

Sie schrie und schrie, während sie hineingezwängt wurde.

»Keine Wahl haben wir!«, murmelte Green mit zusammengebissenen Zähnen.

»Tun müssen wir es!«, pflichtete Silverhill bei.

Scham und Bedauern schwangen in ihren Worten mit. Der kleine Bird schluchzte, als würde es ihm das Herz brechen. Aber niemand legte ein gutes Wort für sie ein.

Pipers Stimme sprach das endgültige Urteil. »Fernhalten müssen wir dich von Lugh. Schlafende Könige soll man nicht wecken! Niemand ihn wecken darf!«

Damit rollten sie den Stein vor das Loch.

Gefangen im Dunkeln, sah Dana nicht, wie sie mit hängenden Köpfen davonschlichen, außerstande, sich in die Augen zu blicken. Aber sie spürte, dass sie fort waren. Die lastende Stille der Leere war unverkennbar.

Sie hörte auf zu schreien. Es hatte keinen Sinn mehr.

An diesem gottverlassenen Ort, tief in der schwarzen Erde, war sie vollkommen allein.

Einundzwanzig

Der Bergkönig vermählte sich im Herbst mit seiner Himmelsbraut, am Fest von Samhain, an dem für das Sídhe-Volk und alle die, die sich nach dem keltischen Kalender richteten, das neue Jahr begann.

Das gefallene Herbstlaub bildete einen rotgoldenen Teppich für den Hochzeitszug, der zwischen den Hügeln hindurchschritt. Die Untertanen des Königs jubelten und sangen und schwenkten mit leuchtenden Beeren behangene Zweige.

Er trug die Farben seines Königreichs: eine dunkelgrüne Robe, einen purpurnen, von einer weißen Brosche zusammengehaltenen Überwurf, bronzefarbene Sandalen an den Füßen und einen Kranz aus Eichenblättern auf dem Kopf. Sie war angetan mit einem Gewand aus durchscheinendem Blau mit eingenähten silbernen Fünkchen in dem weich fallenden Stoff. Die geflügelte Krone, die er ihr geschenkt hatte, zähmte ihr feuriges Haar.

Er führte sie in seinen Palast auf dem grasbewachsenen Gipfel des Lugnaquillia. Ganz aus Kristallglas erbaut, drehte er sich während des Tages langsam, um sich stets der Sonne zuzuwenden wie eine Blume. Wenn das erste Morgenlicht auf die Flügelfenster fiel, funkelten sie in allen Farben des Regenbogens. War der Himmel bewölkt, schimmerten die Mauern in einem milchigen Pastellblau wie das Ei des Rotkehlchens. In der Abendsonne, unter dem flammend roten Himmel, erstrahlten die Türme wie Rubine. Mit dem Einbruch der Nacht kühlte sich das Schloss zu schwarzem Obsidian ab, durchschossen von Sternenlicht.

»Ist das nun mein Zuhause?«, murmelte sie, als er sie über die Schwelle führte.

»Für immer und einen Tag«, war seine Antwort.

Und das Fest begann.

Es gab Musik und Tanz und Speisen im Überfluss. Das Hochzeitsbankett wurde auf Tüchern aus reinem Leinen und spiegelnden Prunktellern serviert und bot alle Köstlichkeiten des Königreichs dar: kandierte Quitten und Äpfel, Minzquark und Beerenküchlein, Gelees von wilden Früchten, mit Zimt gewürzter Honigsirup, süße Nuss- und Sahnekuchen, gewaltige Fässer mit Kamillenwein und Blaubeerbier.

Nach dieser Hochzeit, vollzogen im Ritus von Hierogamos, *der heiligen Verbindung von Himmel und Erde, wurde alles, was hell war, noch heller. Es folgte eine Zeit der Herrlichkeit und Freude, ein Goldenes Zeitalter, und jedes Geschöpf, ob groß oder klein, sang vor Glück: der Habicht, der wie ein fallender Stein herabstürzte, die wie Silberblitze springenden Fische, der bellende Otter, die speerschnäbligen Vögel.*

Noch nie hatten zwei so harmonisch zusammengelebt. Ewig jung, ewig schön, tanzten sie über die Sommerwiesen des Lugnaquillia. Ritten auf den kalten Winterwinden. Schwammen im Meer bei ihren Ländereien im Murrough-Marschland. Und jeder, der vorbeikam und sie lachen hörte, wurde ebenfalls fröhlich.

Er hielt sie im Arm und berührte sie, wie er eine kostbare Harfe berühren würde, und sang ihr süße Liebesballaden.

Würd' auch jedes braune Blatt zu Gold sich wandeln,
Wär auch der graue Gipfelfels aus Silber,
Alles würde ich hergeben
Für dich, *a stór,*
Alles würde ich hergeben
Für dich, mein Schatz.

Eines Abends lagen sie zusammen im warmen Gras, um den Sternschnuppen zuzusehen.

»Erzähl mir von deiner Heimat«, sagte er zu ihr.

Ihr Lachen war glockenhell, doch ein Schleier trübte ihre Augen.

»Trachte nicht danach, zu viel über mich zu erfahren. Du bist von der Erde und ich vom Himmel, und wir haben uns in deinem Reich getroffen, nicht in meinem. Nimm es, wie es ist, und forsche nicht mehr. Denn ich habe viel vergessen, und das ist womöglich besser für unser gemeinsames Glück.«

Empfand er Besorgnis in diesem Moment? Spürte er den dunklen Schatten künftiger Ereignisse? Ahnte er das Nahen des Fremden und den Schmerz, der seiner harrte?

Zweiundzwanzig

Dana kauerte sich verzweifelt zusammen. Das Loch war stockdunkel und stank nach modriger Erde. Lebendig begraben! Sie musste sich sehr beherrschen, um nicht vor Angst durchzudrehen. Es war so eng, dass sie sich kaum bewegen konnte. Alles tat ihr weh von dem Kampf. Als die ersten Tränen über ihre Wangen liefen, konnte sie sie nicht zurückhalten. Dann tat sie, was die meisten Kinder in einer für sie unerträglichen Situation tun. Sie schlief ein.

Beim Umdrehen stellte sie fest, dass sie zu Hause am Wolfe Tone Square war. Ihre gelbe Steppdecke fühlte sich weich und warm an. Das Flurlicht fiel in ihr Zimmer.

Gabe bot ihr eine Tasse warme Milch an. Die Milch schmeckte nach Honig und einer Prise Muskatnuss.

»Du hattest wieder Besuch vom Alb«, sagte er sanft. »Ich bleibe ein bisschen bei dir.«

Er setzte sich in den Sessel neben ihrem Bett und lächelte sie beruhigend an.

Es war nur ein böser Traum gewesen!

Glücklich und erleichtert trank sie ihre Milch aus und schlief wieder ein, während ihr Vater über sie wachte.

Als Dana in der Wirklichkeit des kalten, feuchten Lochs

erwachte, war alles schlimmer als zuvor. Sie stöhnte, als die Dunkelheit sie wieder verschlang. Dann rollte sie sich zu einem Ball zusammen und schlang die Arme um sich. Alle Glieder taten ihr weh und der harte, unebene Boden machte es auch nicht besser. Ihr Mund schmeckte nach Ton. Ein eklig riechender Schlamm verklebte ihre Kleider, ihre Haut und ihre Haare. Nach dem schönen Traum von Daheim war das mehr, als sie verkraften konnte. Sie begann zu heulen wie ein Baby.

Unbewusst, wie all die Male, die sie nachts im Bett geweint hatte, rief sie nach ihrer Mutter, die nie kam. Sie schluchzte tief und schmerzvoll. Ihr Tränenvorrat war unerschöpflich. Wie lange sie weinte, wusste sie nicht, aber es kam ihr wie eine Ewigkeit vor.

Dann hörte sie auf zu weinen.

Und lag vollkommen reglos da.

Ich muss etwas tun. Ich muss hier raus.

Sie drehte sich langsam in dem engen Loch und begann, gegen den Stein zu drücken, der den *pollach* versperrte. Er wich nicht von der Stelle. Dann stemmte sie sich mit dem Rücken gegen die Wand hinter ihr und versuchte es mit den Füßen. Keinen Zentimeter. Wenn sie doch nur etwas hätte, was sie als Hebel benutzen könnte! Ihre Augen gewöhnten sich langsam an die Dunkelheit. Sie konnte die Ritze um den Stein herum ausmachen, durch die ein wenig Luft und schwaches Licht hereinkamen. Dämmerte schon der Morgen? Sie hatte keine Ahnung, wie spät es war. Ihre Kehle war ausgedörrt vor Durst und sie hatte Hunger. Die Boggels hatten ihr den Rucksack weggenommen. Würden sie zurückkommen, um ihr etwas zu essen und zu trinken zu bringen, oder wollten sie sie etwa hier drin sterben lassen? Sie würde nicht warten, bis sie es herausfand. Sie würde sich freibuddeln. Würde die Erde um den Stein wegscharren und den Spalt vergrößern.

Dana suchte tastend nach Feuersteinen oder anderen Utensilien zum Graben. Nichts. Sie würde mit den Händen arbeiten müssen. Der Lehm war zäh und klebrig. Sie konnte immer nur kleine Brocken abtragen. Ihre Nägel kratzten an dem Stein. Obwohl es hoffnungslos schien, machte sie weiter. Wenn sie durchhielt, musste es irgendwann vorangehen.

Sie hatte schon eine ganze Weile gegraben, als sie hinter sich ein Geräusch hörte. Sie drehte sich um und hielt den Atem an, um zu lauschen. Da war es wieder! Ein Klopfen, als wäre da jemand oder etwas auf der anderen Seite des Lochs. Wie konnte das sein? Dahinter war doch nur Moor und Torf, oder? Dana drückte ein Ohr an die Wand und hörte zu ihrem Erstaunen leise Musik. Die Moormänner? Unwahrscheinlich. Sie schliefen zwar unter der Erde, lebten und spielten aber im Freien.

Ein goldener Spalt tat sich plötzlich in der Tonschicht auf. Da *war* etwas auf der anderen Seite! Als noch mehr Licht und Musik in ihr Gefängnis drangen, spähte Dana durch die Ritze.

Sie blickte in einen Miniatur-Ballsaal! Weiße Kerzen flackerten in Kronleuchtern und gläserene Säulen trugen eine hohe, vergoldete Decke. Die Galerien ringsum waren mit grünem Laub und bunten Blumen geschmückt. Gobelins zierten die Wände. Auf dem Marmorboden drehten sich Tänzer in festlichen Kleidern und behangen mit Schmuck.

Wie sehr sehnte Dana sich dorthin, heraus aus ihrem dunklen Loch!

Die prächtige Festgesellschaft schien nichts von dem

Bruch in ihrer Welt und der Beobachterin zu merken. Auf einmal aber kam ein junger Mann, der wie ein Page mit Kniehose und Wams gekleidet war, auf sie zugeeilt. Mit verstohlenen Blicken über seine Schulter förderte er unter seinem kurzen Cape einen juwelenbesetzten Becher hervor. Mit einem knappen Nicken schob er ihn durch den Spalt.

Verblüfft blickte Dana auf die winzige Hand, die den winzigen Kelch hielt. Ein schwacher Geruch nach Zimt erfüllte den *pollach* und munterte sie sofort auf. Doch sobald sie den Becher zwischen Daumen und Zeigefinger nahm, verwandelte er sich in eine hohle Eichel mit einem Tropfen Tau darin.

Der junge Mann bedeutete ihr, zu ihm in den Saal zu kommen. »Wie soll das gehen?«, flüsterte sie. »Ich bin viel zu groß. Ich passe da nicht rein.«

Er zeigte auf die Eichel.

Dana zögerte nur für den Bruchteil einer Sekunde. Flüchtig dachte sie an Alice im Wunderland. *Trink nicht.* Doch was auch passieren mochte, schlimmer konnte ihre Lage kaum werden.

Vorsichtig kostete sie mit der Zungenspitze.

Ein Hauch von Honig.

Es geschah sofort. Sie schrumpfte wie ein Ballon, aus dem die Luft entweicht, und ehe sie wusste, wie ihr geschah, war sie schon durch den Riss gepurzelt und vor den Füßen des Pagen gelandet.

Er half ihr auf. *»Fáilte romhat!«,* sagte er. »Sprich zu niemandem außer zu ihr, die dich holen kommt!«

Dann eilte er davon, bevor sie sich bei ihm bedanken konnte.

Verwirrt blickte Dana hinter sich und rechnete halb damit, einen Spalt in der Luft zu sehen und dahinter den dunklen *pollach.* Aber nichts dergleichen. Sie sah durch Butzenscheiben in einen Schlosshof. Dahinter leuchtete grün ein schönes Land aus lieblichen Hügeln und Sonnenschein.

Lautes Gelächter holte sie zurück in den Saal. Die Gäste tänzelten in achtförmigen Schleifen umeinander herum. Es war irgendeine Art von Naturtanz. Alle Tänzer hielten etwas in der Hand – Blätter, Efeu, ein Büschel Schafswolle, Zweige – und verwoben es beim Tanzen miteinander. In ihrer Mitte nahm allmählich etwas Gestalt an. Eine zierlich gearbeitete Wiege? Oder war es ein kleines Boot?

Dana wich gegen die Wand zurück und versteckte sich halb hinter einem goldenen Vorhang. Was für ein Zauber sie auch hierher gebracht hatte, er hatte leider nicht für ein sauberes Äußeres gesorgt. In dieser prunkvollen Umgebung wirkten ihre besudelten Kleider, ihre Kratzer und Schürfwunden noch erbärmlicher.

Eine Tänzerin löste sich von den anderen und kam auf sie zu. Trotz ihrer Maske aus Pfauenfedern erkannte Dana sie sofort. Die Waldfrau! Ihr himmelblaues Gewand schwang um sie herum und ein silberner Umhang fiel bis auf ihre Füße. In ihr langes blondes Haar waren Perlen eingeflochten.

»Komm mit!«

Sie nahm Dana bei der Hand und zog sie rasch an den Tänzern vorbei aus dem Saal und eine gläserne Treppe hinunter.

»Mir ist mein Name wieder eingefallen!«, berichtete sie aufgeregt, bevor Dana etwas sagen konnte. »Ich heiße *Honor.* Niemand spricht mich damit an, weshalb ich ihn immer wieder vergesse. Und mein Ehemann nennt mich ›Liebste‹ oder *›a stór‹.*«

»Ehemann?« Dana war überrascht. Sie sah zu jung aus, um verheiratet zu sein. Aber sie wirkte irgendwie verändert.

Glücklicher und selbstbewusster. »Hast du nicht gesagt, du dürftest nicht hierherkommen?«

»Das war nicht gelogen. Ich habe die Regeln gebrochen!«

Dana hörte das schelmische Vergnügen des älteren Mädchens heraus. Also waren die alten Geschichten wahr. Elfen benahmen sich gern keck und verwegen!

»Um deinetwillen hat mein menschliches Selbst gegen das Gesetz verstoßen! Bis auf meinen Pagen, der dir den Trank gegeben hat, wissen die anderen nicht einmal, wo wir sind.«

»Was?«, rief Dana verblüfft.

Sie waren beinahe am Fuß der langen Treppenflucht angekommen.

»Das ist ein Kinderspiel für eine Elfe.« Honor lächelte unbekümmert. »Wir können eine ganze Welt zusammenrollen wie eine Landkarte und sie in eine andere Dimension schieben. Reine Magie. Oder reine Wissenschaft. Wie man es auch nennen will. Ich habe den ganzen Hofstaat mitgebracht – mit allem Drum und Dran! Und ich habe ihnen eine Aufgabe gegeben, um sie abzulenken. Sie weben ein Nest für ein Rotkehlchen, dessen Partner von einer Katze getötet wurde.«

Eine große Flügeltür öffnete sich vor ihnen und sie gelangten in den Schlosshof. Dana riss die Augen auf. Das schloss war ein Klassiker aus dem Märchen, mit eleganten Türmen, kunstvoll verzierten Balkons und leuchtend bunten Bannern, die im leichten Wind flatterten. Die Mauern bestanden aus einem glitzernden Gestein. Das mit Türmchen versehene Dach war mit weißen Federn gedeckt. Als ein plötzlicher Windstoß die Federn wie Schnee wegwirbelte, deckte sich das Dach im Nu neu. In der Mitte des Hofs stand ein Springbrunnen aus Marmor. Um ihn herum wuchsen neun schlanke Bäume. Als von ihren Zweigen Haselnüsse ins Wasser fielen, sprangen fünf silbrige Lachse heraus, um sie zu verzehren.

Dana war völlig hin und weg. Sie konnte weder denken noch sprechen. Alles strahlte Geheimnis und Bedeutung aus, wie ein besonderer Traum.

Als Honor sie zum Springbrunnen führte, schrak Dana vor ihrem eigenen Spiegelbild zurück. Sie sah so schmutzig und zerzaust aus. Die Waldfrau bedeutete ihr zu trinken, aber Dana wollte nicht. Sie wollte das wunderbare Wasser nicht verunreinigen. Das ältere Mädchen lächelte, schöpfte eine Handvoll Wasser und hielt sie Dana an die Lippen. Noch nie war ein Getränk erfrischender gewesen! Sie spürte regelrecht, wie das Wasser prickelnd durch jede Faser ihres Körpers rann. Dann schnappte sie nach Luft, als sie sah, dass sie vollkommen sauber war. Nirgends mehr ein Fleckchen Schlamm. Selbst ihre Schnittwunden und Prellungen waren verschwunden! »Das ist der Brunnen des lebendigen Wassers«, erklärte Honor sanft. »Aber jetzt lass uns gehen. Mir ist etwas eingefallen, was ich dir sagen muss.«

»Ich muss dir auch etwas erzählen!«, sagte Dana. »Die Boggels …«

Aber Honor hörte nicht zu. Sie nahm wieder Danas Hand und zerrte sie zu dem Bronzetor, das aus der Burg hinausführte. »Ich bin nicht nur gekommen, um dich zu befreien!«, erklärte sie, »sondern auch, um dich zu warnen. Manche Dinge vergesse ich in meiner Selbstverwirrung immer wieder. Ich habe dir deinen Herzenswunsch versprochen, aber eines sollst du wissen: König Lugh ist es, der dir deinen Wunsch gewähren wird, und du musst ihn am Festtag von *Lá Lughnasa* darum bitten.«

»Der Augusttag«, übersetzte Dana den irischen Ausdruck. »Du meinst den ersten August?«

»Ja! ›Lammas‹ nennen ihn auch manche. Bis dahin musst du den Lugnaquillia erreicht haben. Das ist der Tag, an dem du deinen Wunsch äußern darfst.«

»Das ist ja übermorgen!«, erschrak Dana, doch sie wusste, dass die Zeit das geringste Problem war. »Es ist alles noch viel schlimmer«, berichtete sie Honor. »Der König schläft tief und fest. Und die Boggels haben etwas damit zu tun. Ich glaube, sie sind es, die alle von der Grenze fernhalten. Sie wollen nicht, dass er aufwacht.«

Die junge Frau blieb so abrupt stehen, dass die Maske ihr vom Gesicht rutschte. Ihre hübschen Züge spiegelten Verwirrung wider. »Wie kann das sein? Warum sollten sie so etwas tun? Sie sind ganz harmlose Geschöpfe. Ja, ich weiß, sie haben dich entführt, aber das war nur Spaß. Manchmal geht ihr Spieltrieb mit ihnen durch. Sie hätten dir niemals etwas zuleide getan.«

Dana war nicht überzeugt und wollte gerade widersprechen, als sie durch das Tor traten. Die Worte erstarben auf ihren Lippen, als eine wunderschöne Landschaft sich vor ihr entfaltete.

Dreiundzwanzig

Es war Irland und doch nicht Irland, die herrliche Gegend, die sie vom Schlossfenster aus gesehen hatte. Über Hügeln und Wäldern, Seen und Flüssen lag ein taufrischer Glanz, als wäre die Welt gerade neu geschaffen worden. Bunte Vögel flatterten Schmetterlingen gleich durch die Luft. Warme Winde trugen den feinen Duft von Apfelblüten herbei. Von überall erklang melodische Musik.

»Ist das das Elfenreich?«, fragte Dana atemlos.

»Ja«, antwortete die Waldfrau, »und nein. Man geht nicht ins Elfenland, man wird ein Teil von ihm. Und von einem Herzschlag auf den anderen kannst du so ein Jahr und einen Tag lang leben … oder tausend Jahre lang. Dies«, fuhr sie mit anmutiger Armbewegung fort, »ist *Magh Abhlach,* das Tal der Apfelbäume. Es ist eine Erscheinungsform des Sommerlands, welche der Elfenadel am Hof des Hochkönigs bevorzugt. Ich habe gleich alles versetzt, um ihren Argwohn zu zerstreuen.«

Dana war sehr beeindruckt von dem, was Honor getan hatte, aber sie machte sich auch Sorgen. In den Geschichten, die Gabe ihr erzählt hatte, kamen oft Elfen vor, die den Menschen halfen. Auch wenn viele über eine ähnliche Zauberkraft verfügten wie die Waldfrau, bezahlten sie im Allgemeinen einen hohen Preis für ihre Hilfsbereitschaft.

»Wirst du Ärger bekommen?«, erkundigte sie sich ängstlich. »Könnten sie dich in einen Frosch verwandeln oder so was Ähnliches?«

»Ich glaube nicht«, kam die Antwort, gefolgt von silberhellem Lachen. »Obwohl das ziemlich komisch wäre.«

Dana fand das ganz und gar nicht komisch. Es war verstörend, wie Honor manchmal ganz ernst und dann wieder völlig unbekümmert sein konnte. Außerdem hatte sie auf Danas schlechte Neuigkeiten immer noch nicht reagiert.

»Du musst dem Hochkönig von den Boggels erzählen«, beharrte Dana. »Und dass Lugh tief schläft.«

Wieder wechselte Honors Stimmung. Sie wurde sehr ernst. »Der Hochkönig ist fort. Auf einer eigenen Mission, bei der er einen Dämon verfolgt. Sonst hätte ich den Hof niemals täuschen können. Doch selbst wenn er hier wäre, würde ich ihn lieber nicht um Hilfe bitten. Er hat mir diese Angelegenheit anvertraut und ich muss sie selbst zu Ende bringen. Um mich zu beweisen. Verstehst du das?«

Dana verstand es zwar nicht so ganz, nickte aber. Die Waldfrau sprach beinahe flehend. Und da sie buchstäblich Himmel und Hölle in Bewegung gesetzt hatte, um ihr zu helfen, wollte Dana sie so gut wie möglich unterstützen.

Honor fuhr ruhiger fort. »Ich werde herausfinden, was im Bergkönigreich vorgeht, das verspreche ich dir. Ich bin entschlossen, dir zu helfen, so gut ich kann. Immerhin habe ich die Regeln schon einmal verletzt, da kann ich es auch ein zweites Mal tun. Außergewöhnliche Zeiten verlangen nach außergewöhnlichen Maßnahmen.«

»Danke«, sagte Dana leise und es kam von Herzen.

Sie vertraute Honor und sah sie langsam als Freundin an.

»Du brauchst dich nicht zu bedanken«, rief Honor. »Das ist das Mindeste, was ich tun kann! Ich schäme mich, dass sie … dass wir … nicht mehr getan haben, um dir beizustehen. Zwar bedauere ich es nicht, zu ihnen zu gehören, aber es gibt so manche Eigenschaften der Elfen, die gutzuheißen mir schwerfällt.«

Nicht zum ersten Mal wunderte sich Dana über die seltsame Widersprüchlichkeit der jungen Frau: halb drinnen, halb draußen, halb dies, halb jenes. Manchmal wirkte sie so menschlich und dann wieder war sie ganz Elfe. Selbst ihre Sprechweise war ein komischer Mischmasch aus höfischem Ton und modernen Worten. Danas Neugier war nicht mehr zu bremsen. »Haben sie dich gestohlen? Als Kind?«

Die Waldfrau seufzte. »Das ist eine lange Geschichte, so lang wie ein Roman. Vielleicht werde ich sie dir eines Tages erzählen, aber jetzt ist dafür keine Zeit.«

Sie packte Dana bei der Hand und plötzlich liefen sie so schnell wie der Wind.

Die Landschaft jagte an ihnen vorbei, wie aus dem Fenster eines schnell fahrenden Zuges betrachtet.

Dann blieben sie genauso plötzlich stehen, sodass Danas Magen sich hob.

Sie standen auf einer grünen Wiese, auf der ein ländlicher Jahrmarkt stattfand. Ein großes, aus Holz gebautes Riesenrad drehte sich über der Menschenmenge, durchflochten mit Stechpalmenzweigen und Efeu. Das lärmende Völkchen schlenderte herum, bekleidet mit bunten Gewändern und Umhängen in allen Farben des Regenbogens. Viele sahen menschlich aus: junge Männer und Frauen, Arm in Arm, alte Soldaten mit Überwürfen und Schwertern an der Seite, Mütter mit Babys, die sie in Fransenschals trugen. Aber es gab auch Riesen und Zwerge und andere seltsame Wesen. Große Zelte leuchteten weiß in der Sonne, auf deren Dächern seidene Flaggen flatterten. Darin waren die verschiedensten Vorführungen zu bestaunen. Ein Mann mit Hörnern schluckte Feuer. Eine bärtige Dame stemmte Gewichte. Dana blieb bei einem Pavillon stehen, in dem ein Schattenspiel die Geschichte von der Schönen und dem Biest aufführte. Zu ihrer Überraschung sah sie, dass die Schöne eine Elfenprinzessin war und das Biest ein Mensch. Außer den Zelten gab es zahlreiche Buden, in denen alle möglichen Waren feilgeboten wurden: Ballen mit den schönsten Stoffen, haufenweise kostbare Steine, Porzellangeschirr, Musikinstrumente und mechanisches Spielzeug. Düfte, bei denen einem das Wasser im Mund zusammenlief, kamen von den Essensständen, wo in großen Pfannen Leckereien zischelten und süße und salzige Pasteten sich zu Pyramiden auftürmten.

Honor gab Dana eine prall mit Münzen gefüllte Samtbörse. »Du brauchst Proviant für die Reise. Und neue Kleider. Kauf dir einen Umhang, der dich in den Bergen warm hält. Du musst aber feilschen, sonst betrügen sie dich, vor allem die Kluribolde. Das sind die mit den roten Nasen.«

»Feilschen?« Dana verzog das Gesicht. Sie hasste es ohnehin einzukaufen, und die Vorstellung, über den Preis zu verhandeln, war der reinste Albtraum.

»Du schaffst das schon«, versicherte ihr die andere im Tonfall einer großen Schwester. »Ich muss jetzt zum Hofstaat zurück und nachsehen, ob sie noch schön beschäftigt sind. Ich komme zurück, sobald ich kann. Los, geh shoppen bis zum Umfallen!«

Trotz ihrer anfänglichen Bedenken schlenderte Dana schon bald fröhlich von Stand zu Stand. Das hier war etwas ganz anderes als ein Supermarkt oder Einkaufszentrum. Noch nie hatte sie so viele faszinierende Dinge gesehen. An einem Stand erbot sich eine goldhaarige Näherin, eine Triskele, eine Art Dreifachspirale, auf ihre Jeans zu sticken. Dana konnte nicht widerstehen. Sie lehnte jedoch dankend ab, als ein paar blaugesichtige Gnome ihr Ellbogen und Knie bemalen wollten. Konnte sie ein Armband gebrauchen, das sie vollkommen violett färbte? Oder einen Ball, der bis zu den Wolken hinaufhüpfte? Beim Süßigkeitenstand begeisterte sie die Auswahl an kandierten Lutschern, Lakritz, Karamellstäbchen und altmodischen Fruchteissorten. Sie kaufte einen Spieß mit frischen Erdbeeren, um ihn in einen Springbrunnen aus geschmolzener Schokolade zu tauchen. Danach erstand sie ein Zimtbrötchen und einen Becher heißen Apfelwein. Gerade, als sie das Brötchen in den Mund stecken wollte, ging jemand hinter ihr vorbei und murmelte hastig etwas.

»Má itheann tú ná má ólann tú aon ghreim istigh anseo, ní bhfaighidh tú amach as go bráth arís!«

Dana fuhr herum, doch wer es auch gewesen war, er war bereits in der Menge verschwunden. Sie war verunsichert. Warum diese Warnung, nichts zu essen oder zu trinken? Sie hatte im Laufe ihrer Mission schon mehr als einmal Elfenspeisen zu sich genommen. Und Honor hatte nichts dazu gesagt. Mit einem Achselzucken verdrückte Dana ihren Imbiss. *Wenn schon, denn schon.* Dann machte sie sich an die notwendigen Erledigungen.

»Draußen unterm Mond mit den Boggels getanzt, wie ich sehe!«, schnaufte der Kobold, der den Schusterstand innehatte. »Heiliges Kanonenrohr, sind die zugerichtet. Schlimmer als Moorleichen.«

Sie hatte ihm ihre Turnschuhe hingelegt, vollgesogen mit Wasser und schlammverkrustet.

Der dicke kleine Schuhmacher war ganz in Grün gekleidet. Er hatte ein apfelförmiges Gesicht mit roten Haaren und rotem Bart. Die Taschen seiner Lederschürze waren mit Nägeln jeder Größe und Machart gefüllt. Ein Bündel ragte auch aus seinem Mundwinkel wie ein Nadelkissen. Während er schabte, nähte und polierte, jammerte er, dass sie ihre Schuhe hoffnungslos ruiniert habe. Aber als er fertig war, sahen sie aus wie neu.

Zerknirscht reichte Dana ihm eine Goldmünze und sagte, er könne das Wechselgeld behalten. Als er hineinbiss, leuchtete sein Koboldgesicht auf. Er wirkte nicht nur besänftigt, sondern hocherfreut. Bevor er ihr die Schuhe zurückgab, trieb er noch einen winzigen Silbernagel in jeden Absatz.

»Das gibt dir ein bisschen mehr Schwung«, bemerkte er augenzwinkernd. »Aber halte dich vom Moor fern!«

Als Nächstes staffierte Dana sich mit neuer Wanderkleidung aus. An die Kälte auf den Berggraten denkend, wählte sie eine grüne Hose aus reißfester Baumwolle, ein weißes Leinenhemd und eine gelbe Strickweste. Ihr bester Kauf war ein langer, wallender Umhang aus goldbrauner Wolle mit einer weiten Kapuze. Zu guter Letzt kaufte sie einen Lederranzen als Ersatz für ihren verlorenen Rucksack, den sie mit Äpfeln und Orangen, Rosinenbrot, dicken Käsestücken, Elfenbrötchen mit Zuckerguss und einer Flasche Ingwerbier füllte.

Dann wurde es Zeit, sich auf die Suche nach Honor zu machen. Dana schlenderte durch das Marktgetümmel und hielt nach ihr Ausschau. Hatte sie sich wieder verkleidet? Sie war womöglich schwer zu entdecken, da sie ja dazu neigte, nicht nur ihr Äußeres, sondern auch ihre Persönlichkeit zu wechseln! Endlich erspähte Dana sie allein auf einem Felsen hinter dem Marktplatz. Aber irgendetwas stimmte nicht. Honor hatte den Kopf in die Hände gestützt und ihre Schultern bebten. Sie schluchzte.

Dana lief zu ihr und erschrak immer mehr. Honor hatte moderne Kleider an, aber ihre verwaschene Jeans und das T-Shirt waren tropfnass. Auch ihre Haare waren nass und klebten ihr am Kopf. Sie war totenbleich, die Haut schimmerte bläulich. Algen hingen an ihren Armen und Beinen.

Dana berührte sie sachte. Sie fühlte sich eiskalt an. »Was ist passiert? Was ist los?«

»Ich ... ich habe mich daran erinnert ... dass ich mit meiner Schwester einkaufen war ... bevor ... ich gestorben bin.«

Ein Schauder überlief Dana. »Wie meinst du das? Du machst mir Angst!«

Das hatte eine sofortige Wirkung auf Honor. Sie sprang auf und verwandelte sich so schnell, dass man es mit bloßem Auge nicht sehen konnte, wieder in die feine Dame aus dem Wald. Ein goldener Schimmer legte sich über ihre Züge und sie trug Schmuck und eine Festrobe.

»Da bist du ja!«, sagte sie strahlend zu Dana. »Toller Umhang! Hast du Spaß auf dem Jahrmarkt gehabt?«

»Aber ... du ...« Dana wollte den Zwischenfall zuerst übergehen, aber sie konnte es nicht. Es gab inzwischen einfach zu viele Rätsel. »Du hast etwas über deine Schwester gesagt ... »«

»Tatsächlich?« Honors Lächeln verschwand. Sie wirkte betroffen.

»Ist sie auch eine Elfe?«, hakte Dana nach.

»Nein. Sie lebt in deiner Welt.« Traurigkeit schwang dabei mit, dann entschuldigte sie sich schnell. »Ich will eigentlich nicht so sein. Ich bin ständig hin- und hergerissen, dabei ist das allein meine Schuld, weißt du. Manchmal sehne ich mich nach meinem alten Leben zurück, so wie es in deiner Welt Leute gibt, die sich nach dem Elfenreich sehnen.« Sie schüttelte betrübt den Kopf. »Es ist nicht gut, sich nach einem bestimmten Ort zu verzehren, wenn man an einen anderen gehört. Das kann die Seele krank machen, man kann sogar daran sterben.« Honor riss sich sichtlich zusammen. »Ich möchte nicht mehr darüber sprechen.« Ihre Miene hellte sich auf und ihr Lächeln war warmherzig. »Zeig mir, was du gekauft hast!«

Dana runzelte die Stirn. Es war, als hätte sich eine Tür geschlossen. Ihr war nicht wohl bei der Sache, sie spürte etwas Tragisches auf der anderen Seite. Aber das war Honors Angelegenheit, und sie hatte kein Recht, ihre Nase da hineinzustecken. Also schüttelte sie ihr ungutes Gefühl ab, gab die Geldbörse zurück, die fast leer war, und zeigte ihre Einkäufe vor. Das ältere Mädchen hieß alles gut, war aber entsetzt über die Preise.

»Die haben dich ausgenommen!«, rief sie. »Dieses freche Pack! Und wird der Proviant reichen? Du hast noch viele Meilen vor dir.«

»Doch, das sollte genügen«, antwortete Dana. »Ich habe auch schon was gegessen.« Sie zögerte, weil sie sich an die Warnung vor dem Stand erinnerte. »Ist es eigentlich in Ordnung, wenn ich Elfenspeisen esse? In den Geschichten heißt es immer, man soll das nicht tun, weil man sonst nie nach Hause zurückkann.«

Honor lachte und hakte sich bei Dana unter. »Ach, deshalb brauchst du dir keine Sorgen zu machen, Liebes. Du gehörst bereits zu uns.«

Ein Frösteln überlief Dana. Was meinte sie damit? Es klang unheimlich, doch Honor hatte es so leicht dahingesagt, als bedeutete es nichts. War es falsch, ihr zu vertrauen? Sie war so wankelmütig. Konnte sie gleichzeitig böse und gut sein? Dana wusste, dass sie eine Erklärung verlangen sollte, schwieg aber. Lag das auch an einem Elfenzauber? Oder einfach daran, dass sie ihren Wunsch nicht verspielen wollte?

Der fröhliche Jahrmarktstrubel wurde zunehmend leiser, als sie sich von der Wiese entfernten und einem gewundenen Weg folgten. Vor ihnen ragte ein großes Tor aus zwei aufrecht stehenden Menhiren mit einem Deckstein darüber auf. Dana wusste, was das war. Es gab in ganz Irland Dolmen und Kromlechs. Man glaubte allgemein, dass sie Portale in die andere Welt waren.

Doch Dana wurde bei ihrem Anblick wieder bedrückt. Sie hatte den Jahrmarkt und Honors Gesellschaft sehr genossen. Die Aussicht, wieder allein in den Bergen herumzuwandern, stimmte sie nicht gerade froh.

Honor musterte sie nachdenklich. In ihrem Blick lag Mitgefühl. »Du musst das nicht tun«, sagte sie unvermittelt. »Wenn du nach Hause willst, brauchst du es nur zu sagen, dann werde ich dich zurückschicken.«

Sie klang trotzig und zitterte vor Erregung. Dana fragte sich, ob sie an ihre eigene Situation dachte. Das Angebot war schon verlockend. Ihr Auftrag hatte sich als viel schwerer und beängstigender entpuppt als gedacht. Und was war mit Murta und dem roten Ding an dem Berghang? Sie hatte kein Wort darüber verloren, aus Angst, die Mission könnte abgebrochen werden. Obendrein machte sie sich Sorgen um Gabe und vermisste ihn furchtbar.

Aber sie würde nicht umkehren. Nicht, bevor sie ihre Mutter gefunden hatte. Und so beängstigend der Auftrag auch sein mochte, er war zugleich das tollste Abenteuer, das man erleben konnte! Nachdem sie so viel durchgemacht hatte, fühlte sie sich stärker und selbstbewusster denn je. Erst jetzt glaubte sie ernsthaft daran, dass sie es schaffen würde, ihren Traum zu verwirklichen.

»Danke, aber nein«, sagte sie. »Ich will meinen freien Wunsch.«

Wieder blickte Honor nachdenklich drein. »Das Heimweh ist das größte Hindernis für den Helden. Es kann uns vom rechten Weg fernhalten.«

Es wurde Zeit für Dana zu gehen.

Das ältere Mädchen begann wie gewöhnlich viel Aufhebens zu machen, zupfte an Danas Umhang herum und zog die Kapuze hoch.

»Wird die Pforte mich zum Lugnaquillia bringen?«, wollte Dana wissen.

»Leider nein«, lautete die Antwort. »Es gibt ein paar Regeln, die unumstößlich sind. Das ist deine Reise, nicht meine. Ich darf dir zwar helfen, kann dich aber nicht zu deinem Ziel bringen. Hör gut zu, liebes Herz. Wenn du durch das Dolmentor gehst, rufe die Götter deines Volkes an. Bitte sie um Rat und Beistand. Das ist das Recht eines jeden Reisenden.«

Es folgte eine letzte schwesterliche Umarmung, dann löste Dana sich von Honor.

Als sie in den Schatten des Steintors trat, fand sie sich an einer Weggabelung wieder. Der rechte Pfad führte direkt in ihr Zimmer am Wolfe Tone Square. Dort stand ihr Kleiderschrank mit dem gesprungenen Spiegel, da waren ihre Poster von der irischen Nationalmannschaft an den abgeschrabbelten Wänden, die Kommode mit ihren Jeans und T-Shirts und das Hochbett in der Ecke, das Gabe ihr gebaut hatte. Gabe saß darauf, auf der gelben Steppdecke, hielt ihr Kissen an sich gedrückt und weinte laut.

»Pa!«, rief sie, ohne nachzudenken.

Er blickte erschrocken auf, konnte sie aber nicht sehen.

Der linke Pfad führte in die Berge. Es war Nacht und sie spürte den eisigen Atem des Windes im Gesicht.

Halb drängte es sie, in das warme Licht hineinzugehen, sich auf die Decke zu legen, ihren armen Dad zu umarmen … Aber sie hatte sich schon dem schwereren Weg zugewandt, dem unausgetretenen Pfad, und schritt schaudernd in Kälte und Dunkelheit hinein.

Vierundzwanzig

Als Dana durch das Dolmentor ging, machte sie, was die Waldfrau ihr geraten hatte. Sie bat von ganzem Herzen und aus ganzer Seele um Hilfe für ihre Wanderung. Auf der anderen Seite angekommen, stellte sie fest, dass sie wieder ihre normale Größe angenommen hatte und zurück in den Wicklow Mountains war.

Der Morgen dämmerte langsam. Die ersten Strahlen des Sonnenaufgangs erhellten den Himmel. Sie stand auf einer Bergwiese mit Blick auf ein schmales Tal, das sich aus Vierecken von Wäldchen und Ackerland zusammensetzte und von einem Fluss geteilt wurde. Sie wusste, wo sie war: auf der Westseite des Brown Mountain, über dem Wasserfall von Glenmacnass. Freunde von Gabriel hatten eine Farm in der Nähe. Ihre mit roten Kringeln gezeichneten Schafe grasten auf den unteren Weiden. Obwohl es noch frühmorgens war, hatte sie Angst, gesehen zu werden. Sie musste den Schutz der Bäume am anderen Flussufer erreichen.

Dana stapfte den Hügel hinunter, als ihr in der Ferne etwas ins Auge fiel. Dort war er wieder, der schlafende Riese in den Bergen. Jetzt, da sie wusste, dass es tatsächlich König Lugh war, betrachtete sie ihn genauer. Warum wollten die

Boggels, dass er weiterschlief? War er ein grausamer Tyrann? Sie hatten von Überflutungen gesprochen, von Ertrinken. Bestrafte er sie auf diese Weise? Und wollte sie so jemandem wirklich begegnen? Sie versuchte gerade, von seinen Gesichtszügen auf seinen Charakter zu schließen, als ein Schreck sie durchzuckte. Sein Kopf drehte sich in ihre Richtung, als wolle er in die aufgehende Sonne blicken. Und seine Augen standen offen! War er dabei aufzuwachen? Sie schnappte nach Luft. Bildete sie sich das nur ein? Der Schmerz in diesen Augen sah aus wie Wahnsinn. Doch der Eindruck war zu flüchtig, denn schon schlossen sich die Augen wieder und er schlief abermals ein.

Aufgewühlt von dem, was sie gesehen hatte, stieg Dana den Brown Mountain hinunter und überquerte die Straße. Ihre Gedanken überschlugen sich. War der König etwa gefährlich? Würde sie ihn wecken müssen, um ihm die Botschaft zu überbringen? Wie sollte sie das tun? Und was würde dann passieren? Ratlos schüttelte sie den Kopf. Über diese Sachen wusste sie nichts. Aber hatte Honor nicht versprochen, Nachforschungen anzustellen?

Dana überwand den Fluss über dem Wasserfall, indem sie über die Steine in der Strömung sprang. Sie hatte damit gerechnet, nass zu werden, und war angenehm überrascht, als sie das andere Ufer vollkommen trocken erreichte. Zufrieden mit ihren Fortschritten lief sie in den Wald.

Es war offensichtlich ein altes Gehölz, vorwiegend aus dicht belaubten Eichen. Hellgrüne Flechten überzogen ihre Stämme und Äste. Ein Teppich aus niedrigen Wurmfarnen bedeckte den Boden. Als die Sonne hinter den Baumwipfeln aufging, strömte ein weiches Licht durch die Blätter. Es war der ideale Ort zum Frühstücken. Dana setzte sich auf einen moosbewachsenen Baumstumpf und holte einen Apfel, ein wenig Brot und ein Stück Käse hervor. Während sie frohgemut kaute, schaute sie sich um.

Sie waren überall: Lange Farbschweife mit Flügeln und Zöpfen sausten über die Blumen hinweg. Ein Mann in einem schwarzen Umhang ritt auf einer dunklen Stute vorbei. Aus seiner Satteltasche warf er glitzernden Staub in die Luft. Wo der Staub landete, schossen Pilze aus dem Boden: Elfenhütchen, gelbe Pfifferlinge, rundliche Steinpilze, Boviste wie Puderquasten und die rot-weißen Schirme der Fliegenpilze.

Je mehr sie sah, desto besser verstand Dana, wie dünn der Schleier zwischen den Welten und wie eng die Natur mit dem Übernatürlichen verwoben war. Sie fragte sich, ob das Elfenreich, wenn Natur und Landschaft immer mehr zerstört wurden, ebenfalls untergehen würde. Honors Worte im Glen of the Downs fielen ihr wieder ein. *Die Zerstörung des Waldes ist der Anfang vom Ende unserer Welt.* Dann erinnerte sie sich an etwas, was Big Bob einmal zu einer Gesprächsrunde aus Politikern und Geschäftsleuten gesagt hatte, die dem wirtschaftlichen Fortschritt das Wort geredet hatten. *Was hülfe es dem Menschen, wenn er die ganze Welt gewönne und dabei Schaden nähme an seiner Seele?* War das Elfenreich die Seele Irlands?

Sie brannte nun mehr denn je darauf, ihre Mission zu erfüllen. Tief im Herzen wusste sie, dass dabei viel mehr auf dem Spiel stand als die Erfüllung eines Wunsches. Außer für den Traum, ihre Mutter wiederzufinden, wollte sie es jetzt auch für die Waldfrau und das Wohl des Elfenlandes und ihrer eigenen Welt schaffen. Der König von Wicklow würde seine Nachricht bekommen, auf Biegen und Brechen.

Ihre Route stand fest. Sie hatte sie auf der Karte nachgezeichnet. Sie würde ihren Weg durch den Wald und über den Gipfel des Brockagh fortsetzen, durch die Glendalough-Schlucht und weiter zum Lugduff gehen, dann das Glenmalure-Tal durchqueren und westwärts die letzte Etappe zum Lugnaquillia in Angriff nehmen. Ob sie das in zwei Tagen schaffen würde? Dazu musste sie bis an ihre Grenzen gehen.

Nachdem sie ihre Brotzeit beendet hatte, brach sie auf und ging weiter durch den Wald. Nach einer Weile bemerkte sie, dass die Blätter an den Bäumen wie grüne Zungen zischten. Sie hörte genau hin und verstand allmählich, was sie sagten.

Ulmen trauern,
Eichen hassen,
Weiden wandeln,
Wenn spät du reist.

Dana schauderte. Es war ein unheilvolles Wispern, kalt und unfreundlich. Als sie verstohlen hinter sich blickte, sah sie, wie ein Baum sich bewegte. Eine schlanke Weide. Ihre Wurzeln schienen durch das Erdreich zu waten, als wäre es Wasser.

Weiden wandeln,
Wenn spät du reist.

»Es ist gar nicht spät!«, rief sie nervös.

Die Weide pflanzte sich prompt hin, aber sie wirkte irgendwie gekränkt, sodass Dana sich fragte, ob der Baum sie vielleicht hatte warnen wollen.

Kurz darauf bestätigte sich ihr Verdacht.

Eichen hassen.

Sie war rundherum von massigen Eichen umzingelt. Dann merkte sie, dass es gar keine Bäume waren, sondern baumähnliche Riesen. Sie hatten Laubbüschel als Haare und Astlöcher als Augen. Ihre Haut war aufgeworfen und gerillt wie Borke. Jeder von ihnen schwang einen riesigen Knüppel, als sie auf Dana zugestampft kamen.

Eichenmänner hassen.

Ihre Wut und Bösartigkeit war fast mit Händen zu greifen. Sie hassten Menschen. Menschen töteten Bäume. Ein Bild blitzte in Danas Kopf auf: die Baumstämme im Glen of the Downs, beschmiert mit weißen Kreuzen, die sie fürs Fällen markierten, sie für die Hinrichtung markierten.

Auge um Auge, Zahn um Zahn.

Sie versuchte ihnen klarzumachen, dass sie jung und machtlos war und getan hatte, was sie konnte, aber die Bäume interessierten sich nicht dafür. Oder sie konnten sie nicht hören. Sie brüllten jetzt regelrecht. Oder war es ein Kriegsgesang? Ein gewaltiges Räuspern und Knarren, das immer lauter wurde.

Sie musste die Beine in die Hand nehmen. Als sie eine Schwachstelle im Vormarsch der Eichen entdeckte, rannte sie schnell darauf zu und duckte sich unter ihren Astarmen hindurch. Ein loser Zweig peitschte ihr um die Ohren. Sie schrie auf. Aber es gelang ihr, dem Knüppel auszuweichen, der auf sie niedergesaust kam. Zu ihrem Erstaunen stellte sie fest, dass sie sich blitzschnell bewegen konnte. Die Silbernägel in ihren Schuhen! Das Geschenk des Schusterkobolds! Ohne das wäre sie zermalmt worden, denn die Schläge prasselten jetzt nur so herunter. Der Boden erbebte unter dem Aufprall der Knüppel. Doch so flink sie auch war und so geschickt sie ihnen auswich, die Eichenmänner umzingelten sie immer wieder, und jeder Kreis wurde enger als der vorherige.

Sie kamen jetzt viel zu dicht heran. Einer von ihnen würde sie bestimmt gleich treffen. Sie musste schleunigst heraus aus diesem mörderischen Ring. In einem letzten verzweifelten Sprint, voll darauf gefasst, jeden Augenblick erschlagen zu werden, stürmte sie los und machte einen langen Satz.

Geschafft!

Mit einem fliegenden Sprung!

Mit den Beinen in der Luft rudernd, als säße sie auf einem Fahrrad, ließ sie die Eichenmänner hinter sich.

Da sie ihr Ziel verfehlten, krachten sie gegeneinander und viele von ihnen stürzten um wie Bauholz.

Dana raste durch den Wald und wich hakenschlagend immer wieder wütenden Bäumen aus. Einige wollten ihr den Weg versperren. Andere schlugen mit ihren Ästen nach ihr. Aber der Wald lichtete sich langsam. Würden die Eichenmänner sie auch draußen im Freien verfolgen?

Als sie schon fast in Sicherheit war, schnürte ein weiterer Schreck ihr die Luft ab. Dort vor ihr stand ein neuer Widersacher, furchterregend und ausgehungert, mit gebleckten Fangzähnen.

Ein riesiger, grauer Wolf.

Das gewaltige, zottelige Tier schien fast so groß zu sein wie sie. Seine Augen funkelten wie gelber Achat. Er schnellte mit den Hinterbeinen los und sprang sie an.

Sie hatte keine Zeit zum Nachdenken. Keine Zeit zum

Weglaufen. Keine Zeit, um auch nur zu schreien. Dennoch wurde der Augenblick seltsam lang, dehnte sich scheinbar endlos aus. Der graue Schatten des Tieres beschrieb einen Bogen in der Luft. Die gelben Augen verengten sich zu Schlitzen wie zwei goldene Krummsäbel. Das rote Maul klaffte.

Eine seltsame Ruhe überkam Dana, ausgelöst von dem Wolf selbst. Die Eleganz dieses Sprungs! Diese wilde Freiheit! Die Schönheit der Bestie! Obwohl ihr der Tod drohte, war ein Teil von ihr berauscht. Ein Gedanke schoss ihr durch den Kopf, vielleicht ihr letzter: Wenn sie schon sterben musste, dann wenigstens durch ein so edles Geschöpf.

Sie musste nicht sterben.

Der Wolf flog durch die Luft, direkt über sie hinweg.

Und landete vor den Eichenmännern.

Benommen drehte Dana sich um und sah, wie die Riesen nach der Bestie schlugen. Aber sie waren zu langsam. Ihre Schläge landeten alle auf dem Boden. Der Wolf biss um sich und fuhr die Krallen aus. Die Eichenmänner brüllten.

Dana wusste, dass sie weglaufen sollte, solange ihre Feinde miteinander beschäftigt waren, aber sie zögerte. Obwohl sie argwöhnte, dass der Wolf bloß sein Abendessen verteidigte, war sie nicht ganz sicher. Konnte es sein, dass er sie retten wollte? Sie wusste aus einer Naturdoku im Fernsehen ein bisschen etwas über Wölfe. Sie griffen selten Menschen an. Außerdem ahnte sie halb bewusst noch etwas anderes, irgendeine Verbindung mit dem Tier, die sie nicht erklären konnte. Jetzt zu flüchten, kam ihr jedenfalls feige vor. Als sie sich nach einer Waffe umsah, fand sie einen schweren Stein und zielte damit auf den Eichenmann, der dem Wolf am nächsten war.

Guter Wurf! Der Stein landete mit einem Rums. Der Riese heulte vor Zorn und schwankte auf sie zu. Der Wolf versperrte ihm den Weg. Dana schleuderte weiter Steine, aber es wurde bald klar, dass der Wolf ihre Hilfe nicht brauchte. Schnappend und knurrend schoss er blitzschnell umher und schien, je länger er kämpfte, immer größer zu werden. Er verstümmelte und riss, biss und attackierte mit den Krallen und trieb die Riesen schließlich zurück. Außer ihrem Verteidigungsring hatten die Eichenmänner keine Taktik, um ihren Widersacher abzuwehren. Am Ende polterten sie davon, ihre Knüppel hinter sich herschleifend.

Nur der Wolf blieb zurück, das Maul aufgesperrt, die Zunge heraushängend, die langen Fangzähne von Speichel tropfend. Jetzt richtete er seine gelben Augen auf Dana.

Sie stand wie angewurzelt da und konnte nur zurückstarren.

Fünfundzwanzig

Der Wolf hechelte noch vor Anstrengung, das Maul offen. Gelähmt vor Furcht, starrte Dana in den dunkelroten Rachen. Ihre Beine fühlten sich an wie Wackelpudding. Und da man unter Schock auf die seltsamsten Gedanken kommt, erinnerte sie sich an einen Zwischenfall, als sie sechs Jahre alt war. Ein tollwütiger Hund war in ihre Straße gestreunt gekommen, Schaum vor dem Maul. Als er direkt auf sie zuhielt, griff einer von ihren vielen Hundefreunden ihn an. Der Kampf war schnell, heftig und grausam. Das Reißen und Zerfleischen. Das Knurren und Beißen.

Ihr Vater war aus dem Haus gestürzt, um sie zu schnappen und wegzubringen.

»Er bringt Prince um!«, hatte sie geschrien, während die schrecklichen Geräusche hinter ihr weitergingen. »Tu doch was, Pa! Rette ihn!«

Sie hatte um sich geschlagen, damit Gabe sie losließ, damit sie zurücklaufen und helfen konnte, aber ihr Vater hatte sie ins Haus verfrachtet und die Tür zugeschlagen. Draußen hatte eine Sirene geheult, als ein Streifenwagen herbeigerast kam. Zu spät, Prince lag tot auf dem Boden. Aber er hatte dem anderen Hund noch die Kehle aufgerissen.

Jetzt griff Dana sich unwillkürlich an die eigene Kehle. Die Erinnerung an das viele Blut und die Kampfgeräusche bereitete sie auf das vor, was auf sie zukam. Es würde wehtun. Sehr weh.

Sie irrte sich.

»Prince ist gestorben, um dich zu retten«, ertönte eine weibliche Stimme, tief und rauchig. »Eine edle Tat. Rühme seinen Namen.«

Der Wolf war eine Wölfin und sprach zu ihr! Von all den seltsamen Ereignissen bislang war das bestimmt das seltsamste.

»W-w-woher weißt du …?«

»Ich war dabei.« Die Wölfin kam näher. »Verstehst du immer noch nicht?«

Das Kind und das wilde Tier sahen sich an.

Was für ein wunderschönes Gesicht, dachte Dana. Die schmale Schnauze verriet eine edle Herkunft. Die Augen glänzten wie aus purem Gold, die Ohren waren elegant geformt. Trotz ihrer Angst wich sie nicht zurück.

Wieder ließ sich die Stimme vernehmen, voll und weich wie wilder Honig. »Weißt du denn nicht, wer ich bin?«

Etwas regte sich tief in Dana, aber ihr Mund war ausgetrocknet, sie konnte nicht sprechen.

Die Augen der Wölfin leuchteten warm. »In der Sprache deiner Vorfahren, wie heiße ich da?«

Nach der ersten Verwirrung begriff Dana, was sie meinte. »Du bist ein *faol.*«

Die Wölfin stupste sie sachte an. »Denk nach, kleiner Welpe. Warum fühlst du dich mir so verbunden, dass du deine Furcht bezwingst?«

Dana stockte der Atem. Eine Woge des Glücks durchströmte sie, als sie begriff. »Ich bin eine *Faolán.* Ich gehöre zu dir!«

Die Wölfin knurrte anerkennend. »Und ich zu dir. Denn ich bin das Totem deines Stammes. Die Hüterin deines Clans.«

Dana verstand. Redete ihr Vater nicht manchmal ganz stolz von seinen Wurzeln? Er hatte ihr erzählt, dass früher, zu einer Zeit verloren im Nebel, die ersten Bewohner Irlands sich nach den Tieren benannt hatten, von denen sie abzustammen glaubten. Die ältesten Familien trugen diese Namen noch immer, wenn auch anglisiert in Folge des Niedergangs der irischen Sprache. Whelans. Whalens. Phelans. Phalens. Sie alle waren *Faoláns:* zum Clan des Wolfes gehörig.

»Wenn du ausgewachsen wärest«, fuhr die Wölfin fort, »würde ich deine Glieder zerfetzen und dir die Kehle zerbeißen. Ich würde dich in Stücke reißen und dann wieder zusammensetzen. Auf diese Weise würde ich dir das nehmen, was dich schwach macht, was dich behindert. Du wärest eine Wolfstochter. Aber da du noch ein Welpe bist, sind solche harten Lektionen unangebracht.«

Dana richtete sich gerade auf. Sie hatte die Götter ihres Volks angerufen, und die Hüterin ihres Clans war gekommen, um sie zu leiten. Das war eine unglaublich große Ehre. Sie starrte auf das große Maul und die scharfen Zähne. *Großmutter, was hast du für große Zähne?* Aber sie fühlte sich nicht wie Rotkäppchen. Und sie wollte auch nicht von einem Jäger gerettet werden. Im Gegenteil, sie hätte den Wolf gegen den Jäger verteidigt. Dana dachte an ihren Auftrag. Wie schwer er war, viel schwerer als gedacht. An all die Rückschläge. All das, was sie falsch gemacht hatte. Sie traf eine Entscheidung.

»Ich will eine Wolfstochter sein«, sagte sie. »Es ist nicht gerecht, nach dem Alter zu gehen. Nur zu. Reiß mich in Stücke. Mach mich stark.«

Dann wappnete sie sich, schloss die Augen und ballte die Fäuste.

Das Lachen der Wölfin begann als ein Bellen und endete in Geheul. Überrascht machte Dana die Augen wieder auf. Das Tier überragte sie, gewaltig und stark. Der große Kopf war ganz nah. Die Fangzähne bewegten sich so dicht heran, dass es aussah, als würde es Danas Bitte erfüllen. Der Raubtieratem war heiß.

Aber die Wölfin biss nicht zu.

Stattdessen leckte sie ihr übers Gesicht.

Als sie wieder sprach, klang ihre Stimme sanft. »Erwachsene müssen zerrissen werden, weil das Leben sie niederdrückt. Sie verlieren die Hoffnung, sie werden schwach. Sie vergeuden ihre ererbte Stärke. Bei Kindern ist das nicht nötig, denn sie halten an ihrem Geburtsrecht fest. Ihre Herzen sind noch wild wie die Herzen der Vögel. Sie haben den Mut eines Wolfs.«

Dana wusste, dass das stimmte. Der Verlust seiner Frau hatte Gabriel verwundet und geschwächt. Er hatte die Hoffnung aufgegeben, hatte aufgehört, nach ihr zu suchen. Dana war stärker. Deshalb hatte sie die Mission angenommen. Sie musste tun, was ihr Vater nicht vermocht hatte.

Wieder streifte der Atem der Wölfin Danas Gesicht, ein rauer, dunstiger Atem. »Die Zeit wird knapp. Wir müssen nach Westen gehen, junger Welpe.« Damit lief sie los, rief aber noch: *»Folge dem grünen Pfad! Laufe wild und frei!«*

Einen Moment zögerte Dana. Würden die Nägel in ihren Schuhen es ihr ermöglichen, Schritt zu halten? Im Grunde wusste sie, dass es damit nichts zu tun hatte. Geschwindigkeit war nicht die Frage. Es war eine Frage des Seins. Als sie mit den Hirschen gelaufen war, war sie eine von ihnen geworden. War sie eine Wolfstochter oder war sie keine?

Ihre Beschützerin war bereits zwischen den Bäumen verschwunden. Wenn sie sich nicht beeilte, würde sie allein zurückbleiben. Sie spürte den Ruf der Wildnis in sich. Er machte sich als ein Druck gegen ihre Rippen bemerkbar und trieb sie vorwärts. Ehe sie sich's versah, rannte sie bereits wie ein Vierbeiner. Eine wölfische Kraft war in ihre Glieder geflossen und stärkte jede Sehne und jeden Muskel. Bald hatte sie die Wölfin eingeholt.

Gemeinsam jagten sie durch den Wald – ein verschwommener Hintergrund aus Blattgrün – und liefen den Brockagh hinauf.

Mit den Hirschen zu laufen, war eine sanfte Vereinigung mit der Natur gewesen, war Harmonie und Licht, sanftes Gras und Sonnenschein. *Selig sind die Sanftmütigen.* Mit der Wölfin zu laufen, bedeutete, im Schatten zu laufen, mit dem dunklen Puls des Lebens zu verschmelzen, dem Überlebensinstinkt. Eine stolze, einsame Wildheit, Reißen und Heulen, Hunger und Durst. *Selig sind die, die hungern und dürsten.* Eine Kraft, die bis zum letzten Atemzug kämpfend sterben würde. Der Wille, seinen Platz in der Welt einzunehmen, zu sagen, *hier bin ich.* Zu sagen, *ich bin.*

Sie rannten westwärts. Die Gegend bestand überwiegend aus Hochmoor, feuchten Bergwiesen voll wildem Salbei und Heidekraut. Über den windigen Kamm des Brockagh flogen sie und ein Stück entlang des torfbedeckten Bergzugs, der nach Norden verlief, Richtung Tonelagee. Sie konnten den Lough Nahanagan bereits sehen, der in der Mittagssonne glänzte. Bergab durch purpurne Heidekrautfelder laufend, durchquerten sie die Kluft des Wicklow Gap und kamen zum See. Er lag eingebettet in einen kleinen Talkessel unterhalb des Turlough Hill, überschattet von dem Staubecken, das den Hügel abschloss wie ein Deckel.

»Hier werden wir Rast machen«, verkündete die Wölfin.

Dana stand erhitzt und verschwitzt am steinigen Ufer. Sie hatten in ein, zwei Stunden viele Meilen zurückgelegt. Die Wölfin war bereits im Wasser und sprang herum wie ein Delfin. Nachdem Dana sich schnell umgesehen hatte, ob auch niemand in der Nähe war, zog sie sich aus und stürzte sich ebenfalls ins Wasser. Der See war eiskalt. Sie kreischte vor Schock. Als sie sich zum Schwimmen auf den Rücken drehte, spürte sie, dass etwas sich unter ihr bewegte. Bevor sie sich wehren konnte, hatte die Wölfin sie in die Luft geworfen! Unter neuerlichem Gekreisch landete sie mit einem gewaltigen Platschen.

Sie spielten ausgiebig, balgten sich und tauchten und schwammen umeinander herum. Dana lachte wie ein Kind, das keine Sorgen kannte.

Sie war tief unter Wasser, als die Erinnerung sich einstellte. *Sie beide in einem See wie diesem. Mutter und kleines Kind, die Arme umeinandergeschlungen. Weiße Badeanzüge wie Wasserlilien, eingetaucht in das grüne, sonnenflirrende Element. Die Haut ihrer Mutter fühlte sich herrlich weich an. Ihre rotgoldenen Haarsträhnen umwogten sie. Jetzt tauchten sie spritzend auf, lachend und prustend. Vom Ufer aus rief ihnen ein jünger aussehender Gabe mit vollen schwarzen Haaren zu, dass sie mit ihm picknicken sollten.* Die Vollkommenheit dieses Augenblicks: eine zufällig in einer Auster gefundene Perle. Ihre erste komplette Erinnerung an ihre Mutter! Die Freude und der Schmerz waren überwältigend.

Dana kam an die Oberfläche, um die Wölfin zu umarmen. Sie vergrub ihr Gesicht in dem weichen Fell und verbarg ihre Tränen.

Sie beschlossen, ihren Mittagsimbiss am Ufer des Sees zu essen.

»Was für Fleisch hast du dabei?«, fragte die Wölfin begierig, als Dana in ihrer Tasche kramte.

»Gar keins. Ich bin Vegetarierin.« Dana tischte das Rosinenbrot, den Käse, die Zuckergussbrötchen und das Obst auf.

»Du bist eine *Pflanzenfresserin?* Aber du hast die Reißzähne eines Fleischfressers, genau wie ich!«

Dana murmelte, den Mund voller Brot: »Ich esse nichts, was ein Gesicht hat.«

Verwundert schüttelte die Wölfin den Kopf. Nachdem sie an einem Apfel gekaut und unter den Steinen nach Insekten geschnüffelt hatte, hechtete sie den nahen Hang hinauf.

Dana war fertig mit Essen und packte gerade ihre Ledertasche, als sie den Schrei hörte. Sie rannte bergauf, auf das Geräusch zu.

Dort stand die Wölfin bei den Überresten eines wilden Kaninchens. Blut klebte an ihrer Schnauze und den Heidebüscheln ringsum. Sie kaute auf dem rohen Fleisch.

»Das arme Kaninchen!«, rief Dana und dachte an ihr geliebtes Haustier. »Wie konntest du nur? Ich dachte, du wärst gut und nicht böse!«

Die Wölfin beendete ihr Mahl in aller Ruhe und leckte sich die Lefzen. Dann bohrte sie ihre goldfarbenen Augen in Dana. »Ich jage nicht mit vollem Magen wie deinesgleichen. Und ich ehre das Geschöpf, das stirbt, damit ich leben kann. Auch mein Tod wird eines Tages Leben spenden. Das ist der große Kreislauf.« Sie knurrte tief aus der Kehle heraus. »Klettere auf meinen Rücken, kleiner Welpe. Ich werde dir zeigen, wie das Böse aussieht, auf dass du den Unterschied erkennst.«

Obwohl sie noch immer schockiert war, gehorchte Dana. Es war, als ritte sie ein Pony, das wie ein Rennpferd lief. Die Landschaft flog an ihr vorbei, und sie klammerte sich fest. Sie bewegten sich in nördliche Richtung und ließen die Berge hinter sich, erreichten das Tiefland rund um den Blessington Lake. Dana wurde unwohl beim Anblick der bestellten Äcker und Farmhäuser, der Weiden mit dem Vieh und der Kiefernplantagen. Sie fürchtete, dass man sie sehen könnte; aber niemand begegnete ihnen, und sie fragte sich, ob die Wölfin irgendwie dafür gesorgt hatte. Irgendwann sah sie zu ihrem Schrecken ihr eigenes Gesicht, es starrte sie von einem Plakat an einem Telefonmast an.

VERMISST! HABEN SIE DIESES MÄDCHEN GESEHEN? BELOHNUNG.

Sie duckte sich tief auf dem Rücken der Wölfin. Schließlich kamen sie zu einem eingezäunten Waldstück mit einem Tor und dem Schild: *Wildreservat*. Die Wölfin überwand das Tor mit einem einzigen langen Satz und landete sicher auf der anderen Seite. Dana rutschte von ihrem Rücken.

Sie schlichen durch die Bäume, die Wölfin voran.

Dana hörte das laute Gelächter, ehe sie jemanden sah, und ging sofort im Gebüsch in die Hocke. Vorwärtskriechend kam sie zu einer Lichtung.

Dort saßen drei Männer auf gefällten Baumstämmen und tranken Bier. Um sie herum lagen leere Dosen verstreut, außerdem Zigarettenkippen und Plastikbehälter mit Essensresten. Aber nicht die Männer starrte Dana voller Grauen an, sondern die um sie herum aufgestapelten Käfige. Alle waren dicht besetzt mit verängstigten Tieren – Kaninchen, Hasen, Eichhörnchen, sogar Katzen. In einem Käfig saß ein Fuchs, der trostlos durch die Gitterstäbe blickte. Jedes Tier war an irgendeiner Stelle verwundet, sein Fell blutbefleckt. Ein paar waren schon halb tot und zuckten nur noch schwach. Andere lagen reglos und würden sich nie mehr bewegen.

»Nehmen sie die Viecher auch tot?«, fragte einer der Männer und trat gegen den Käfig des Fuchses.

Vollkommen resigniert, reagierte das kleine Tier nicht.

»Spielt keine Rolle«, sagte ein anderer Mann. »Dort stellt niemand Fragen. Sie werden sowieso in der Fabrik gehäutet … für Kinderspielzeug, Schals und so Modekram.«

Dana wurde schlecht, aber sie sah weiter zu den Käfigen hin, und die Wölfin legte ihr eine Pfote auf die Schulter. Sie dachte an Bilder, die sie im Fernsehen und in Gabes Tierschutz-Zeitschriften gesehen hatte: Lastwagen, vollgestopft mit Rindern, Schafen und Pferden, die ohne Nahrung oder Wasser durch Europa gekarrt wurden; Legehennen in winzigen Käfigen, in denen sie Eier produzierten, bis sie starben, ohne jemals ein bisschen Gras oder den Himmel gesehen zu haben; alltägliche Folterszenen aus Tierversuchslaboren von Wissenschaftlern, der Pharmaindustrie, der Tierfutter- und Kosmetikindustrie. Ihr Magen krampfte sich zusammen. So viele Tiere, unzählige, mit entblößten Innereien in Apparate geschnallt, zitternd im Gewirr von Elektroden oder an den Qualen von Tests mit Giftstoffen leidend. Neben der menschlichen Grausamkeit war es die Hilflosigkeit der Tiere, die sie betroffen machte. Sie konnten nicht einmal um ihr Leben kämpfen, wie es ihr gutes Recht war.

»Wo es keine Achtung vor dem Leben gibt«, sagte die Wölfin leise, »*dort* findest du das Böse.«

Dana konnte es nicht länger ertragen. Die Wilderer sammelten ihre Fallen ein, um sie erneut aufzustellen. Außer sich vor Zorn, stürmte sie auf die Lichtung.

»Merken Sie nicht, was Sie tun? Haben Sie keine Augen im Kopf? Sehen Sie nicht, wie sie leiden?«

Die drei Männer sprangen auf und ließen ihre Ausrüstung fallen. Sie blickten an ihr vorbei, suchten nach einem Erwachsenen, vielleicht dem Wildhüter.

Dann glotzte einer sie trunken an. »Das ist doch das vermisste Balg aus Bray!«

Habgier löste den Schreck in ihren Gesichtern ab.

»Es ist eine Belohnung auf sie ausgesetzt!«

Dana wurde plötzlich bewusst, wie viel größer sie waren und obendrein zu dritt, aber sie dachte nicht daran, die Tiere im Stich zu lassen. Solange die Silbernägel ihr Schwung verliehen, würde sie so viele Käfige öffnen wie möglich, bevor die Männer sie packten.

Die drei kamen drohend auf sie zu. Sie wollte ihnen gerade ausweichen, als sie die Furcht in ihren Augen bemerkte.

Hinter ihr knurrte die Wölfin.

Während die Wilderer brüllend in den Wald rannten, beeilte Dana sich, die Tiere freizulassen. Der Fuchs verschwand wie ein roter Blitz. Manche andere kratzten sie in ihrer Panik zu entkommen, aber das machte ihr nichts aus. Sie wünschte nur, sie wäre früher eingetroffen. Doch selbst diejenigen, die schwer verletzt waren oder ein Bein verloren hatten, schafften es, sich davonzuschleppen.

Als das letzte Tier im Unterholz verschwunden war, hob

Dana einen Stein auf, um die Fallen und Käfige zu zertrümmern.

»Wir müssen weg!«, drängte die Wölfin. »Die Jäger werden mit Waffen zurückkommen.«

»Wir müssen diese Dinger zerstören!«, rief Dana grimmig, während sie eine Falle zerbrach.

Aber die Wölfin hatte recht. Irgendwo in der Nähe schlugen Autotüren zu. Schon bald preschte der erste Wilderer mit einem Gewehr in der Hand durch die Bäume.

Dana kletterte schnell auf den Rücken ihrer Gefährtin. Ein Schuss knallte. Sie schrie. Nur noch als grauer Streifen zu sehen, sauste die Wölfin davon.

Sechsundzwanzig

Blut rann über ihre Flanke.

»Du bist verletzt!«, rief Dana.

Sie bestand darauf, dass sie anhalten sollten, aber ihre Beschützerin wollte nicht rasten, bis alle Verfolgergeräusche aufgehört hatten und das Wildreservat weit hinter ihnen lag.

Dana ließ sich vom Rücken der Wölfin gleiten. »Wir müssen Hilfe holen!« Hektisch sah sie sich um. Sie waren wieder in den Bergen. Mitten im Nirgendwo. Kein Haus und keine Telefonzelle in Sicht. Sie war fix und fertig vor Sorge und Schuldgefühlen. »Das ist meine Schuld. Wenn ich nicht …«

»Ganz ruhig. Es ist nur ein Kratzer«, sagte die Wölfin milde. »Er war zu betrunken, um richtig zu zielen.« Sie leckte sich die Wunde. »Du hattest recht, so zu handeln. Wenn gute Menschen nichts unternehmen, dann gedeiht das Böse.«

Dana fühlte sich getröstet. Die Schramme sah sauber aus und blutete nicht mehr.

Sie wollten gerade wieder aufbrechen, als die Wölfin plötzlich die Ohren aufstellte. Sie witterte, ihre Nase zuckte. Ein tiefes Grollen kam aus ihrer Kehle.

»Was ist los?«, fragte Dana, sogleich auf der Hut. Sie sah nichts außer Hügellandschaft und Moor.

»Ich weiß es nicht«, lautete die nachdenkliche Antwort. »Aber ich kann sein Wesen benennen. Wie es scheint, ist unsere Lehrstunde über das Böse noch nicht zu Ende. Folge mir.«

Wieder lief Dana mit der Wölfin, obwohl deren Worte sie vor ein Rätsel stellten. Es wunderte sie auch, dass sie nach Südosten liefen statt nach Südwesten, wo der Lugnaquillia lag. Das Rätsel wurde größer, als sie eine Anhöhe über dem Wicklow Gap erklommen, von der aus man die Straße überblickte. Von fern näherte sich ein Jeep. Dana schluckte. Waren es die Wilderer? Aber wie hätten sie so schnell hierherkommen sollen? Und warum sollte ihre Beschützerin hier auf sie warten wollen?

Die Nackenhaare der Wölfin sträubten sich und sie knurrte wieder.

Dana bekam Angst. Sie waren auf dem Hügel deutlich zu sehen. Und in Schussweite.

»Wir müssen uns verstecken!«

Auf dem kahlen Grashügel gab es keine Deckung. Der Graben am Straßenrand war ihre einzige Hoffnung. Dana rannte, gefolgt von der Wölfin, den Hang hinunter. Sie hatten sich gerade in den nassen Graben rollen lassen, als der Wagen ganz in der Nähe hielt.

Danas Herz hämmerte, als sie die Autotür und Stiefelschritte auf dem Schotter hörte. Wer immer es war, er hatte es nicht eilig. Sah er sich um? Hatte er sie auf dem Hügel entdeckt? Zu ängstlich, um den Kopf zu heben, duckte sie sich, so tief sie konnte, wobei sie sich einen Mann mit der Waffe in der Hand vorstellte. Was, wenn er sie fand? Sie würde nicht zulassen, dass er ihren tierischen Schutzengel tötete. Die Wölfin hatte die Lefzen zu einem lautlosen Knurren gehoben, aber ihr Atem ging ruhig und stetig. Sie hatte keine Angst. Als sich der warme Tierkörper an sie drückte, fasste Dana Mut.

Eine Männerstimme ertönte, jemand sprach laut in ein Handy.

Dana konnte es nicht fassen.

Murta! Schon wieder?

Er beschrieb jemandem den Weg zu seinem derzeitigen Standort. »Tja, Pläne können sich ändern«, sagte er schroff. »Ich bin jetzt hier. Gib Gas.«

Er zündete sich eine Zigarette an und warf das brennende Streichholz in den Graben. Es landete dicht bei Dana und zischte auf dem feuchten Boden. Nach einer Weile folgte die Zigarettenkippe. Dann weitere Streichhölzer und noch mehr Kippen. Eine Ewigkeit verging, bis ein zweites Auto mit einem Mann eintraf. Dana war inzwischen entschlossen herauszufinden, was da vor sich ging. Warum streifte Murta in den Bergen herum? Was wollte ihre Beschützerin sie wissen lassen?

Die beiden Männer standen bei ihren Wagen und sprachen leise miteinander. Dana musste sich näher heranschleichen, um sie zu belauschen. Ehe die Wölfin sie aufhalten konnte, kroch sie durch den Graben bis zu den Autos.

Die Männer stritten sich.

»Es ist mir egal, wie schwierig das für dich ist!«, sagte der Neuankömmling. Er stammte aus Dublin und hatte diesen vornehmen Akzent, den Dana so angeberisch fand. »Beruf eine Versammlung ein, schmeiß eine Party, lass dir was einfallen. Sorg einfach für eine Ablenkung und schaff sie aus dem Weg!«

»Du hörst mir nicht zu!«, entgegnete Murta wütend. »Das

sind schließlich keine Vollidioten. Sie werden das Gelände nicht verlassen!«

»Es wird knapp mit der Frist für die EU-Zuschüsse, verstehst du. Der Termin steht fest. Der erste August. Es ist deine Sache, sie von den verdammten Bäumen runterzuholen. Kriegst du das hin oder müssen wir uns jemand anderen suchen?«

Murta spuckte aus. »Es ist *mein* Job. Wann schafft ihr die Geräte ran?«

»Bei Sonnenuntergang. Ein bisschen Dunkelheit ist von Vorteil. Wir werden nicht lange brauchen. Wenn die erste Reihe gefällt ist, ist die Schlacht gewonnen. Das wird ihnen den Wind aus den Segeln nehmen.« Der Fremde lachte kurz auf. »Einen abgeholzten Baum kann man nicht wieder aufstellen.«

Murta lachte ebenfalls, aber es klang mehr wie ein Husten.

Dann folgte das Rascheln von Papier.

»Ich arbeite für die Firma, nicht für dich«, sagte Murta kalt.

»Betrachte es als einen Bonus. Es werden gerade großzügig braune Umschläge verteilt. Warum solltest du dir nicht deinen Anteil sichern?«

Sie hatten sich schon voneinander verabschiedet, als der Dubliner einen überraschten Laut von sich gab. »Was hast du mit der Waffe vor? Willst du jemanden umbringen?«

Murta lachte hustend. »Ich gehe halt gern auf die Jagd. Bringt das Blut in Wallung.«

Der andere schnaubte zustimmend. »Ich stehe auch auf den Nervenkitzel, etwas zur Strecke zu bringen, aber ich mache das lieber im Gerichtssaal.«

Als die Wagen wegfuhren, wartete Dana eine Weile ab, bevor sie aus dem Graben kroch. Sie und die Wölfin standen jetzt allein auf der Straße.

»Ich muss zurück zum Camp! Ich muss Big Bob und die anderen warnen!«

Zu ihrem Erstaunen widersprach die Wölfin. »Wir können nicht umkehren.«

»Du hast mich nicht verstanden!«, rief Dana. »Wenn ich nicht umkehre, verlieren wir den Wald! Wir verlieren den Kampf!«

Die Antwort der Wölfin war ernst. »Wenn du umkehrst, werden wir möglicherweise den Krieg verlieren.«

Dana starrte sie an. »Wie meinst du das?!«

Die Wölfin antwortete nicht gleich. Sie stand still und gedankenverloren da. Ein Knurren grollte tief in ihrer Brust. »Böses habe ich gespürt, Böses habe ich gesehen«, sagte sie schließlich. »Sowohl der Mensch als auch das Etwas, das sich von ihm nährt. Vor dem Menschen kann ich dich beschützen, aber das andere ...«

Die Wölfin klang besorgt und unsicher; sie, die bis jetzt so unbesiegbar gewirkt hatte. Dana hatte das Gefühl, als würde ihr der Boden unter den Füßen weggezogen. Sie dachte an einen Tag zu Hause, als sie noch klein war und ihren Vater schluchzend auf dem Teppich überrascht hatte, ein zerknittertes Foto von seiner Frau in der Hand. Jetzt war sie wieder genauso verwirrt und verängstigt.

»Kopf hoch, liebes Herz«, sagte die Wölfin leise. »Was auch auf uns zukommt, wir werden es gemeinsam durchstehen.«

Sie setzten ihre Reise fort, liefen wieder nach Westen. Zwar behielten sie ein stetiges Tempo bei, rannten aber nicht mehr wie der Wind. Dana merkte, dass ihre Beschützerin seltsam bedrückt schien, beschwert von einer unsichtbaren Bürde. Sie wollte sie fragen, was sie hatte, brachte es aber nicht über sich. Ihr war auch so schon schlecht vor Sorge. Murtas Verrat an den Waldschützern setzte ihr zu. Würde er es schaffen, sie hinters Licht zu führen? Dann war da noch die Frage, was er in den Bergen tat. Auf wen oder was machte er Jagd? Eine Gänsehaut überlief sie und sie rückte dicht an die Wölfin heran.

Als der Camaderry in Sicht kam, hatte der Abend sie bereits eingeholt. Mit der Dämmerung wurde das Licht dunstig und grau. Erste Sterne lugten zwischen Wolkenfetzen hindurch. Der breite Hügelkamm, über den sie wanderten, zog sich über Meilen dahin, hoch über dem Tal und den Seen von Glendalough.

Als die Wölfin sie über den Kamm eines Vorhügels südwärts führte, sah Dana sich mit wachsender Unruhe um. Sie hatte erwartet, dass sie über den Lugduff gehen und in westlicher Richtung auf den Lugnaquillia zuhalten würden.

»Wohin gehen wir?«, fragte sie nach einer Weile.

Die Antwort überraschte sie.

»Mitten hinein in das Tal der Zwei Seen.«

»Nach Glendalough? Auf keinen Fall! Dort wimmelt es immer von Ausflüglern. Man wird uns sehen!«

Die Stimme ihrer Beschützerin war fest. »Glendalough ist das Ziel aller Pilger, die in diesen Bergen auf Wanderschaft sind. Denn das bist du, kleine Wölfin – eine Wanderin, eine Pilgerin, eine Suchende. Im Tal der Zwei Seen wirst du Stärkung und Ruhe finden und die Unterweisung, die du für die nächste Etappe deiner Reise brauchst.«

Das beruhigte Dana keineswegs. Außer der Angst, entdeckt zu werden, war noch etwas anderes mit Glendalough verbunden, etwas, was sich in ihrem Unterbewussten regte.

»Aber warum …?«

Bevor Dana weiterreden konnte, sprang die Wölfin voraus. Die Nase am Boden, schnupperte sie und schlug schließlich einen Pfad ein, der sich den steilen Abhang hinunterschlängelte. Dann stieß sie ein Bellen aus. Dana beeilte sich, sie einzuholen. Dort, versteckt auf halber Höhe des Hangs, befand sich der Eingang zu einer Höhle. Die Wölfin kroch als Erste hinein und Dana folgte ihr.

In der Höhle war es behaglich und trocken und sie waren vor dem Wind geschützt. Mondlicht fiel durch die Öffnung. Getrocknetes Farnkraut und Fellbüschel bedeckten den Boden, vermutlich von einem früheren Bewohner zurückgelassen, einem Fuchs oder Hasen. Dana fegte alles in einer Ecke zu einem Haufen zusammen und breitete ihren Umhang darüber. Nach einem kurzen Abendessen, bestehend aus Brot und Obst, legten sie und die Wölfin sich früh zum Schlafen hin.

Aber Dana konnte nicht einschlafen. Sie war rastlos und unglücklich. Irgendetwas stimmte nicht. »Warum muss ich Hilfe in Glendalough suchen«, fragte sie plötzlich, »wenn ich doch dich habe?«

Sie hörte einen tiefen Seufzer in der Dunkelheit und spürte den warmen wölfischen Atem auf ihrem Gesicht. »Ich will die Wahrheit nicht vor dir verbergen. Das ist ein Unrecht, das deine Leute ihren Kindern antun. Etwas Böses ist in die Berge gekommen … und ich muss alles in meiner Macht Stehende tun, um dich davor zu beschützen.«

Dana setzte sich auf. »Wie meinst du das? Was musst du tun?«

Wieder seufzte die Wölfin. Sie erhob sich und schob Dana zum Eingang der Höhle. Auf dem Felsvorsprung draußen setzten sie sich zusammen hin, unter dem sanften Auge des Mondes.

Die Wölfin leckte Dana mit ihrer rauen Zunge die Stirn. »Lass uns zusammen singen, kleiner Welpe. Lass uns von Schönheit und Unglück singen. Von Leben und Tod.«

Damit hob sie den Kopf und fing an zu heulen.

Es war ein urtümlicher Laut, wild und berauschend. Ein lauter Gesang ohne Anfang und Ende, der über die Berge hallte und durch das Tal klang. Dana war wie elektrisiert. Blitze zuckten durch ihre Adern. Das Lied ihres Stammes. Der Ruf ihrer Vorfahren. Sie warf den Kopf zurück und heulte mit, öffnete ihre Kehle weit und ließ die Laute herausströmen wie Blut. Sie heulten eine Ewigkeit lang, sangen der Nacht etwas vor. Sie sangen von Hoffnung und Mut, von Schicksal und Sehnsucht, vom Glück und vom Schrecken des Lebens im Tal der Todesschatten. Als sie geendet hatten, kam ein tiefer Friede über sie.

Zurück in der Höhle fühlte Dana sich erschöpft, aber sie kämpfte dennoch gegen den Schlaf an. Ihre gemeinsame Zeit mit der Hüterin kam ihr plötzlich kostbar vor. Sie lehnte sich gegen den warmen, pelzigen Rücken. »Hast du eigene Welpen?«

»Ich hatte mal welche. Vor langer Zeit. Stolze Söhne und Töchter, die durch diese Berge streiften. Die Wälder waren unsere Zuflucht; aber als sie gerodet wurden, waren unsere Tage gezählt, ebenso wie die Tage der alten gälischen Kultur. Denn die Bäume boten Wolf und Rebell gleichermaßen Schutz.

Und mit der Unterdrückung deines Volkes, Dana, ging

die Ausrottung meiner Art einher. Die Menschen haben uns immer für böse gehalten. Eure Volksmärchen stellen uns so hin. Doch wir greifen keine Menschen an und wir kämpfen nur selten, selbst untereinander. Wir leben in Clans und wir sorgen gut für unsere Jungen. Unsere Nahrung sind Wild, Vögel, Fische, Insekten und Beeren. Gelegentlich reißen wir auch mal ein Schaf oder eine Kuh, und das macht uns zu eurem Feind.

Das Gemetzel wurde mit Regierungserlassen vorangetrieben. Belohnungen wurden ausgesetzt. Überall im Land wurden wir mit Speeren, Gewehren, Fallen und Schlingen getötet. Der letzte irische Wolf starb Ende des achtzehnten Jahrhunderts auf dem Wolf Hill im Norden. Meine Art wurde dem Land genommen. Wir sind kein Teil mehr von Irland.«

»Bis auf dich«, murmelte Dana. »Du bist immer noch hier.«

Die Augen waren ihr bereits zugefallen. Die Stimme der Wölfin hatte sie eingelullt, bis sie keinen Widerstand mehr leisten konnte. Noch während sie in einen tiefen Schlaf sank, tauchte kurz der Gedanke auf, der schon vage an ihr genagt hatte.

Der letzte Wolf von Wicklow wurde in Glendalough umgebracht.

Siebenundzwanzig

Dana erwachte im Morgengrauen mit einer bösen Vorahnung. Ihr war nicht nach Essen zumute, nur auf Drängen der Wölfin hin knabberte sie an einem Apfel herum. Ihre Beschützerin war ebenfalls in düsterer Stimmung, und auch der Tag kündigte sich trüb und schwül an; über den Bergen ging dunstig die Sonne auf. Selbst die Vögel, die es in der Schlucht so zahlreich gab, sangen nur gedämpft.

Auf dem Weg ins Tal argumentierte Dana erneut dagegen, nach Glendalough zu gehen. Sie gab zu bedenken, dass sie bestimmt erkannt werden würde, und die Wölfin würde sowieso zu viel Aufmerksamkeit erregen. Als ihre Beschützerin nicht reagierte, sondern stumm weiter bergab lief, gab Dana schließlich auf. Zudem musste sie aufpassen, wohin sie ihre Füße setzte. Der unebene Pfad stammte von den wilden Ziegen, die in der Schlucht lebten, und führte in halsbrecherischen Zickzacklinien um Felsen und Dornengestrüpp herum.

Unten angekommen, folgten sie einem Weg, der Miner's Road hieß, Straße der Bergarbeiter.

Dana fing wieder an. »Warum können wir nicht direkt zum Lugnaquillia gehen?«

»Ich bin deine Hüterin, kleine Wölfin. Ich tue, was ich tun muss, um dich zu beschützen.«

»Das verstehe ich nicht! Warum erklärst du es mir nicht?«

Obwohl der Weg häufig von den Wanderern und Besuchern von Glendalough begangen wurde, war es noch zu früh am Morgen, um auf Menschen zu treffen. Der schmale Wasserlauf des Glenealo River floss neben ihnen her und mäanderte über moosbedeckte Steine.

»Du hast mich gerufen, um dich zu leiten und dir zu helfen. Vertraue mir.«

Dana wurde still, als sie zu den Überresten des alten Bergarbeiterorts kamen. Die Skelette der Natursteinhäuser standen grau und verlassen herum. Der Bach, der früher das Erz ausgewaschen hatte, schnitt mitten durch das Dorf. Es war vor über einem Jahrhundert aufgegeben worden, aber das giftige Blei sickerte noch immer in das umliegende Sumpfland und die Seen. Die Ruinen wurden zu beiden Seiten von Abraumhalden überschattet. Die steilen Hänge aus frostgesplittertem Granit, auf denen es keinerlei Leben und Grün gab, schienen drohend auf sie herabzusehen. Dana hatte das Gefühl, als wandele sie durch das Tal des Todes.

Die Wölfin ging langsam neben ihr her, als wäre sie vollkommen erschöpft. Der mächtige Kopf hing herab und die goldenen Augen blickten bekümmert. Von Zeit zu Zeit seufzte sie tief auf.

Dana legte eine Hand auf das dichte Nackenfell und ließ sie dort ruhen.

Sobald sie den Ort hinter sich gelassen hatten, beschleunigte die Wölfin ihren Schritt. Als sie sich dem Oberen See näherten, veränderte sich die Landschaft. Auf den Hängen wuchsen hohe Schottische Kiefern und der breite blaue See spiegelte den Himmel wider. Hier war das Tal fruchtbar und grün und voller Leben. Rote Eichhörnchen huschten über die dürren Fichtenäste. Raben und Wanderfalken umkreisten die Klippen. Aus dem Eichenwald vor ihnen erscholl das Trällern der Singvögel. Rechts von ihnen, den See überragend, hing die zerklüftete Stirn der Anhöhe, die der »Spink« genannt wurde.

Jetzt nahm Dana noch eine andere Veränderung wahr, die man weder sehen noch berühren konnte. Auf einmal war alles frisch und voller Leben, als wäre in einem stickigen Raum ein Fenster geöffnet worden. Eine leise, ruhige Stimme wisperte in ihrem Kopf und erzählte ihr eine Geschichte.

Die alte Straße, auf der sie gingen, war jahrhundertealt. Zahllose Pilger, Flüchtlinge, Verbannte und Gesetzlose waren hier vorbeigekommen; denn alle Straßen und Wege, die sich durch die Berge wanden, liefen hier zusammen, im *Gleann Dá Loch,* dem heiligen Tal der Zwei Seen.

Klösterliche Stadt der westlichen Welt
Ist Glendalough, Ort der Zusammenkunft.

Ein in vielen Legenden besungener Eremit hatte den Ort im 6. Jahrhundert nach Christus gegründet. *Caoimhín* hieß er – Kevin auf Englisch –, was so viel wie »Schöngeborener« bedeutet. Er war der Spross eines Fürstengeschlechts, und es hieß, er sei in Begleitung eines Engels über die Berge gekommen. Auf der Flucht vor der Menschenwelt, beschloss er, in diesem grünen, verborgenen Tal zu leben. Seine Schlafstatt war eine Höhle auf der schattigen Seite des Sees, wohin sechs Monate im Jahr keine Sonne kam. Seine Nahrung bestand aus wilden Beeren, Kräutern und Nüssen aus dem Wald. Ungeachtet des Wetters betete er stets im Freien, wobei kleine Vögel auf seinem Kopf und seinen Schultern hockten.

Die Kunde von seiner Einsiedelei verbreitete sich im ganzen Land und weiter bis nach Europa. Menschen kamen von nah und fern, um mit ihm zu beten. Zuerst sammelte sich eine kleine Gemeinschaft um ihn, und schließlich entstand ein Kloster im Tal. Im 10. Jahrhundert schließlich, lange nachdem sein Begründer die Welt verlassen hatte, war Glendalough in der ganzen Christenheit bekannt.

Als Dana weiter auf den Unteren See zuging, sah sie, dass sie und die Wölfin nicht länger allein waren. Menschentrauben zogen neben ihnen die Straße entlang. Zeit und Raum überlagerten sich, und die verschiedenen Gruppen schienen einander nicht wahrzunehmen: gälische Clanoberhäupter in weiten Wollumhängen, mittelalterliche Damen mit Rosenkränzen, die von ihren Taillen baumelten, barfüßige Bauern mit hungrigen Gesichtern, viktorianische Matronen mit Federhüten, Männer in dunklen Anzügen aus den 1950er-Jahren, heutige Touristen mit Fotoapparaten und Reiseführern. Viele waren zu Fuß unterwegs, einige zu Pferd und wieder andere mit Fahrzeugen, angefangen von Pferdekutschen bis hin zu modernen Autos und Bussen. Pilgergruppen durch die Epochen.

Als Dana über einen Stein stolperte, streckten sich Hände aus allen Zeiten nach ihr aus, um sie aufzufangen.

Langsam trottete sie neben der Wölfin her, aber das ungute Gefühl war von ihr abgefallen. Die Hoffnung, die sämtliche Pilger erfüllte, gab auch ihr neue Kraft. Ob jung oder alt, reich oder arm, allein oder in Paaren oder Familien, zu Fuß oder in eleganten Kutschen, selbst die, die am Wegesrand zusammengebrochen waren – alle hatten sie das gleiche Ziel, das gleiche Schicksal. Das Festmahl war bereitet und alle waren am Tisch willkommen.

So kam Dana mit ihrer Gefährtin und den Seelen anderer Suchender in »Glendalough von den beiden Seen und den sieben Kirchen« an.

Die Klosteranlage stand im Herzen des Tals, gleich bei den zwei Seen. Wieder blickte Dana durch verschiedene Zeitschichten. Sie sah die frühen Holzhütten von Kevins Schülern inmitten der später aus Stein gebauten Klosterzellen mit dem Rundturm. Diese wiederum wurden von den Silhouetten des mittelalterlichen Klosters überragt – Kirche, Skriptorium, Werkstätten, Bäckerei, Mönchsunterkünfte und Pilgerheim. Die gegenwärtige Anlage dominierte die anderen mit ihrem Besucherzentrum, dem Hotel und den Souvenirläden für die Touristen, die durch die Ruinen streiften.

Die vielfältigen Bilder verwirrten Dana. Sie wollte das moderne Glendalough nicht betreten, denn dort war das Risiko zu groß, dass sie erkannt wurde; aber ebenso wenig wollte sie sich in der Vergangenheit bewegen, denn sie ahnte, dass dort der Tod auf die Wölfin lauerte.

Die Wölfin sprach leise. *»Stell dich an die früheste Kreuzung und frage die alten Pfade nach dem Weg zum Guten.«*

»Ich habe Angst.« Danas Stimme bebte. »Nicht um mich, sondern um dich.«

»Sei tapfer, *a fhaol bhig*. Ob groß oder klein, ein jeder von uns muss seine Aufgabe erfüllen. Lass mich tun, was richtig ist.«

Dana schlang die Arme um den Hals der Wölfin.

»Nein! Das darfst du nicht! Bitte nicht! Wenn ich gewusst hätte, dass dir Gefahr droht, hätte ich dich nie um Hilfe gebeten!«

Der wilde Atem der Wölfin wärmte ihr Gesicht. Die raue Zunge strich über ihre Stirn. Aber obwohl Dana sich mit aller Kraft an sie klammerte, war die Hüterin stärker. Sie befreite sich aus Danas Umarmung.

»Ich werde dir nicht sagen, dass du aufgeben sollst. Halte dich bereit, es mit allem aufzunehmen, was dir im Leben begegnet – ob Gut oder Böse. Wer fürchtet den Tod? Ich nicht!«

Die Wölfin warf den Kopf in den Nacken und heulte; ein langes, letztes Heulen, das über Hügel und Tal hinweghallte.

Wie zur Antwort ertönte ein Jagdhorn, das Signal der Reiter in vollem Galopp.

Und nach dem Horn kam das Gebell der Wolfshunde, die nach Blut lechzten.

Zuerst verstand Dana nicht so richtig, was sie sah. Murtas Jeep kam plötzlich auf sie zugerast, schlingernd auf dem ungepflasterten Weg. Sein Gesicht hinter dem Lenkrad glühte vor Zorn. Dann verschob sich das Bild. Jetzt sah sie Reiter mit eng anliegenden Röcken und hohen schwarzen Stiefeln, Degen an der Seite und Feuerwaffen in der Hand. Neben ihnen liefen ärmlicher aussehende Männer, die Wildschweinspeere und Piken trugen. War das Murta an der Spitze, der sein Ross bis zur Raserei peitschte? Wieder in seinem Jeep hielt er ruckartig an. Beim Aussteigen hatte er sein Gewehr mit beiden Händen gepackt. Seine blutunterlaufenen Augen richteten sich auf Dana.

Was hatte das zu bedeuten?

Jetzt legte Murta die Waffe an, und in diesem Augenblick wusste Dana, dass er sie töten wollte.

»Lauf um dein Leben!«, bellte die Wölfin. »Den Berg hinauf! In den Wald! *Lauf!*«

Mit hämmerndem Herzen und wirbelnden Gedanken

hechtete Dana den Hügel hinauf in den Schutz der Bäume. Die Silbernägel in ihren Schuhen machten sie schnell und wendig. Sie blickte nicht zurück, bis sie den Schuss hörte. Da stimmte etwas nicht. Der Knall kam aus der falschen Richtung! Verwundert blieb sie stehen. Da bemerkte sie, dass die Wölfin nicht bei ihr war. Außer sich vor Angst rannte sie zurück. Von der Deckung der Bäume aus konnte sie auf die Straße sehen. Völlig desorientiert entdeckte sie eine Gestalt, die aussah wie sie selbst und auf das Kloster zuraste.

Unten auf der Straße stand Murta. Und lud sein Gewehr nach.

Wieder verschwamm alles vor ihren Augen. Jetzt sah sie, dass es die Wölfin war, die rannte, dicht gefolgt von Jagdhunden und Reitern.

Es war ein vortrefflicher, herrlicher Lauf. Ein silbergrauer Blitz vor dunklem Grün. Lang ausgestreckte Beine, Pfoten, die sich in die Luft schlugen. Goldglänzende Augen. Ein einziger Schrei nach Freiheit. Ein Schrei nach Wildnis. Der letzte Lauf des letzten Wolfs von Wicklow.

»Nein«, flüsterte Dana, die nicht glauben wollte, was sie sah.

Die Hunde jagten voraus, um die Wölfin zurückzutreiben. Zurück zu dem Anführer der Jagd.

Murta legte sein Gewehr an.

»NEIN!«, schrie Dana.

Ein Schuss hallte durch die Berge. Die Wölfin überschlug sich in der Luft.

Dann fiel sie zu Boden, tot.

Und Dana, die eine Tochter der Wölfin war, stieß einen Todesschrei aus, als auch sie stürzte.

Achtundzwanzig

Dana lag, von Weinkrämpfen geschüttelt, auf dem Boden. Sie dachte nicht an Murta oder ob er noch in der Nähe war. Ihr war alles gleichgültig. So dauerte es eine Weile, bis sie die Veränderung bemerkte. Sie zitterte unkontrollierbar, zuerst vor Schock, dann auch vor Kälte. Etwas Weiches und Nasses wirbelte um sie herum. *Schnee!* Mit ten im Sommer? Benommen richtete sie sich auf. Das Tal war in ein eisig blaues Licht getaucht. Die Eichen standen kahl, ihre Äste gegabelt wie Geweihe. Die Berghänge waren von Schnee bedeckt. Schwache Spuren von kleinen Tieren, Hasen und Vögeln, beschrieben den Boden. Vom Himmel schien bleich die Wintersonne.

Sie sprang auf die Beine und rannte aus dem Wald. Weder von den Jägern noch von Murta und seinem Jeep war eine Spur zu entdecken. Auch die Straße war verschwunden, genauso wie das Kloster und all seine Vorläufer. Das tiefe Tal lag still und einsam. Eis bedeckte die Seen. Über ihr krähte ein Rabe.

Das einzige Lebenszeichen war ein Lagerfeuer am Ufer des Oberen Sees, in der Nähe eines kleinen Steinhauses, das die Form eines Bienenstocks hatte.

Dana schrie auf. Der tote Körper der Wölfin war ebenfalls verschwunden.

Verrückt vor Trauer, ohne zu wissen, was sie tat, rannte sie zu der Stelle, an der ihre Beschützerin gestorben war.

Mama. Mama.

Wieder sank sie zu Boden.

»Wo bist du hin?«, weinte sie. »Wo bist du?«

Eine sanfte Berührung an ihrer Schulter brachte sie wieder zu sich. Eine leise Stimme sprach:

Höre mein Flehen, oh Gott,
Lausche auf mein Gebet:
Vom Ende der Erde
Rufe ich zu dir.

Wenn mein Herz schwach ist,
Führe mich zu dem Fels,
Der größer ist als ich,
Denn du bist meine Zuflucht.

Sie sah auf. Es war ein junger Mann, bekleidet mit einem Wams und Beinkleidern aus Rehhaut und mit nackten Armen und Füßen. Das dunkle, gelockte Haar fiel ihm wirr auf die Schultern. Seine Haut war braungebrannt von Sonne und Wind. Trotz seines leicht verwilderten Aussehens machte er ihr keine Angst. Ein Licht schimmerte in seinen grauen Augen, die sie freundlich ansahen, und sein Gesichtsausdruck war heiter. Sie wusste, wer er war – der Heilige von Glendalough. Kevin sprach auf Irisch zu ihr.

»A dheirfiúr bhig«, sagte er leise. »Kleine Schwester. Was hat dir das Herz gebrochen?«

»Bruder«, sagte sie und begann von Neuem zu weinen. »Ich habe sie verloren, meine …« Das Wort, das die Wölfin am besten beschrieb, fiel ihr sofort in ihrer Muttersprache ein. »… *anamchara*. Ich habe meine Seelenverwandte verloren.«

Kevin half ihr auf, aber sie war schwach und zittrig. Die Tage des Wanderns durch die Berge hatten ihren Tribut gefordert; die vielen Wendungen ihrer Abenteuer, die hastigen Mahlzeiten, das Schlafen im Freien. Und jetzt der unerträgliche Verlust ihrer geliebten Gefährtin. Sie war krank und am Ende.

Er führte sie in seine Bienenstockzelle, die spärlich eingerichtet war, aber sauber und trocken. Sie sei für Gäste gedacht, erklärte er. Er selbst wohne in einer Höhle mit Blick auf den See.

Dana legte sich auf ein süß duftendes Binsenlager und Kevin breitete eine Wolldecke über sie. Dann holte er ihr eine Schale Suppe mit einem Brocken Weizenbrot. Sie konnte nicht sprechen, aber sie nippte an der heißen Brühe. Er umsorgte sie still, wie Gabriel es tat, wenn sie krank war. Wieder brach Dana in Tränen aus. Sie wollte zu ihrem Dad. Sie wollte nach Hause.

»Schlaf, Kind, es wird deinen Schmerz lindern«, versprach er. »Ich werde gehen und für dich beten.«

Als Dana einschlief, stürzte sie in einen Albtraum.

Sie rannte wieder mit der Wölfin. Jäger und Wilderer verfolgten sie mit Gewehren. Ein Schuss knallte. Die Kugel durchschlug ihr Fleisch. Sie schrie vor Qual auf.

Jetzt betrat der junge Heilige ihren Traum. Er stand am Ufer, wo das Wasser des Sees über die Steine plätscherte. Seine Arme waren weit ausgebreitet.

Komm, Schwester Wölfin, ich gewähre dir Zuflucht.

Dana und die Wölfin sprangen in seine Arme. Er hielt sie beide fest umfangen, als sie sich zum Sterben niederlegten.

Tá tú ag imeacht ar shlí na fírinne.

Du gehst den Weg der Wahrheit.

Als Dana erwachte, war ihr Gesicht nass vor Tränen, aber sie fühlte sich ausgeruht und gekräftigt. Hatte sie mehrere Tage geschlafen? Sie verließ die Hütte und trat in die Helligkeit eines sonnigen Morgens hinaus. Der Schnee auf den Bergen blendete sie. Sie beschirmte die Augen mit den Händen. In dem Moment sah sie ihn. Kevin stand bis zur Taille in dem eiskalten See. Die Arme ausgebreitet, die Augen geschlossen, wandte er sein Gesicht der Sonne zu und betete dabei laut.

Fada an lá go sámh,
Fada an oíche gan ghruaim,
An ghealach, an ghrian, an ghaoth,
Moladh duit, a Dhia.

Lang ist der Tag voll Frieden,
Lang ist die Nacht ohne Düsternis,
Du bist der Mond, die Sonne, der Wind,
Ich lobe dich, mein Gott.

Während er noch sprach, kräuselten kleine Wellen die ruhige Wasseroberfläche. Zu Danas Schrecken erhob sich ein Ungeheuer aus der Tiefe, grün und schuppig, mit einem Reptilienkörper und einem Pferdekopf. Es schwamm und wand und drehte sich um den Heiligen, bis sie sich von Angesicht zu Angesicht gegenüberstanden.

Dana wollte gerade losschreien, dann staunte sie.

Kevin hatte die Augen geöffnet und lächelte die Bestie an. Es war ein glückseliges Lächeln. Er beugte sich zu der Schlange vor und legte seine Stirn an ihre: eine Geste so leicht und zärtlich wie ein Kuss. So verweilten die beiden einen endlosen Herzschlag lang, wie ein Tiersymbol in einer alten Handschrift. Dann tauchte das Ungeheuer wieder ab.

Als Kevin Dana erblickte, kam er aus dem See gewatet. Obwohl seine Lippen blau waren von Kälte und seine Zähne klapperten, machte er keine Anstalten, sich abzutrocknen.

Dana war noch immer verblüfft. »In den alten Geschichten heißt es, du hättest gegen den *péist* gekämpft und ihn in den Oberen See verbannt. Aber ihr seid Freunde!«

Er lachte das sorglose Lachen eines jungen Mannes.

»Die Wahrheit wird in so mancher Geschichte verzerrt. Ich habe die Kreatur auf dem Rücken vom Unteren zum Oberen See getragen, nicht um sie zu bezwingen, sondern um sie vor Schaden zu bewahren. Man hätte sie gejagt und getötet.« Der Heilige schaute über das Wasser. »Sie ist etwas Altes, etwas Uraltes, aber sie ist nicht unser Feind. Wir sind es, die sie böse machen.«

Als Dana ihn verwirrt ansah, erklärte der Heilige: »Ein jeder von uns trägt ein ›Ungeheuer‹ in sich. Wenn wir es nicht in uns selbst aufspüren und Frieden mit ihm schließen, jagen wir es hinaus in die Welt und bekriegen es dort. *Selig sind die Friedfertigen,* denn alles Schreckliche braucht im Grunde Liebe.«

Sie gingen am unteren Ufer des Oberen Sees entlang. Die bewaldeten Hänge ragten zu allen Seiten über ihnen auf, geschmückt mit den winterlichen Silhouetten von Birken und Eichen. Vor dem weißen Schneehintergrund tupften große Stechpalmen grün-rote Flecken in die Landschaft. Auf der anderen Seite des Sees blieb ein Hirsch auf einer schmalen Anhöhe stehen und sah zu ihnen hinüber. Ein rostfarbener Fuchs flitzte außer Sicht.

»Du wirst deinem eigenen Ungeheuer bald begegnen, kleine Schwester«, sagte Kevin leise. »Niemand kann dir das ersparen. Keinem von uns kann die Wahrheit vorenthalten werden; dieser Verabredung müssen wir uns entweder im Leben oder im Tod stellen.«

Dana schauderte, als etwas Dunkles sich in den Tiefen ihrer Seele regte, bevor es wieder einschlummerte. Das Ungeheuer im Innern war jedoch nicht das einzige, das sie fürchtete. »Es gibt etwas Böses, das wirklich hinter mir her ist«, sagte sie. »Ich weiß nicht einmal, ob es ein Mensch oder ein Elfenwesen ist. Was soll ich tun?«

Kevin hielt einen Moment inne und schloss die Augen. Seine Lippen bewegten sich in einem wortlosen Gebet. Dann sah er sie an. »Wenn du Frieden schließt mit dem Ungeheuer in dir, beschränkst du die Macht des Bösen – über dich selbst und in der Welt allgemein.«

»Was?« Danas war anzuhören, dass sie das kaum beruhigend fand.

Kevin seufzte. »Mit der Zeit wirst du meine Worte verstehen, aber wisse eines: Das Böse, von dem du sprichst, ist nicht neu in der Welt. Es war schon früher da und hat Dunkelheit gesät, um einem größeren Plan zu dienen. Du wirst gegen dieses Böse antreten, aber fürs Erste bist du in Sicherheit. Dein Feind glaubt, er hätte dich getötet, weil die Wölfin an deiner Stelle gestorben ist.«

Dana keuchte auf vor Schuldgefühlen und Trauer.

Er legte ihr eine tröstende Hand auf die Schulter. »Du musst ihr Geschenk annehmen. Ihr Opfer. Ihre Liebe zu dir.«

Sie nickte, während ihre Tränen fielen.

Er hinderte sie nicht am Weinen, sondern hielt den Arm um sie gelegt, während sie nebeneinander hergingen.

Sie kamen zum Poulanass-Wasserfall, der sich über die Hänge des Derrybawn ergoss. Kevin tauchte die Hand ins Wasser, um ihr das tränenbefleckte Gesicht abzuwischen. Seine Fürsorge und Anteilnahme gaben ihr Kraft.

»Fühlst du dich nicht manchmal einsam?«, fragte sie ihn. »So ganz allein hier?«

Er wirkte ein wenig verlegen. »Ich will es dir beichten. Es bedeutet keine Härte für mich. Ich tue mich schwer in der Gesellschaft von meinesgleichen. Ich bin aus dem Kloster geflohen, in dem ich zum Mönch wurde. Es ist einfacher, mit den Vögeln und anderen Tieren zu leben. Die Menschen sind zu laut und zu zänkisch für mich.«

»Aber Vögel zanken sich auch«, wandte sie ein, »und manchmal ganz schön laut!«

Kevin lachte zustimmend, doch anscheinend zankten sich die Vögel in seiner Nähe gar nicht. Verschiedene Arten hockten zusammen auf seinen Schultern und zirpten glücklich. Er ahmte ihre Rufe nach, um mit ihnen zu sprechen, und streichelte ihre Köpfchen. Dana dachte plötzlich wieder an die Ökokrieger im Glen of the Downs, an all die jungen, bärtigen Männer, die so leidenschaftlich und idealistisch waren.

»Danke, dass du hier bist«, sagte sie und umarmte ihn.

Er errötete.

Es war Zeit, sich voneinander zu verabschieden.

»Steige diesen Berg hinauf und wandere durch den Wald dahinter«, wies er ihr den Weg. »Gehe in nordwestliche Richtung über den Gipfel des Lugduff. Dann kommt ein weiteres Tal, das du durchqueren musst, das Glenmalure, aber ab da wirst du den Lugnaquillia bereits sehen können. Du musst ihn noch heute erreichen, kleine Schwester, denn heute ist *Lá Lughnasa.*«

Auf halber Höhe des Berghangs winkte sie ihm ein letztes Mal zu.

Unten stand Kevin, die Arme ausgebreitet wie ein menschliches Kreuz. In jeder Hand baute eine Amsel ihr Nest. Zu seinen Füßen rollten sich ein Dachsweibchen und ihre Welpen zusammen. Dana wurde es warm ums Herz. Zuerst die Hüterin des Faolán-Clans und dann der Heilige von Wicklow; die Götter ihrer Vorfahren hatten ihren Ruf erhört. Ihre Aufgabe umfasste tatsächlich mehr, als eine Botschaft zu überbringen und einen Wunsch erfüllt zu bekommen.

War sie bereit für das, was auf sie zukam?

Neunundzwanzig

Dana näherte sich dem Berggipfel und befand sich plötzlich wieder in ihrer eigenen Zeit. Der Wald um sie herum war weniger wild und verwuchert. Sie stand auf Trittstufen aus Holz, die am Wasserfall entlangführten. Jede Menge Menschen liefen dort herum. Wie zurückkehrende Schwalben waren die Sommerausflügler nach Glendalough geströmt. Familien und Touristen, jung und alt, Ausländer und Iren schlenderten durch die Ruinen, um die beiden Seen herum und hinauf zum Wasserfall. Nach fünfzehn Jahrhunderten kamen die Menschen immer noch zu Kevin!

Niemand hatte ihr Auftauchen bemerkt. Alle starrten nach oben, wo dunkle Wolken sich zusammenballten. Die Luft wurde kühl. Windstöße schüttelten die Bäume. Als die ersten Regentropfen fielen, suchten sie Schutz, eilten die Stufen hinunter und auf das Besucherzentrum zu.

Bis auf Dana, die in den Wald lief.

Die Bäume knarrten, Zweige peitschten. Es regnete wie aus Kübeln. Das war nicht gut, überhaupt nicht gut. Sommerstürme konnten katastrophal sein in den Bergen und plötzliche Überschwemmungen anrichten. Sie musste den Lugnaquillia vor dem Abend erreichen. Wie sollte sie bei diesem Wetter weiterwandern? Über ihr zuckten Blitze und das erste Donnergrollen war zu hören. Zumindest wusste sie, wo es langging. Die markierte Wanderroute des Wicklow Way führte direkt vom Derrybawn zum Gipfel des Lugduff. Die Kapuze übers Gesicht gezogen, den Umhang fest um sich gewickelt, marschierte sie weiter.

Weil sie blind durch den Regen stapfte, sah Dana das kleine Wesen nicht, das vor ihr herhuschte. Sie prallten zusammen und fielen in den Matsch.

Trotz ihres Erschreckens erkannte Dana sofort, worüber sie gestolpert war. Sie sprang auf und packte den Boggel. Ihn gut festhaltend, sah sie sich um. »Wo sind die anderen? Verstecken sie sich? Lasst mich bloß in Ruhe! Alle miteinander!«

»In Ruhe du sollst mich lassen! Warum du mich packen tust?«

Die Stimme war der erste Hinweis. Höher und heller. Dann das Kleid. Es war nass und dreckig, hatte aber Puffärmel und einen kleinen Petticoat.

»Du bist ja ein Mädchen!«, sagte Dana erstaunt.

»Und ob ich ein Mädchen bin!« Sie war offensichtlich gekränkt. »Ivy mein Name ist. Was sonst könnte ich sein?«

Ja, was sonst. Zwar hatte sie die gleiche rundliche Gestalt wie die Boggeljungs und die gleichen Füße mit den Schwimmhäuten, aber sie war mit Haarlocken, grün wie Krausfarn, geziert. Die großen Augen, die im Walddunkel golden glänzten, hatten lange Wimpern wie bei einer Puppe.

»Lass mich los«, flehte Ivy. »Schnell weiter muss ich, ehe der Sturm wird schlimmer!«

Dana hielt die Boggelfrau fest; sie war nicht sicher, was

sie tun sollte. Der Wind wütete um sie herum und peitschte sie mit Regen. Sie waren beide bis auf die Haut durchnässt.

»Warum sollte ich? Nach allem, was die Boggels mir angetan haben!«

Ivy sah zuerst verständnislos drein, dann betroffen. »Haben die Jungs übertrieben es? Wusst ich's doch, dass sie nur Unfug machen ohne uns! Was sie angestellt?«

Sie wirkte so ehrlich bestürzt, dass Dana sie losließ. Die Boggelfrau lief nicht weg, sondern blieb, wo sie war, und wartete auf Danas Antwort. »Sie haben mich entführt und mich in ein Loch gesperrt.«

Ivys Augen wurden tellergroß. »Oh, was kann sie haben dazu gebracht, so gemein zu sein?«

»Ich ... ich weiß es nicht«, stammelte Dana mit klappernden Zähnen. Nach ihrer letzten Erfahrung dachte sie nicht daran, ihren Auftrag zu erwähnen.

Ivy starrte sie an und ihre Miene drückte Ungläubigkeit und Zweifel aus. Die goldenen Augen funkelten vor Intelligenz.

Sie hatten beide Mühe, in dem Wind nicht umzukippen.

»Nicht stimmt hier etwas«, erklärte Ivy schließlich. »Ich wissen muss, was. In diesem Wald eine Frau es gibt, alt und weise. Das Beste sein wird, wir suchen sie auf, du und ich.«

Jetzt wurde Dana misstrauisch, aber irgendwie gefiel ihr das Boggelmädchen. Außerdem wurde der Sturm immer schlimmer. Allein würde sie nicht weit kommen. Sie brauchte Hilfe. »Einverstanden.«

Der Sturm steigerte sich zur Raserei. Bäume bogen sich unter der Wucht des Windes rückwärts. Der Regen kam schräg von der Seite. Nachdem sie eine Weile über den nassen Untergrund geschlittert waren, hielten die beiden

Mädchen sich auf ihrem Weg durch den Wald an den Händen.

Endlich machte Ivy vor einer uralten Eiche halt. Sie schien hohl zu sein. Dana dachte, dass sie hineinklettern würden, um sich dort unterzustellen, aber dann sah sie die Tür. Ein großer Baumpilz bildete das Vordach, und es gab sogar einen kleinen Messingknauf und einen dazupassenden Klopfer, in den der Spruch GUTE MANIEREN KOMMEN GUT AN eingraviert war.

Gegen den heulenden Wind anpochend, betätigte Ivy den Klopfer.

Das Letzte, was Dana erwartet hatte, war, dass sie die Person kennen würde, die aufmachte; aber dort stand die kleine alte Frau, die sie in dem Restaurant in Bray und später in den Bergen getroffen hatte, als sie zu ihrer Mission aufgebrochen war.

»Mrs Sootie Woodhouse!«, rief Ivy. »Wir brauchen Ihre Hilfe!«

»Kommt rein! Kommt rein!« Die alte Frau zog die beiden Mädchen aus dem Regen ins Haus. »So sieht man sich wieder«, war alles, was sie zu Dana sagte.

Das schmale Gesicht unter der Rüschenhaube schien noch bärtiger geworden zu sein. Sie trug ein gelbes Kleid mit bodenlangem Rock und einer Spitzenschürze. Die schwarzen Knopfaugen funkelten fröhlich.

Sie traten in einen Flur mit einem Garderobenständer aus Holz und gerahmten Bildern von Waldszenen. Eine mit Teppich ausgelegte Treppe führte hinab unter die Erde. Mrs Woodhouse zündete eine Kerze an, um ihnen nach unten zu leuchten.

Auch wenn Dana schon viele wunderbare Dinge auf ihrer Reise gesehen hatte, entzückte sie diese Wohnung besonders. Die Zimmer waren klein und niedrig. Sie musste den Kopf einziehen, um sich nicht an der Decke zu stoßen. Im Wohnzimmer gab es einen aus Stein gemauerten Kamin mit rosa Keramikkacheln und zwei Polstersessel mit Kissen davor. In einem mit Schnitzereien versehenen Schrank wurden Porzellangeschirr und braune Töpferwaren aufbewahrt. Bunte, handgewebte Läufer lagen auf dem Boden aus gestampfter Erde und Bücherregale und Familienporträts schmückten die Wände.

»Was für ein hübsches Haus!«, rief Dana.

Mrs Woodhouse scheuchte sie ins Schlafzimmer, damit sie sich trocken reiben konnten. Das Himmelbett war mit einer Patchworkdecke und einem dazupassenden Baldachin bedeckt. Am Fußende stand eine Korbtruhe mit frischer Wäsche. Auf einem Waschständer entdeckte Dana einen blauen Porzellankrug samt Schüssel.

»Wascht euch die Hände vor dem Mittagessen, Mädchen!«, rief Mrs Woodhouse ihnen zu.

»Hm, das sich gut anhört«, bemerkte Ivy.

Schon bald waren sie trocken und bereit fürs Essen. Auf einem runden Tisch im Wohnzimmer war ein kleines Festmahl gedeckt. Da gab es Schalen mit Kastaniensuppe, dazu Brötchen frisch aus dem Ofen, eine Platte mit verschiedenen Hartkäsesorten, frischen Löwenzahnsalat mit Erdbeeren und eine Brombeercreme mit Sahne sowie eine Holzapfelpastete.

Bevor sie sich darauf stürzen konnten, senkte Mrs Woodhouse den Kopf und begann leise zu sprechen. »Wir danken dem Geheimnis, das alles wachsen lässt und seine Wunder in die Welt haucht.«

»Ja, wir danken«, sagte Ivy.

»Ich auch«, sagte Dana.

Während sie sich von allem ein wenig nahm, machte Dana sich bereits wieder Sorgen wegen der Zeit. Sie vertraute Mrs Woodhouse und hatte beschlossen, auch Ivy ins Vertrauen zu ziehen. Nun musste sie nur noch auf den richtigen Augenblick warten, um ihren Auftrag zu erwähnen und die beiden um Hilfe zu bitten. Obschon es in dem kleinen unterirdischen Haus sicher und behaglich war, tobte draußen noch immer der Sturm. Konnten die beiden sie vielleicht zum Lugnaquillia bringen?

Mrs Woodhouse blickte nach oben. »Sein Herz bricht schon wieder«, sagte sie betrübt. »Ob er seine Erinnerungen überleben wird? Werden wir sie überleben?«

»Aufwachen muss er vielleicht«, erwiderte Ivy, wenn auch etwas unschlüssig. »Vielleicht das Beste es ist für ihn.«

Dana wunderte sich. Sie hielt Lugh inzwischen für einen Tyrannen, den die Boggels aus Selbstschutz weiterschlafen ließen. Aber Ivy und Mrs Woodhouse zeigten keine Angst, nur Zuneigung und Besorgnis.

»Ich dachte, die Boggels wollten nicht, dass er aufwacht?«, sagte Dana. »Deshalb haben sie mich doch eingesperrt!«

Sie erzählte ihnen, was im Moorland passiert war.

Ivy wurde sehr aufgebracht. Ihr Besteck klapperte auf dem Teller. »Böse Jungen diese! Keine Kinder sie sollen mehr stehlen! Noch böser es ist, dich in ein Loch zu sperren. Dumme Jungs! Die Geschichte sie nicht kennen. Der König schon dabei ist zu erwachen. Unterwegs ich bin, ihnen das zu sagen.«

Mrs Woodhouse blieb ruhig. »Du bringst eine Botschaft für Lugh vom Berg, Lugh vom Wald?«

Dana nickte. »Vom Hochkönig des Elfenreichs an seinen Tánaiste. Ich muss sie ihm heute noch überbringen.«

Kaum hatte sie ausgeredet, wurden die anderen beiden schon aktiv. Das Mahl war zu Ende. Sie mussten sofort aufbrechen.

»Aber was ist eigentlich los?«, fragte Dana in die Eile hinein, mit der Mäntel und Umhänge übergeworfen wurden. »Warum hat Lugh geschlafen? Und warum wacht er jetzt auf?«

»Das ist eine lange Geschichte«, antwortete Ivy.

»Wir werden sie dir unterwegs erzählen«, versprach Mrs Woodhouse. »Das wird uns den Weg verkürzen.« Ihre Nase zuckte vor Entschlossenheit, während sie die Messingknöpfe an ihrem Cape zumachte. »Wir haben lange genug herumgetrödelt, Mädchen. Die Nachricht des Hochkönigs muss schleunigst ausgerichtet werden.«

»Wir sollten uns unterhaken«, schlug Dana vor, »damit keine verloren geht oder vom Wind davongeweht wird.«

Mrs Woodhouse lachte quiekend. »Bei allem, was leuchtet, wir gehen doch nicht da raus, meine Liebe!« Sie sperrte eine runde Tür auf der anderen Seite des Zimmers auf, die in einen Gang führte. *»Unter den Hügeln hindurch und unter den Bergen.* So machen wir es im Elfenland. Wir werden den Lugnaquillia noch vor der Dämmerung erreichen, trocken und sicher.«

So vor dem Sturm geschützt, machten sie sich auf den Weg durch den Tunnel. Dabei erzählten die beiden anderen Dana die Geschichte vom Bergkönig und seiner Himmelsbraut.

Dreissig

Lang waren die Sommer ihrer Liebe in den grünen und goldenen Winkeln der Welt. Selten träumten sie von der blutgetrübten Flut des Schicksals, die über sie hereinbrechen würde. Denn wer kann den Fluss ergründen, in dem das Wasser des Seins fließt? Wer erblickt den Schatten hinter dem Sonnenschein des Tages? Alle Dinge enthalten auch ihr Gegenteil. Beredsamkeit wird geboren aus Dummheit, Blindheit aus Weitsicht, und Finsternis kann verborgen liegen in Glanz. Es heißt, der Sänger der Sagen und der Fürst des Chaos seien ein und derselbe.

Eines Tages verschwand sie.
Ohne Andeutung oder ein warnendes Wort verschwand die Himmelsbraut!

Anfangs glaubten manche an ein Versteckspiel, denn die Königin liebte Scherze und spielte gern Streiche. Aber der König merkte an dem Schweigen in seinem Herzen, dass sie fort war. Streng und stumm machte er sich daran, den Himmel nach ihr abzusuchen. Durch Tundren aus Dunkelheit und Wüsten von Licht reiste er, unter den Architraven gewaltiger Sternbilder hindurch, vorbei an dahinjagenden Planeten und flammenden Sonnen. Über schwarze Sternenmeere und Ewigkeiten aus Dämmerung reiste er in noch unentdeckte Reiche, die neu erwachten bei der Stimme, die älter war als alle anderen. Jenseits von Höhe, Breite und Tiefe flog er über den Abgrund hinweg, hinein in hellere, noch geheimnisvollere Welten, die in dunklen Ozeanen schwammen wie schimmernde Seeschlangen, die ihre eigenen Schwänze verschluckten.

Und die ganze Zeit rief er nach ihr.

Tá an oíche seo dubh is dorcha,
Tá an spéir ag sileadh deor',
Tá néal ar aghaidh na gréine,
Ó d'imigh tú, a stór.

Die Nacht ist kalt und dunkel jetzt;
Der Himmel weint Tränen;
Die Sonne hat sich verfinstert,
Seit du fortgegangen bist.

Er fand sie nicht.

Jedes Mal, wenn er von einer seiner Reisen zurückkehrte, elender als eine hungernde Krähe im Winter, flehten die Edelleute seines Hofes ihn an.

»Sei wohlgemut, oh König. Mach deinen Frieden. Lass sie ziehen. Sie ist zum Himmel zurückgekehrt, von wo sie kam. Sie hörte die Rufe ihrer Schwestern in den Mondwinden, die sie heimriefen in das Land des Lichts. Du musst sie gehen lassen.«

Taub gegen ihre Bitten, zog er von Neuem aus, denn bitter waren seine Tage ohne sie, und er wollte die Hoffnung nicht aufgeben.

Liebe ist stark wie der Tod.
Leidenschaft ist grimmig wie das Grab.
Ihre Blitze sind Feuerblitze, eine verzehrende Flamme.
Viele Wasser können sie nicht stillen.
Noch können Fluten sie ertränken.

Dann kam der Tag, als alle sahen, dass er wahnsinnig geworden war vor Gram. Er legte sich zwischen den Bergen nieder, das Gesicht dem Himmel zugewandt, und zürnte gegen das Firmament. So groß war seine Qual, dass seine Tränen das Land überfluteten: Rinnsale verwandelten sich in Flüsse, Flüsse führten Hochwasser, Bäume stürzten um, Felder versanken. Tag um Tag und Nacht um Nacht wurde seine Trauer zu einem Ungeheuer, das das Land verwüstete.

Die Untertanen des Königs wussten nicht mehr weiter, denn ihm war nicht zu raten und zu helfen. Wo immer sie zusammenkamen, um Zuflucht vor den Stürmen zu suchen, sprachen sie von seiner Not und ihrer Sorge. Die Hochmoore waren überspült. Wenn die Regengüsse fortdauerten, würden sie wahrscheinlich bersten. Ein Moorbruch konnte nur eine Katastrophe bedeuten: eine Sintflut aus Schlamm und flüssigem Torf, die wie Lava zu Tal stürzte und alles überschwemmte und mit sich riss. Sie würden alle am Kummer des Bergkönigs zugrunde gehen.

Es musste etwas geschehen.

Und wie es so ist in allen Welten: Wenn die Mächtigen ihr Land in den Untergang treiben, erheben sich die Kleinen und Bescheidenen, um Rettung zu bringen. Es waren die kleinen Boggels, die zu dem Berg gingen, um nachzusehen, was sie tun konnten.

Viele Geschichten berichten davon, dass die Lieder des Elfen-

reichs drei wunderbare Dinge schenken: Manche bringen einen zum Lachen, manche bringen einen zum Weinen und manche bringen den süßen Trost des Schlafes.

Und es ist im ganzen Reich bekannt, dass die Mädchen der Boggelfamilie über die dritte Gabe verfügen. In alten Zeiten, als die Elfen noch Menschenbabys stahlen, waren es die weiblichen Boggels, die ihnen etwas vorsangen, damit sie nicht nach ihren Müttern weinten.

Nun versammelten sich die Boggelmädchen um ihren gefallenen König, dort, wo er weinend unter dem Steinhügel auf dem Lugnaquillia lag. Sie küssten ihm die Stirn und schlossen seine Augen und lullten ihn mit einem Elfenschlaflied ein.

Schon bald sank ihm der Kopf auf die massige Brust. Dann seufzte er mit dem Atem des Windes, kehrte dem Himmel den Rücken zu und drückte sein Gesicht in die Erde. Tief sank er in die warme Umarmung, in den tiefen Schoß des Schlafes, und wurde von aller Erinnerung befreit, von aller Trauer, von allem Schmerz.

Dann war es an den männlichen Boggels, ihren Zauber zu wirken. Ihre Macht über den Stein zu nutzen. Sie rollten dem König das Gewicht eines Berges auf den Rücken, um ihn niederzudrücken, damit er nicht wieder aufstehen konnte. Und sie stellten überall entlang der Grenze von Wicklow Schilder auf, um Fremde fernzuhalten, die den schlafenden Riesen stören könnten. Denn es gab keine Garantie dafür, dass sie Lugh wieder in den Schlaf zu wiegen vermochten, falls er aufwachte.

Als die Arbeit vollbracht war, kehrten die Jungen allein und bekümmert ins Moor zurück. Denn es war ihre Pflicht, an der Grenze Wache zu halten, während die Mädchen beim König blieben und dafür sorgten, dass er weiterschlief.

Auf diese Weise wurde ihre Familie zum Wohle aller auseinandergerissen.

Einunddreissig

Mrs Woodhouse und Ivy wechselten sich beim Erzählen der tragischen Geschichte ab, denn die Alte wusste mehr über den Anfang und Ivy mehr über das Ende. Derweil setzten sie ihren Weg durch die Unterwelt unter dem Lugduff fort. Anfangs war es nur ein langer, schmaler Gang, behaglich und trocken und schwach nach kleinen Tieren riechend, aber schon bald erweiterte er sich zu einer atemberaubenden großen Höhle, die aus dem Felsmassiv gehauen war. Dämmerige Nischen und Alkoven wölbten sich zu allen Seiten; eine Kathedrale aus Fels mit glänzenden Säulen aus Feldspat und Quarz. Normalerweise hätte es Stunden gedauert, sie zu durchqueren, aber Danas Gefährtinnen waren schneller als Menschen, und die Silbernägel halfen ihr, Schritt zu halten.

Während Dana dem Märchen lauschte, blickte sie sich staunend um. Überall waren wundersame Dinge zu sehen, und manches konnte sie kaum begreifen. An einer Stelle kamen sie an einer dunklen Nebenhöhle vorbei, in die aus großer Höhe ein einzelner Lichtstrahl fiel. Dort saß im Schneidersitz eine einsame Gestalt, die ihren Kopf dem Licht zugewandt hatte wie zum Gebet. Dann kam ein Wald aus weißen Säulen, die sich zu einer hohen Kuppel emporreckten. Jede Säule schloss mit einem halbmondförmigen Helm ab, der aufklaffte wie ein Maul. Sie gaben einstimmige Klänge von solcher Schönheit von sich, dass die drei Wanderinnen sie in schweigender Ehrfurcht passierten.

Als sie das andere Ende der Höhle erreicht hatten, war auch die Geschichte vom Bergkönig und der Himmelsbraut zu Ende.

»Also hat er seine Königin nie gefunden«, schloss Dana traurig. »Was kann ihr nur zugestoßen sein? Weiß das jemand?«

Ivy meldete sich zu Wort. »Ein Dämon sie gestohlen hat, kam mir zu Ohren.«

»Dieses Gerücht habe ich auch gehört«, stimmte Mrs Woodhouse zu. »Und Lugh hat gegen den Dämon gekämpft, wurde aber besiegt. Es heißt, seine Niederlage sei es gewesen, die ihn in den Wahnsinn getrieben hat. Was auch immer davon wahr ist«, seufzte sie, »wir alle wissen, wie es ausging. Seine Trauer hätte ihn um ein Haar vernichtet und uns mit.«

Inzwischen waren sie in einem Tunnel, durch den ein richtiger Zug gepasst hätte. Es war sehr dunkel darin, nur schmale Schichten von Glimmererde in den Wänden schimmerten schwach. Die beiden Frauen nahmen Dana bei der Hand und führten sie. Mrs Woodhouse erklärte, dass der Tunnel unter dem Conavalla und weiter zum Table Mountain verlief, wo sich die unterirdische Verkehrsader in alle Richtungen verzweigte. Vom Table Mountain aus würden sie in südliche Richtung zum Camenabologue und dann weiter zum Lugnaquillia gehen.

Dana war heilfroh, nicht allein zu sein. Hin und wieder

sah sie geisterähnliche Kreaturen durch das Dunkel huschen, blind und weiß schimmernd. Von Ivy erfuhr sie, dass dies die Bewohner dieser labyrinthartigen Unterwelt waren; sie hinderten Reisende zwar nicht daran, ihre Straßen zu benutzen, waren aber ein zurückgezogenes und fremdenfeindliches Volk.

»Nicht gern ohne Mrs Woodhouse komm ich hierher«, murmelte Ivy.

»Ich auch nicht«, flüsterte Dana zurück.

Die Unterseite des Table Mountain erinnerte tatsächlich an einen Hauptbahnhof mit zahlreichen Tunneln, die sich zu einem enormen Verkehrsnetz verzweigten. Die kolossalen Wände bildeten regelrechte Terrakottahallen, sodass die drei Reisenden sich winzig vorkamen. Dana musterte gerade neugierig ein paar Fossilien im Fels, als sie auf einmal nach Luft schnappte. Im Halbdunkel ragte das gigantische Skelett eines im Ton eingebetteten Dinosauriers auf.

»Ah«, sagte Mrs Woodhouse. »Das war die Zeit der großen Drachen.«

»Haben Sie die noch erlebt?«, fragte Dana erstaunt.

»Aber nein«, kam die Antwort mit einem kleinen Lachen. »Ihre Geschichten sind über viele Generationen weitergegeben worden.«

Sie bogen in einen Gang ein, der nach Süden führte. Er war mit weißem Kies ausgelegt, wo das Quarzgestein zerbröselt war. Noch immer befanden sie sich im granitenen Sockel der Berge, tief unter der Oberfläche, doch jetzt konnten sie schon wieder das ferne Brüllen des Sturms hören, wie Geraune von einem Krieg. Der Tunnel fühlte sich nun feucht an. Wasser rann die Wände hinab. Sie näherten sich dem Lugnaquillia, dem Auge des Sturms.

»Warum wacht der König auf?«, fragte Dana Ivy. »Haben die Mädchen aufgehört zu singen?«

»Wir noch immer singen«, antwortete die kleine Boggel. »Nicht wissen tun wir, warum er erwacht. Ein böser Traum vielleicht. Oft er träumt. Mehr und mehr wir müssen singen, damit der Zauber weiter wirkt. Doch schwerer ist es diesmal.«

»Er hat Albträume?« Dana dachte an ihre eigenen nächtlichen Besuche vom Alb. Sie wurde nachdenklich. »Könnte es auch etwas anderes sein? *Ein Schatten des Zerstörers ist in das Land eingedrungen.* Das ist ein Teil meiner Nachricht an ihn. Vielleicht versucht er aufzuwachen, damit er gegen die Bedrohung kämpfen kann?«

»Er war der beste aller Könige vor dieser Tragödie«, meinte Mrs Woodhouse nickend. »Sein Volk liegt ihm am Herzen.«

»Wir wollen also, dass er erwacht«, schlussfolgerte Dana. »Die Dame aus dem Wald, die mich geschickt hat, sagt, er würde wissen, was zu tun ist.«

In dem Moment stieß Ivy einen Schrei aus, als hätte jemand sie geschlagen. »Was habe ich nur getan? Dumme, dumme Boggel! Nichts kann er tun, wenn er erwacht! Begraben unter Stein liegt er! Moorzauber sogar den König bindet!«

Dana blieb wie angewurzelt stehen. Sie versuchte, nicht in Panik zu geraten, aber ihr schwirrte der Kopf. Das war eine Katastrophe. Was nützte ihre Nachricht, wenn der König machtlos gefangen war? Sie war davon ausgegangen, dass er frei sein würde, sobald er erwachte. Sie hatten keine Zeit, um den ganzen Weg bis zum Sally Gap zurückzugehen und die Jungs zu holen. Einen guten Teil des Tages hatten sie bereits mit der Durchquerung der Höhlen zugebracht. Selbst mit den Silbernägeln konnte sie unmöglich bis Mitternacht das Moorland erreichen und wieder zum Lugnaquillia zurücklaufen.

In Ivys goldenen Augen schwammen Tränen. »Als ich begegnet dir bin, zu den Jungen war ich unterwegs. Um einen Plan zu schmieden! Falsch gemacht habe ich alles! Ein schlechtes Oberhaupt ich bin. Alles ist verloren meinetwegen!«

Ihr kleiner Körper bebte vor Schluchzen. Zum ersten Mal, seit Dana sie kennengelernt hatte, wirkte das Boggelmädchen verloren und hilflos. Dana dachte an die Boggeljungen, die nach ihren Mädchen weinten. Wie sehr diese kleinen Leute gelitten hatten!

»Na, na, meine Süße«, sagte Mrs Woodhouse und tätschelte Ivys Schulter.

Aber Dana merkte, dass die alte Dame ebenfalls ratlos war, da ihre Nase sorgenvoll zuckte.

»Wir werden uns aufteilen müssen«, entschied Dana plötzlich. »Das ist die einzige Möglichkeit. Es besteht wenig Hoffnung, aber wir müssen es trotzdem versuchen.«

Mrs Woodhouse nickte und sah sie voller Stolz an. »Ich hatte gehofft, dich bis zum Ende deiner Mission begleiten zu können, Liebes, aber das soll offenbar nicht sein. Wir haben jeder unsere Rolle zu spielen, ob sie groß ist oder klein. Ivy wird dich zum König bringen. Was auch geschieht, du musst ihm die Nachricht übermitteln. Ich werde derweil ins Moorland gehen, um die Jungen zu holen. Wenn Lugh sich nicht selbst befreien kann, sind sie unsere einzige Hoffnung.«

»Das Moor ist meilenweit weg«, sagte Dana besorgt. »Meinen Sie, Sie können …?«

Die alte Dame unterbrach sie mit ihrem Kichern. Die schwarzen Knopfaugen glänzten. »Weißt du es immer noch nicht? Nachdem du dich so gut um meine Verwandten gekümmert hast? Deine Hamster! Aber ja, ich kann rennen wie der Wind!«

Als Mrs Woodhouse davonsauste, verstand Dana. Häubchen, Cape und Röcke wurden abgestreift wie Blätter von einem Baum, während die alte Frau in Sekundenschnelle schrumpfte. Ein peitschenartiger Schwanz wischte durch die Luft, ein quiekendes Lachen hallte hinter ihr her. Dann verschwand die graue Elfenmaus durch den Tunnel.

Dana und Ivy sahen sich an. Sie waren wie zwei Kinder, die von ihrer Mutter getrennt worden waren.

»Wir können es schaffen«, beteuerte Dana.

»Wir das kriegen hin«, pflichtete Ivy ihr bei.

Sie eilten weiter durch den Gang und blickten sich immer wieder um.

Wie sie schon insgeheim befürchtet hatten, kam es bald noch schlimmer.

Die Tunneldecke wurde immer niedriger, bis Dana sich bücken musste. Schließlich waren sie in einer engen Röhre eingezwängt. Auf allen vieren um Biegungen und Knicke kriechend, fragten sie sich, ob dieser Kaninchenbau jemals wieder breiter werden würde.

Dann hörte Dana ein Geräusch von hinten. Sie packte Ivy am Arm.

»Hast du das gehört?«, zischte sie.

Mit angehaltenem Atem verharrten sie reglos.

»Nur mein Herz ich höre«, flüsterte Ivy.

Dana wusste, was sie meinte. Auch in ihrer Brust hämmerte es. Sonst war da nichts. Sie setzten ihren Weg fort.

Als vor ihnen ein Lichtkreis auftauchte, beschleunigten sie froh ihr Tempo.

Doch als sie dort ankamen, schrien sie enttäuscht auf.

In der Nische war gerade genug Platz, dass sie nebeneinander über den Rand des Tunnelendes hinunterblicken konnten – in einen dunklen Schacht. Direkt gegenüber, wie auf der anderen Straßenseite, fiel eine Wand aus blankem Fels ab.

»Eine Sackgasse!«, sagte Dana betroffen. »Aber wie …?«

Ivy warf einen Stein über den Rand.

Es dauerte einige Zeit, bis sie ihn landen hörten. Der Plopp war unverkennbar.

Wasser!

»Aber Mrs. Woodhouse hat uns hier entlanggeführt«, murmelte Dana verwirrt.

»Der einzige Weg zum Lugnaquillia es ist«, betonte Ivy. »Kein anderer Tunnel vom Table Mountain nach Süden führt.« Sie überlegte einen Moment. »Halt an den Füßen mich, damit ich nachsehen kann.«

Während die kleine Boggel sich immer weiter über den Rand beugte, hielt Dana ihre Schwimmfüße fest. Sie hatte erwartet, dass sie sich kalt und schlüpfrig anfühlen würden, aber sie waren weich und warm, wie mit Flaum überzogen.

»Sehen tu ich's!«, rief Ivy aufgeregt. »Dort! Ein Vorsprung! Und Stufen! Dorthin wir springen müssen!«

Sie machte den Anfang, wendig und ohne Angst, und landete sicher wie ein Frosch auf dem Vorsprung.

Für Dana hingegen war es eine Mutprobe. Der Vorsprung befand sich nämlich nicht direkt unter ihnen, sondern ein Stück weiter links.

»Schaffen kannst du es!«, rief Ivy zu ihr herauf.

»Klar kann ich das«, murmelte Dana und ließ die Beine über den Rand baumeln.

Und dann sprang sie.

Es folgte ein Augenblick des Schreckens, als sie festen Boden unter einem Fuß spürte und nichts als Luft unter dem anderen. Sie schwankte über dem Abgrund.

Dann packte Ivy sie.

»Danke!«, keuchte Dana.

»Gern geschehen«, sagte ihre Freundin grinsend.

Trotz der kurzen Distanz hatte die Umgebung sich vollkommen verändert. Eine lange Treppe war in den Fels gehauen, die Hunderte von Stufen hinabführte und sich unter dem Tunnel erstreckte, aus dem sie gekommen waren. Sie stiegen vorsichtig hinunter und gelangten aus der Dunkelheit in ein gedämpftes Leuchten. Unten angekommen, entdeckten sie den Ursprung der Helligkeit.

Sie standen an einem Sandstrand, der aus sich selbst heraus leuchtete wie zu Staub gemahlene Sterne. Aber es war der unterirdische Fluss, der so stark funkelte, da sein Wasser die gleichen glitzernden Kristalle mit sich führte.

Mehrere hölzerne Ruderboote lagen kieloben am Ufer. Dana sah sich nach den Besitzern um, aber Ivy schob bereits eines der kleinen Boote ins Wasser. Dann kletterten sie an Bord. Da Ivy zu klein war zum Rudern, setzte sie sich nach hinten, um zu steuern, während Dana mit den Rudern kämpfte. Wie sich herausstellte, war die Aufgabe gar nicht schwer, denn die Strömung trug sie mit sich wie ein Blatt, sodass sie das Boot lediglich in der Flussmitte zu halten brauchten.

Sie genossen die aufregende Fahrt, trotz ihrer Sorgen wegen des Auftrags und der verstreichenden Zeit. Mit atemberaubender Geschwindigkeit schossen sie an den hohen Wänden aus weißem Granit und Quarz zu beiden Seiten vorbei. Es dauerte nicht lange, bis sie das Ziel des Flusses erreichten – einen unterirdischen See.

Die Oberfläche lag still und dunkel da wie schwarzes Eis, während die leuchtenden Kristalle in die Tiefen sanken. Über ihnen verlor sich ein großes Felsgewölbe in der Dunkelheit. Die Luft war schwer und drückend. Stille lag über allem wie ein Grabtuch, unterbrochen nur vom platschenden Eintauchen der Ruder. Dana atmete kaum. Ivys Augen glänzten golden in der Finsternis.

Sie hörten es beide.

Das Geräusch von anderen Rudern im Wasser.

Sie spähten durch die Finsternis, sahen aber nichts. War es das Echo ihres eigenen Boots?

Dana hörte auf zu rudern.

Da war es wieder! Ein Eintauchen und Platschen! Dann Stille.

Ein anderes Boot folgte ihnen.

Zu verängstigt, um zu überlegen oder gar zu bluffen, begann Dana wieder hektisch zu rudern. Die Paddel klatschten auf das Wasser. Auch das andere Boot wurde schneller. Dass ihre Verfolger nicht länger versuchten, sich zu verbergen, war noch besorgniserregender. Trotzdem konnten sie in der undurchdringlichen Dunkelheit nichts erkennen.

Dana brach der Schweiß aus. Ihre Hände waren wund. Der See fühlte sich an, als hätte er sich in ein Schlammloch verwandelt, durch das sie ihre Ruder schleifen musste. Sie starrte weiter in die Schwärze und wollte wissen, was dort war, obwohl ihr davor graute. Ihr Magen krampfte sich zusammen. Es war wie in einem ihrer Albträume, wenn sie vor dem Etwas, das hinter ihr her war, nicht schnell genug fliehen konnte.

Endlich der blasse Schimmer eines Ufers in der Ferne! Trotz ihrer Erschöpfung verdoppelte Dana ihre Anstrengungen. Schon bald glitten sie durch seichtes Wasser und auf den Strand.

Dana traute ihren Augen nicht. Im Leuchten des Sandes konnte sie das andere Boot erkennen, das jetzt herannahte. Die Gestalt, die kraftvoll auf sie zuruderte, war unverkennbar.

Murta!

Zweiunddreissig

Wie zwei verängstigte Kinder hielten sich die Mädchen an den Händen, als sie über den Sand rannten und dann in einen weiteren Tunnel hinein. Er war dämmerig und schmal, aber mit hoher Decke. Sie wussten, dass sie sich dem Lugnaquillia näherten. Der Regen von dem Unwetter draußen strömte an den Wänden herab. Sie sprangen durch Pfützen und volle Wasserrinnen. Die Angst trieb sie weiter. Hinter sich hörten sie ihren Verfolger: schwere Schritte, die durch Wasser patschten.

»Weißt … du … wohin wir müssen?«

Dana keuchte. Wie immer machten die Silbernägel sie schnell, aber sie hatte Seitenstechen und rang nach Luft. Außerdem hatte sie weiche Knie. Was sollten sie tun, wenn Murta sie einholte? Es gab nur eine einzige Lösung: den Vorsprung halten.

Auch Ivy atmete schwer. *»Om … phalos«,* stieß sie hervor. »Die … Mitte.«

Erst als sie das Innerste des Lugnaquillia erreicht hatten, begriff Dana, was Ivy meinte.

Die immense runde Kammer war in den Farben Weiß und Gold gehalten. Die Wände ragten Tausende von Metern in die Höhe, heller Granit durchzogen mit Adern von goldschimmerndem Erz. In der Mitte der Höhle stand eine große weiße Schale aus poliertem Stein. War es eine Art Altar? Auf dem ausgedehnten Boden lag eine Schicht aus goldweißem Sand, der sich zu Mustern fügte wie zu einem riesigen Mandala. Die Muster waren in ständiger Bewegung: Spiralen, Fraktale und Achten, die sich vor ihren Augen formten und wieder neu formten. Wer veränderte sie ständig? Wer blies über den Sand? Einen Moment stand Dana wie verzaubert, dann hörte sie die Schritte im Tunnel hinter sich.

»Wie kommen wir hier raus?«, rief sie Ivy zu.

»Die Schale ist der Weg!« Die Boggelfrau hatte immer noch Danas Hand gefasst und zog sie über den glitzernden Staub.

Für Fragen war keine Zeit. Während sie durch die Höhle rannten, floss und strudelte der Sand um sie herum. Es war, wie an einem sonnenbeschienenen Meeresufer entlangzulaufen.

Sie hatten die Steinschale beinahe erreicht, als Murta auftauchte.

Ein schauerliches, schrilles Kreischen ertönte hinter ihnen.

Sie drehten sich weder um noch wurden sie langsamer.

Ein Stein traf Dana in der Kniekehle. Sie schrie auf und fiel beinahe hin. Aber sie fing sich und lief weiter.

Dann schrie Ivy, vom nächsten Stein getroffen und zu Boden geworfen. Der Sand wirbelte wie wild um sie herum.

Dana versuchte, das Boggelmädchen auf den Arm zu heben. Ivy war noch bei Bewusstsein, aber Blut rann aus ihrem Hinterkopf. Ihre Augen weiteten sich, als sie an Dana vorbeiblickte, und gleich darauf zuckte auch Dana zusammen.

Murta sah grauenvoll aus. Seine Haut war rot und blasig, seine Kleidung schmutzig und zerrissen. Er machte den Eindruck, als hätte man ihn durch die Tunnel geschleift. Das Schlimmste aber war, dass aus seinen Augenwinkeln ein dünner, blutroter Dunst sickerte.

Mit einem verängstigten Wimmern versteckte sich Ivy in den Falten von Danas Umhang.

Das machte Dana mutiger. Irgendwo am Rande ihres Bewusstseins hörte sie einen Wolf heulen. Sie richtete sich auf und wandte sich zu Murta um. Sie würde ihre Freundin beschützen. Sie würde ihre Hüterin sein.

Der leuchtende Sand zog sich vor Murta zurück, als er darüberging. Er benahm sich ziemlich seltsam, bewegte sich langsam wie im Traum und sah sich in der Kammer um, als wäre er im Fieberwahn. Verschiedene Gefühle zuckten über sein Gesicht. Eines davon war nackte Gier.

»All dieses Gold! Das muss ein Vermögen wert sein!« Dann konzentrierte er sich auf Dana. »Was zur Hölle …? Was machst du hier, Kleine? Und wie bin *ich* hierhergekommen? Sind wir durch ein Erdloch gefallen oder so was?«

Sie hörte die Furcht in seiner Stimme, was sie noch mehr verwirrte.

Dann verzerrten sich seine Züge und etwas anderes tauchte darin auf. Etwas, das nicht zu Murta gehörte. Das nicht menschlich war. Es funkelte sie mit solch abgrundtiefem Hass an, dass sie zurückschreckte. Als es sprach, klang die Stimme kalt und schwer zugleich, wie Eisen; aber sie hörte Unsicherheit darin mitschwingen.

»Ich habe dich erschossen, Menschenkind. Dennoch bist du hier. Du bist offenbar mehr, als du zu sein scheinst.« Plötzlich schossen Feuerstrahlen aus Murtas Augen. Zorn und Fassungslosigkeit brachten ihn aus dem Gleichgewicht. *»Du!* Ich bin gekommen, den König zu töten, aber du …«

Bevor er weiterreden konnte, schrie es gellend hinter Dana. »Unseren König du nicht töten wirst!« Ivy stürzte sich auf Murta.

Die Wucht ihres Angriffs traf ihn unerwartet. Wie eine kleine Harpyie flog sie auf ihn zu und versetzte ihm einen schnellen Tritt in die Leiste. Brüllend taumelte er rückwärts. Ivy sprang auf ihn drauf und boxte und kratzte. Doch er erholte sich schnell, packte sie mit beiden Händen und würgte sie.

Alles passierte so blitzartig und brutal, dass Dana mit Verzögerung reagierte, aber sobald sie merkte, dass Ivy in Lebensgefahr war, griff sie ein. Sie hob die beiden Steine auf, die Murta nach ihnen geworfen hatte, und hechtete mit dem Schwung ihrer Silbernägelschuhe auf ihn zu.

Sie ließ die Steine gegen seinen Kopf krachen.

Er brach zusammen, bewusstlos.

Hustend und keuchend krabbelte Ivy von ihm weg.

»Ist alles in Ordnung mit dir?«, fragte Dana und musterte die kleine Boggel besorgt.

Ivy nickte, zitterte aber am ganzen Leib. »Schlimmer er ist als der Schwarze Mann«, flüsterte sie. »Ob der Dämon er ist, der unsere Königin hat gestohlen?«

»Schon möglich«, sagte Dana, die selbst noch unter Schock stand. »Mit Sicherheit ist er der Schatten in meiner Botschaft. Aber er steckt in einem widerlichen Menschen. Was sollen wir mit ihm machen? Er wird bald wieder zu sich kommen.«

Kaum hatte sie das gesagt, begannen Murtas Glieder zu zucken.

Bestürzt sahen sie sich an.

»Was ist mit deiner Gabe?«, fragte Dana. »Kannst du ihn in den Schlaf singen?«

»Nicht allein kann ich das!«, antwortete Ivy unglücklich. »Eine andere ich brauche dabei. Eine Wortweberin und eine Melodiemacherin müssen es sein.«

»Was ist mit mir?«, fragte Dana verzweifelt.

Murtas Lider flatterten. Sie ertrug den Gedanken an diese roten starrenden Augen nicht. Schnell nahm sie die Steine wieder in die Hand, bereit, ihm erneut eins überzubraten.

»Versuchen wir es können«, stimmte Ivy zu und biss sich auf die Unterlippe. »Du die Worte machst, denn ich die Melodie weiß.«

»Gut, dann mal los.« Dana holte tief Luft.

Sie hatte sich schon ein Lied ausgedacht – das Schlaflied, das Gabe ihr vorgesungen hatte, als sie noch klein war, und das er manchmal immer noch sang, wenn sie krank war oder einen Albtraum hatte. Die beiden hockten sich neben Murta, kamen ihm aber nicht zu nahe. Dana hielt für alle Fälle die Steine einsatzbereit. Ihre Nerven lagen blank, aber sobald sie Ivys Melodie hörte, erfüllte sie ein unerwarteter Friede. Die Klänge waren irgendwie vertraut. Dann erkannte sie die Musik von dem Wald aus weißen Säulen in der ersten Berghöhle wieder.

Dana begann zu singen.

Schlaf ein, mein Kind. Während sie sang, hörte sie die Stimme ihres Vaters im Kopf, die ihr Kraft gab. Ihr ein Gefühl der Geborgenheit schenkte. *Schließ deine schönen Augen.* Ihre Stimme hallte durch das glitzernde Gewölbe, und sie bemerkte, dass der Sand sich im Takt bewegte, tanzte. *Die Engel hoch oben schauen vom Himmel zärtlich zu dir herab.*

Murtas Augen begannen sich zu öffnen. Die schweren Lider hoben sich wie die einer dösenden Schlange. Hass flackerte durch die Schlitze. *Der alte Mond, er scheint auch heute.* Er zuckte stärker. Streckte seine langen Finger. Danas Kehle schnürte sich zusammen. *Die Sterne ...* Sie stolperte über die Worte. Immer noch summend, nahm Ivy ihre Hand. Dana nickte und fuhr mit dem Lied fort ... *zwinkern dir zu.* Der Dämon starrte sie jetzt mit offenen Augen an. Sie versuchte wegzusehen, konnte es aber nicht. Sie zitterte von Kopf bis Fuß. Sie sang einem Wesen ein Schlaflied vor, das sie umbringen wollte! *Nun ist es Zeit für dich, mein hübsches Kind, schlaf ein, schlaf ... ein ...*

Es funktionierte nicht.

Murtas Arme und Beine bewegten sich, als er langsam zu Bewusstsein kam. Er versuchte, sich aufzusetzen.

»Weitersingen du musst!«, drängte Ivy.

Dana bekam keine Luft vor Panik. Sie kannte keine anderen Wiegenlieder. Und es hatte keinen Sinn, das zu wiederholen, mit dem es nicht klappte. Sie packte die Steine fester. Dann fiel ihr Blick auf den Sand, der um sie herum schillerte wie Sonnenschein auf stillem Wasser. Bildete sie sich die geflügelten Gestalten in den Lichtpunkten nur ein? Plötzlich wurde es hell in ihrem Kopf, wie zur Antwort auf ihren Tanz.

Sie sang einen neuen Text.

Seothó, a thoil, ná goil go fóill,
Seothó, a thoil, ná goil aon deoir,
Seothó, a linhb, a chumainn's a stóir.

Still, mein Herz, kein Grund zu weinen,
Still, mein Herz, kein Grund für Tränen,
Still, mein Kind, meine Liebe, mein Schatz.

Und diesmal wirkte es.

Im Wesentlichen jedenfalls.

Murta kippte um, als hätte er einen neuen Hieb abbekommen. Doch obwohl er dalag wie tot, waren seine Augen lebendig und sprühten vor rotem Zorn.

»Der Dämon ist noch wach«, sagte Dana schaudernd.

Ivy hatte aufgehört zu summen und betrachtete Murta mit einer Mischung aus Befriedigung und Ratlosigkeit. »Der Schlafzauber alle Sterblichen und Elfen bindet. Dieser Dämon etwas anderes ist. Aber ohne den Menschen er sich nicht bewegen kann.«

Dana dachte plötzlich an Zombies und bereute es sogleich. »Wir müssen von hier weg«, sagte sie zu Ivy. *»Schnell!«*

Dreiunddreissig

»In die Schale wir springen!«, sagte Ivy.

Ehe Dana fragen konnte, was sie meinte, lief die Boggel schon zu der steinernen Untertasse, krabbelte über den Rand und verschwand darin. Dann tauchte ihr Kopf wieder auf.

»Geschwind! Komm rein!«

Dana verstand nichts, lief aber zu ihrer Freundin hin, froh darüber, dem bösen Blick des Dämons zu entkommen.

Die Untertasse war tief und geräumig und bot genug Platz für mindestens sechs Personen. Die Seiten waren glatt poliert. Dana rutschte in die Mitte, wo Ivy schon an die Wölbung gelehnt lag.

Ihre Augen waren groß vor Aufregung. »Herrlich das ist«, sagte sie und erschauerte wonnevoll. »Mögen wirst du es. Viel Spaß es macht!«

»Was denn …?«

Die Schale fing sanft zu schaukeln an, wie eine Wiege. Dana kletterte am Rand hinauf, um nachzusehen, was passierte. Das Erste, was sie sah, war der am Boden liegende Murta. Zum Glück regte er sich nicht. Der glitzernde Sand mied ihn noch immer. Als sie bemerkte, was der Sand sonst noch tat, klappte ihr der Unterkiefer herunter. Wie Wellen, die ans Ufer schlugen, schwappte er aus dem ganzen großen Gewölbe auf die Untertasse zu und sammelte sich darunter. Auf einmal verstand sie, was geschehen würde. Mit einem Japsen ließ sie den Rand der Schale los und glitt wieder zu ihrer Freundin hinunter.

»Jetzt dich festhalten tu!«, kicherte Ivy.

Schon bald hatte der Sand genug Schub, um die Schale hochzudrücken. Immer schneller flog sie empor, schoss an den glänzenden Felswänden vorbei. Die Mädchen kreischten vor Begeisterung und Angst wie Kinder auf einem Jahrmarktskarussell. Es war, als rasten sie durch eine Säule aus weißgoldenem Licht. Als der Boden meilenweit unter ihnen lag, erschien über ihnen ein heller Schein, der sich langsam ausdehnte wie ein aufgesperrter Rachen. Erschrocken fragte Dana sich, ob sie hoch in die Luft katapultiert würden! Aber die Untertasse wurde langsamer, je mehr sie sich dem Gipfel näherten, und kam schließlich in einem Krater sanft zum Stehen.

Sie hatten den Gipfel des Lugnaquillia erreicht. Hinter den Kraterwänden tobte der Sturm. Der Wind zog heulend seine Kreise. Regen prasselte. Blitze zuckten und setzten den Himmel in Brand. Donner brüllte wie ein Kriegsruf.

Aber das Wetter war ihre geringste Sorge.

Sie waren gerade aus der Untertasse hinausgeklettert und wollten zusehen, wie sie wieder hinabfiel, als sie feststellen mussten, dass sie nicht die einzigen Passagiere gewesen waren. Begeistert von der rasanten Fahrt, hatten sie nur aufwärts gestarrt und die Hände nicht bemerkt, die sich hinter ihnen am Rand festgeklammert hatten.

Da stand Murta und das Rot troff aus seinen Augen.

Dana war vor Entsetzen gelähmt und rührte sich nicht von der Stelle, als er auf sie zugetorkelt kam. Seine Füße schleiften schwer über den Boden. Seine Arme hingen schlaff herab. Der Dämon drängte den schlafenden Körper mit seiner Willenskraft vorwärts. Und es würde nicht lange dauern, bis die Wirkung des Zaubers verflog.

Dana packte Ivy, die ebenfalls erstarrt war. »*Lauf!*«, schrie sie.

Sie kletterten aus dem Krater und stolperten hinaus auf den Gipfel des Lugnaquillia.

Wo die volle Wucht des Sturms sie traf.

Er tobte gnadenlos. Harte Fäuste von Böen droschen auf sie ein. Der Regen peitschte wie eine neunschwänzige Katze. Der Boden unter ihnen schwamm vor Matsch und saugte ihre Füße an. Nur mithilfe von Danas Elfenmantel kamen sie überhaupt noch voran. Sobald sie Ivy in seine Falten zog, umschloss er sie wie eine Rüstung.

Wenigstens würde der Sturm auch den Dämon behindern. Das hoffte Dana jedenfalls. Bei einem schnellen Blick zum Krater zurück sahen sie keine Spur mehr von ihm. Unter Ivys Führung kämpften sie sich über den Gipfelgrat auf dessen südlichen Rand zu.

Der Lugnaquillia war der höchste Berg in der Wicklow-Kette und überragte die umliegende Landschaft. In seine Flanken waren fünf tiefe Mulden eingegraben. Der Gipfel bestand aus einem Hochplateau, so groß wie ein Fußballfeld.

Ivy sah sich bestürzt um. »Das unser Tanzrasen ist … wo wir Feste feiern … das die Stelle ist, wo das Feuer angezündet wird in den Mittsommernächten … wo an langen Tischen wir schlemmen unter den Sternen …«

Ein solch glückliches Szenario konnte Dana sich kaum vorstellen. Der Ort sah aus wie ein Schlachtfeld.

Sie kamen zum Rand der Mulde, die das »Südverlies« genannt wurde. Ihre Hänge fielen steil ab zu einem natürlichen Amphitheater. Auf der Westseite lag zwischen dem Lugnaquillia und dem kleineren Berg Slievemaan ein Sattel aus Hochmoor. Ivy deutete darauf. »Hörst du sie?«

Zuerst übertönte das Heulen des Windes noch alle anderen Geräusche. Dann nahm Dana einen Singsang wahr, der durch den Mahlstrom aufstieg. Hohe, liebliche Stimmen, wie ein Chor von Seraphim, sangen ein Schlaflied, das zugleich ein Klagegesang war.

Tá an croí á réabadh sa ghleann, sa ghleann,
Tá an croí á réabadh i ngleann na ndeor;
Ceo is gaoth sa ghleann, sa ghleann,
Ceo is gaoth i ngleann na ndeor.

Das Herz zerbricht im Tal, im Tal,
Das Herz zerbricht im Tal der Tränen;
Nebel und Wind im Tal, im Tal,
Nebel und Wind im Tal der Tränen.

»Die Boggelmädchen«, flüsterte Dana.

»Kannst du sie sehen?«

Dana strengte sich an, durch die Regenschleier zu spähen. Zuerst konnte sie gerade mal die Umrisse des Riesen erkennen, der mit dem Gesicht nach unten lag. Aber der Anblick schwankte. Mal sah sie Lugh, Arme und Beine ausgebreitet, einen riesigen Felsblock von der Größe eines Hügels auf dem Rücken; dann wieder blickte sie auf Muster von erodierten Bergwiesen, über denen ein Cairn, ein Steinhaufen, aufragte. Als Nächstes entdeckte sie die Findlinge: Felsbrocken, die in vergangenen Zeitaltern von den schmelzenden Gletschern hier und da zurückgelassen worden waren. Sie lagen verstreut zwischen vom Regen geformten Torfwällen. Der Riese war von den Felsen und den Wällen umzingelt. Jetzt verschwamm das Bild und Dana sah die Boggelmädchen, die Melodiemacherinnen und die Wortweberinnen. Sie hockten im Regen, unglücklich, aber standfest, und bewachten ihren König.

Der Riese bewegte sich unruhig. Unter dem Stein, der ihn niederdrückte, schlug er mit Armen und Beinen um sich. Jedes Mal, wenn er sich regte, schien der Sturm schlimmer zu werden. Dann drehte er sich unversehens mit einer einzigen gewaltigen Bewegung wie ein Wal im Meer auf den Rücken. Er war noch immer gefangen, aber Dana sah, dass seine Augen offen standen, dunkel und verstört vor Trauer.

Die Boggelfrauen weinten laut und sangen schluchzend.

Dana glaubte, dass sie vor Furcht weinten, denn sie waren schließlich in Gefahr, aber dann sah sie, dass auch Ivy weinte.

»Unser armer, lieber König. Retten können wir ihn nicht länger.«

Dana schüttelte den Kopf. Das war nicht richtig. Es war, als müssten hier Kinder für die Probleme ihrer Eltern geradestehen.

»Er ist doch der König«, sagte sie zu Ivy. »Er ist euer Vater. Er sollte sich um *euch* kümmern, nicht umgekehrt.«

Ivy antwortete nicht, sondern rief laut: »Die Jungs! Sieh nur! Unsere Jungs!«

Unter ihnen hasteten die Boggeljungen durch den Regen, über das Moor und auf den König zu. Dana war verblüfft, wie schnell sie sich bewegten. Ihre Schwimmfüße glitten über das regengetränkte Land wie auf Surfbrettern. Die gute Seite des Sturms: Er hatte sie den ganzen Weg vom Moorland hierher getrieben!

Vor ihnen her flitzte etwas pelzig Graues.

»Mrs Woodhouse!«, jubelte Dana.

Doch aus ihrem Jubelruf wurde ein Schrei, denn Murta fiel sie plötzlich von hinten an.

Der Schlafzauber wirkte nicht mehr. Der Dämon hatte ihn jetzt vollkommen in seiner Gewalt. Er riss Danas Kapuze herunter, packte sie an der Kehle und begann sie zu würgen.

Ivy sprang unter dem Umhang hervor und hängte sich an Murtas Arm. Er brüllte auf, als sie ihre scharfen Zähne in seine Haut schlug.

Die beiden Mädchen kämpften auf dem Berggipfel mit dem Dämon, während die Boggeljungen den Fels wegrollten, der Lugh niederhielt.

Jetzt erhob sich der Riese mit einem donnernden Brüllen, das das Land erzittern ließ. Und als er aufstand und seinen Kummer herausschrie und dabei Erdreich, Torf und Schlamm von sich abstreifte, riss er das übrige Moor in einer einzigen großen Eruption mit sich.

Zeitlupengleich sah Dana das Moor um sie herum aufwallen und wie bei einem Dammbruch über den Berg schießen. Lawinen aus nassem Torf stürzten die Hänge hinunter und überschwemmten alles, was ihnen in den Weg kam. Wie geöffnete Schleusentore lösten sie weitere Erdrutsche an der gesamten Bergkette aus. Straßen und Brücken wurden weggespült. Bäume fielen um. Tiere ertranken. Selbst Vögel wurden getroffen, als sie von ihrem Ast flüchten wollten. Die furchtbare Flut schürfte den Mutterboden vom Gestein und hinterließ nur rohe, nasse Wunden. Die Boggelmädchen und -jungen wurden zusammen mit Mrs Woodhouse von der braunen Sturzflut überwältigt und fortgerissen. Dana konnte weder schreien noch trauern. Sie wurde gemeinsam mit Ivy und Murta vom Gipfel hinunter in den Morast gespült.

Eingetaucht in einen trüben Traum vom Moor wusste Dana nicht, ob sie schwamm oder ertrank, mit den Armen ruderte oder dahintrieb. Die Torfschichten schwappten um sie herum mit allem, was durch die Jahrhunderte darin begraben worden war: urzeitliche Wälder und Felder; die Knochen von Riesenelchen und Auerochsen; verdrehte menschliche Leichen, knorrig wie schwarze Sumpfeichen. Keltengold, der Reichtum der Edelleute und die Beute der Diebe, wirbelte umher wie Abfall in einem Abflussrohr – juwelenbesetzte Broschen, Halsreifen, Colliers und Armbänder, Glocken und Bischofsmützen, mit kostbaren Edelsteinen verzierte Schreine. Wie die dunklen Winkel des Gedächtnisses war das Moor eine Aufbewahrungsstätte für die ältesten Erinnerungen des Landes.

Als wäre sie selbst ein im Torf konserviertes Fossil, wurde Dana in die Apokalypse des Königreichs hineingezogen. Als die Riesenhand in die braune Suppe hineingriff, um sie zu packen, kam sie gar nicht auf die Idee, sich gegen sie zu wehren. Dann wurde sie plötzlich vor den stürmischen Himmel gehoben, hoch über das gewaltige Chaos.

Aus dem Bauch heraus, David gegen Goliath, schrie sie den König an. *»Du vernichtest alles! Hör auf damit! Du musst sofort aufhören!«*

Da geschah das Seltsamste überhaupt in diesem wirren Albtraum. Die Augen des Riesen richteten sich auf Dana und im selben Moment wurde er ruhig. Ihr Anblick war offenkundig ein Schock, der ihn aus seinem Wahn riss.

Der Wind flaute ab. Der Regen hörte auf. Die Flut kam zum Stillstand.

Dana war wieder auf dem Gipfel des Lugnaquillia. Vor ihr stand ein junger Mann mit markanten Gesichtszügen und bernsteinfarbener Haut. Er hatte kaum noch Ähnlichkeit mit dem vom Stein befreiten Riesen. Er verhielt sich still, blickte sanft drein. Er wirkte nicht älter als Anfang zwanzig, aber der erlittene Kummer machte ihn strenger. Seine Kleidung war erdfarben, eine bronzefarbene Tunika und Hose, dazu ein wallender Umhang, so violett wie die Heide. Seine schwarzen Haare wurden von einem goldenen Diadem zurückgehalten.

»Wer bist du?«, fragte er sie. »Wie bist du hierhergekommen?« Er klang benommen, aber nicht irrsinnig oder zornig.

Dana versuchte, mit dem Zittern aufzuhören. Sie stand noch unter Schock, traumatisiert von all der Zerstörung und dem Tod ihrer Freunde. Ihre Stimme war zuerst kaum hörbar, aber bald gewann sie an Kraft und Lautstärke.

»W-w-wie kannst du so was tun?« Sie machte eine weit ausholende Armbewegung zu der Katastrophe ringsherum. »Wie kannst du alle anderen dafür bestrafen, dass du unglücklich bist? Die armen kleinen Boggels, die so viel für dich getan haben! Und Mrs Woodhouse und all die Tiere …« Sie schluckte ihre Tränen herunter. Sie war noch nie so wütend oder so traurig gewesen. Aber sie zwang sich, ruhig zu bleiben. »Ich habe eine Botschaft für dich vom Hochkönig des Elfenreichs. Aber ich werde sie dir nicht ausrichten, es sei denn, du machst alles rückgängig, sodass es wieder wie vorher ist. Du bist der König. Du musst das können.«

Sie rechnete damit, dass er in die Luft gehen würde. Wieder toben und wüten würde. Sie wappnete sich gegen neue Unwetter.

Der Kummer in Lughs Zügen vertiefte sich. Sein Blick war ernst. »Liegt dir mein Volk wirklich so sehr am Herzen, Menschenkind? Dann beweise mir deine Zuneigung.«

Er sprach ruhig, aber bei seinen nächsten Worten prallte Dana zurück, als hätte er sie geschlagen. »Heute ist das Fest von *Lá Lughnasa*. Der Tag, an dem ich dir einen Wunsch gewähren darf. Ich werde mein Land und mein Volk wiederherstellen … wenn du es dir von mir *wünschst*.«

Vierunddreissig

Dana wusste nicht, ob sie toben oder weinen sollte. Alles in ihr protestierte. *Das ist unfair! Total unfair!* Nach all den Tagen und Nächten in den Bergen, den Hindernissen und Schmerzen, der Angst und der Einsamkeit, dem schrecklichen Verlust ihrer geliebten Beschützerin … sollte ihr nun auch noch das genommen werden: der große Traum, der sie hatte durchhalten lassen! Die versprochene Belohnung! Nach all diesen Jahren als mutterloses Kind. Die schmerzliche Lücke in ihrem Herzen, ihrem Leben: keine Mutter, die sie von der Schule abholte; keine Mutter, die nach Parfüm duftete und ihr die Haare bürstete; keine Mutter, die sie beim Schlafengehen küsste und umarmte; die sie liebte, wie andere Mütter ihre Töchter liebten. Sie wollte das alles auch haben, besser spät als gar nicht. Sie brauchte eine Mutter während ihrer Pubertät, eine Mutter, die ihr half, erwachsen zu werden, eine Frau zu werden.

Diesen Traum sollte sie aufgeben? Diese Hoffnung auf Glück? Es war, als würde sie ihre Mutter noch einmal verlieren.

Sie konnte sich natürlich weigern. Mit gutem Grund. Der Wunsch kam ihrem Vater ebenso zugute wie ihr selbst. Er hatte schlimm unter dem Verlust seiner Frau gelitten. Das würde der König doch bestimmt verstehen, wo er doch selbst seine Frau verloren hatte? Und jetzt musste Gabe auch noch unter Danas Verschwinden leiden. Hatte er seine Belohnung nicht mehr als verdient? Verdiente er nicht ein wenig Glück?

Sie versuchte, nicht an Ivy oder Mrs Woodhouse zu denken oder an all die anderen Geschöpfe im Königreich. Lebten sie, oder waren sie tot? Was, wenn sie, Dana, ihre einzige Überlebenschance war? Das war wirklich zu viel verlangt. Sie war zu jung, um vor eine solche Wahl gestellt zu werden, ein solches Opfer bringen zu sollen.

»Ich … ich kann nicht«, murmelte sie.

Der König musterte sie schweigend. Sein Blick verurteilte nicht, war nur mitleidig.

Ein leichter Windhauch wärmte ihr Gesicht, wie der Atem eines Wildtieres. Durch die Züge des Königs schimmerte die goldäugige Wölfin hindurch.

»Stell dich an die früheste Kreuzung und frage die alten Pfade nach dem Weg zum Guten.«

Dann verwandelte sich das Bild der Wölfin in das des heiligen Kevin. Sein Blick war gütig und sanft.

»Wenn mein Herz schwach ist, führe mich zu dem Fels, der größer ist als ich.«

Dana musste der Wahrheit ins Gesicht sehen. Es stand mehr auf dem Spiel als ihre eigenen Bedürfnisse und Wünsche. Zwei Welten waren in Gefahr und so viele Leben. Wie konnte sie da an sich selbst denken?

»Ich … ich wünsche mir …« Ihre Stimme bebte und versagte. Sie schluckte einen Schluchzer herunter und ballte die Fäuste. »Ich wünsche mir, dass du alle und alles wieder heil machst, so, wie es vor der Moorüberschwemmung war.«

Kaum hatte sie das gesagt, erstrahlte das Gesicht des Königs wie Sonnenschein nach dem Sturm. Bewunderung schwang in seiner Stimme mit. »*A leanbh, a chroí,* du hast getan, was nur die besten der Sterblichen tun. Du hast dich selbst geopfert, um das Elfenreich zu retten.«

König Lugh hob die Arme. Sein Umhang blähte sich wie eine purpurne Wolke. Das goldene Diadem auf seiner Stirn blitzte. Er war wieder ein Riese, stolz und mächtig. Der König des Berges. Lugh vom Wald. Nun begann er in einer wunderschönen Sprache zu singen, die wie Musik klang und wie Vogelgezwitscher und das Rauschen der Flüsse. Er verzauberte das Land mit seinem Gesang.

Was dann geschah, war wie ein rückwärtslaufender Film. Alles, was hinfortgerissen worden war, flog wieder zurück an Ort und Stelle: Erde, Wasser, Schlamm, Fluss, Flora und Fauna, Boggel und Elf. Jeder Vogel saß wieder in seinem Baum, jeder Fisch schwamm in seinem Bach. Das Königreich von Wicklow wurde in seiner alten Pracht wiedergeboren.

Der Lugnaquillia war in sanftes Abendlicht getaucht. Die Luft roch frisch nach dem Regen. Der leichte Wind brachte den süßen Duft von trocknendem Gras mit sich. Aus den Wiesen sprossen Pilze aller Art: Hexenringe von Champignons, grauschuppige Schirmlinge, kleine, schwefelgelbe Röhrenpilze. Auf den nach Norden gewandten Felsspitzen ließ sich ein Schwarm Raben in seinen Nestern nieder, während die ersten Fledermäuse zur abendlichen Jagd hervorkamen.

Hinter dem Tal vom Glen of Imaal ging die Sonne unter. Ein rosiger Schimmer überzog den Westhang des Lugnaquillia. Eine friedliche Stille senkte sich über die Landschaft, atemlos und silbrig von den letzten Regenschauern. Lugh beschrieb einen weiten Bogen durch die Luft. Daraufhin zog sich ein großer Regenbogen über den Himmel. Dann sah er Dana mit hochgezogenen Augenbrauen an, als wolle er sagen: *Gut so?*

Noch ehe sie antworten konnte, kamen die Boggelmädchen vom Hochmoor des Slievemaan herbeigelaufen. Sie flogen auf Lugh zu wie Apfelblüten von einem Baum, sie küssten seine Hände und umfassten seine Knie.

»Nicht mehr singen müssen wir jetzt?«

»Besser geht es dir nun?«

Lugh hob sie auf seine Arme wie einen Blumenstrauß und küsste jede von ihnen ab, bis sie quiekten und kicherten.

»Jetzt müsst ihr nicht mehr auf mich aufpassen, geliebte Töchter. Ich bin wieder ich selbst. Mein tiefer Dank gilt euch, allzeit getreue Boggels. Ihr habt weit mehr für euren König getan, als man verlangen kann.«

Als er sie wieder absetzte, wollten sie gleich aufbrechen.

»Zurück nach Hause gehen wir?«

»Heim ins Moorland?«

»Zu unseren Jungs gehen wir?«

Die Boggeljungen waren fast am oberen Ende des Südverlieses angekommen, als der König die Mädchen mit einer Handbewegung zu ihnen hinscheuchte. Unter lautem Freudengeschrei, Umarmungen und Gelächter, Radschlagen und Purzelbäumen kamen sie auf dem Berghang zusammen. Dann machten sie sich alle gemeinsam auf den Weg zurück ins Moorland.

»Wo ist Ivy?«, fragte Dana stockend. »Und Mrs Woodhouse?«

Lugh blickte über die Bergkette in die Ferne. »Mrs Woodhouse ist in den Wald zurückgekehrt. Sie wird wieder zu dir kommen, wenn du sie brauchst. Was deine Freundin betrifft …« Er machte eine herbeiwinkende Geste.

In der Ferne hüpfte ein kleiner rosafarbener Punkt auf und ab. Als er heranschwebte wie Distelwolle im Wind, sah Dana, dass es Ivy war. Sie landete neben ihnen, strahlend und fröhlich in einem Kleid aus Rosenblättern.

Ivy grinste Dana kurz zu und machte dann einen Knicks vor Lugh. »Es dir gut geht, lieber König?«

»Allerdings, mein Liebes. Sei frei und sorge dich nicht mehr um mich. Ich möchte, dass du jetzt nach Hause gehst und dort glücklich lebst mit deinem Volk.«

Ivy hatte Danas Hand genommen und drückte sie nun fest. Sie war offensichtlich hin- und hergerissen.

Sanft löste Dana ihren Griff. Sie wusste, was Heimweh war, sie fühlte das Gleiche. »Geh nur, Ivy. Du warst lange genug weg. Ich hoffe nur, dass wir uns eines Tages wiedersehen.«

»Das werden wir«, versicherte ihr Ivy. Dann wandte sich das Oberhaupt der Boggels streng an Lugh. »Recht hab ich doch damit, *Ard Solas?*«

Lugh lächelte die Kleine an. »Tapferste aller Boggels, du wirst deine Freundin gewiss wiedersehen. Dein König gibt dir sein Wort darauf.«

Mehr brauchte Ivy nicht zu hören. Mit einer letzten Umarmung für Dana und einen weiteren Knicks vor Lugh lief sie davon, um die Nachzügler auf dem Weg ostwärts einzuholen.

Lugh sah zu, wie die Boggels in der Ferne verschwanden, einen schmerzlichen Ausdruck auf dem Gesicht. Dann nahm er sich zusammen und blickte Dana an. »Jetzt zu meiner Botschaft«, sagte er leise. »Alle Könige und Prinzen sehen zum Hochkönig auf, und ich bin sein Tánaiste. Was hat mir der *Ard Rí* zu sagen?«

Der Abend war kühl geworden nach dem Sonnenuntergang. Wie die Boggels sehnte auch Dana sich danach, nach Hause zu kommen. Sie war erschöpft und entmutigt. Obwohl sie ihre Mission erfüllt hatte, war ihr Traum in Scherben zerbrochen. Sie wusste, wie wichtig die Nachricht war, nur nicht für sie. Große Ereignisse standen im Elfenreich bevor, die Belange von Königen und Königinnen. Dana hatte ihre kleine Rolle gespielt. Ihr blieb nichts mehr zu tun, als die Worte zu wiederholen und mit leeren Händen nach Hause zurückzukehren.

»Ein Schatten des Zerstörers ist in das Land eingedrungen. Wo ist das Licht, das die Dunkelheit überwindet?«

Lugh runzelte die Stirn. »Schon während ich träumend dalag, spürte ich die Bedrohung. Das war es, was mich beunruhigt und den Zauber untergraben hat.« Er blickte in die Ferne. »Es versteckt sich furchtsam vor mir, jetzt, da ich zu voller Stärke erwacht bin. Ich muss es aufspüren.«

Dana hörte ihm nicht zu. Sie überlegte, ob der König sie nach Hause bringen würde oder ob sie allein durch die Berge zurückwandern musste. Sie wünschte, sie hätte Ivy gebeten, auf sie zu warten. Sie hätte mit den Boggels gehen können. Das Sally Gap lag viel näher an Bray. Ihr wurde ganz schwach bei dem Gedanken an den langen Marsch nach Hause. Und was sollte sie Gabe sagen, wenn sie endlich dort ankam? Nach alledem, was sie beide durchgemacht hatten, hatte sie nun nichts vorzuweisen. Sie würden nach Kanada ziehen, und damit wäre jede Chance dahin, ihre Mutter wiederzufinden. Ein Kloß bildete sich in ihrer Kehle. Sie konnte kaum schlucken. Obwohl sie fest entschlossen war, nicht vor dem König zu weinen, entschlüpfte ihr ein Schniefen.

Lugh riss sich aus seinen Gedanken und nahm sie wieder wahr. »Stimmt etwas nicht, Kind?«, fragte er freundlich.

»Es ist nur … ich habe nicht … ich wollte …« Die Tränen kamen nun doch und sie konnte sie nicht zurückhalten.

Belustigung funkelte in seinen Augen, aber auch Mitgefühl. »Alles, was du verloren hast, ist ein freier Wunsch, mein Herz. Das heißt nicht, dass ich dir nicht geben kann, was du begehrst.«

Fünfunddreissig

Der König machte eine knappe Geste und die gesamte Umgebung veränderte sich.

Dana stand noch immer auf dem Gipfel des Lugnaquillia, aber offenbar nicht in derselben Zeit oder Dimension. Gepflegte Rasenflächen umgaben sie, die von Blumenbeeten eingerahmt und mit Springbrunnen und weißen Statuen geschmückt waren. Den vornehmen Park überragte ein Glaspalast, dessen Türmchen und Zinnen im Abendrot glühten. Lugh führte sie zu einem goldenen Portal und in eine große Halle. Darüber spannte sich ein Dach aus durchscheinendem Bernstein, der so fein war, dass er ein honigfarbenes Licht schuf. Durch ihn hindurch waren die Silhouetten fliegender Vögel zu erkennen. In der Halle war eine glanzvolle Gesellschaft versammelt, der Elfenadel des Bergkönigreichs.

Vorsichtig musterten die Edelleute ihren König.

»Bleib an meiner Seite«, murmelte er Dana zu. »Kein Leid wird dir geschehen; aber sage nichts über die wundersamen Dinge um dich herum, sonst zerstörst du den Zauber, durch den du hier bist.«

Einer der Männer des Königs trat vor. Es war ein schlanker, silberhaariger Jüngling, der mit einem Umhang aus grünen Blättern bekleidet war und eine kleine goldene Harfe über der Schulter trug. »Sei gegrüßt, Lugh vom Berg, Lugh vom Wald. Glücklos und hilf-

los haben wir deiner geharrt. Bist du zu deinem Volk zurückgekehrt, oh König?«

Lugh lächelte seinen Harfenisten und seine Höflinge an, allesamt Elfen und Unsterbliche mit traurigen und frohen Augen.

»Ich hörte euch weinen, während ich im Schlummer lag, hörte eure Herzen mit meinem brechen. Liebe Gefährten, ich bin wahrhaft wieder gesundet.«

Jubel brach im Saal aus, ein lärmendes Willkommen für den zurückgekehrten König. Ein langer Bankettisch erschien, beladen mit einem fabelhaften Festmahl.

Als die prunkvolle Gesellschaft Platz nahm, bot Lugh Dana seinen Arm.

»Aber ich bin nicht richtig angezogen für …«

Im Handumdrehen waren ihre schmutzigen Sachen verwandelt. Auf einmal trug sie ein Gewand aus blauer, mit Perlen besetzter Seide und ein elfenbeinfarbenes Cape um die Schultern. Ihre dunklen Haare waren mit einem edelsteinbesetzten Kamm hochgesteckt. Diamanten funkelten an ihren Ohren und an ihrem Hals. Obwohl sie nicht viel für Mode übrighatte, wiegte sich Dana entzückt in ihrem Kleid. Es war ebenso bequem wie schön und hatte sogar Taschen. Sie nahm den Arm des Königs.

Zwei reich verzierte Stühle standen an den beiden Enden des langen Tischs. Dana war überrascht, als Lugh sie zu dem einen führte, während er selbst auf dem anderen Platz nahm. Die Edelleute des Hofes wirkten ebenfalls verwundert und musterten sie neugierig; aber das Rätsel ihrer Anwesenheit blieb ungelöst.

Dana betrachtete ausgehungert die Speisen. Es schien eine Ewigkeit her zu sein, seit sie das letzte Mal etwas gegessen hatte, im Wald von Derrybawn bei Mrs Woodhouse. Alles sah köstlich aus. Da waren Terrinen voll Kräutersuppe, runde Laiber von geräuchertem Käse, Pilze aller Arten, Artischockensoufflés und

Pastinakenpasteten, Babykartoffeln mit gehackter Minze und mit Zitrone und Butter zubereitetes Gemüse. Sie beäugte bereits die Desserts. Da sie unter Erwachsenen war, würde sie wohl bis zum Ende des Mahls darauf warten müssen. Dann aber bemerkte sie, dass viele der Herrschaften zuerst von den Süßigkeiten kosteten und sich über die Silberschalen mit gezuckerten Veilchen hermachten, über das Ingwersorbet und das Aprikosenmousse, die Hügel von Schokoladencreme und den Turm eines gigantischen Haselnusskuchens. Zum Herunterspülen gab es gläserne Kelche mit Holunderbeer- und Rosenblütenwein, außerdem Blaubeerbier und Brandy.

Die Höflinge plauderten angeregt miteinander, aber Dana aß, ohne zu sprechen. Alles schmeckte himmlisch. Es zerging auf der Zunge und verursachte Geschmacksexplosionen. Dennoch hatte sie die ganze Zeit ein überaus seltsames Gefühl. Nichts war, wie es schien. *Sie war sich deutlich der unsichtbaren Fäden bewusst, die diese zerbrechliche Welt zusammenhielten. Elfenzauber. Und irgendwie spürte sie, dass auch nur ein einziges falsches Wort oder eine gedankenlose Bemerkung das zarte Gewebe zerreißen könnte.*

Trotz ihrer Vorsicht zerfaserte es trotzdem von Zeit zu Zeit. Sie wollte gerade in einen Pfirsich mit Schokoladenüberzug beißen, als sie auf einmal eine große Waldbeere in der Hand hielt. Sie blinzelte. Der Pfirsich war wieder da. Manchmal wurden die Spitzenschals und Diamanten der Damen zu taubenetzten Spinnweben. Die seltsamste Verwirrung kam von den wechselnden Größenverhältnissen. In einem Augenblick fühlte sie sich wie eine Riesin, die auf dem Götterberg mit Titanen speiste, und im nächsten saß sie mit anderen Winzlingen bei Tisch in einem gemütlichen Kaninchenloch!

Aber nicht nur die Launen der Elfenwirklichkeit machten Dana zu schaffen. Die Frage, ob sie deren Speisen zu sich nehmen sollte, tauchte wieder auf. Würde sie jetzt für immer hier gefangen sein oder nicht? Das war eine der Fragen, die sie dem König stellen wollte; neben der, wie sie ihre Mutter finden konnte, was natürlich die wichtigste war. Zwar hatte sie ihren freien Wunsch verbraucht, doch Lugh hatte angedeutet, dass er ihr helfen würde. Sie wartete auf den richtigen Augenblick, um ihn daran zu erinnern, aber die Situation war nicht ideal.

Sie hatte gleich gemerkt, dass mit dem König und seinem Hof nicht alles zum Besten stand. Die gespannte Atmosphäre im Saal war unverkennbar. Sie zog sich wie ein dunkler Strom durch all die Höflichkeiten. Verstohlene Blicke wurden sowohl auf sie als auch auf Lugh geworfen. Die Adligen schienen auf glühenden Kohlen zu sitzen und den Atem anzuhalten. Wovor hatten sie Angst? Was konnte denn schon geschehen? Der König selbst benahm sich schweigsam und grüblerisch. Er aß nicht, sondern hatte den Kopf auf die Hand gestützt und saß nachdenklich und geistesabwesend da. Ab und zu stieß er einen Seufzer aus.

Dana war selbst ein bisschen auf der Hut vor ihm. Die Erinnerung an den tobenden Riesen war noch frisch. Die Zerstörung, die er über das Land gebracht hatte. Den Wahnsinn in seinen Augen. Sie war nervös und voller Respekt in seiner Nähe.

Als das Festmahl vorüber war, wedelte der König lässig mit der Hand und die Tafel verschwand. Jetzt fand Dana sich auf einem Podest an der Stirnseite der großen Halle wieder. Der Saal war plötzlich überfüllt, nicht nur von der höfischen Gesellschaft, sondern mit zahllosen Wesen – Vögeln und Tieren und anderen Bewohnern des Bergkönigreichs. Überrascht darüber, dass sie zu Lughs Rechten thronte, konnte Dana den vielen Blicken, die auf sie gerichtet waren, nicht standhalten. Was ging hier vor?

Ein Trompetenstoß erscholl. Der Harfenist trat vor. »Heute ist das Fest von Lá Lughnasa. *Lugh vom Berg, Lugh vom Wald ist zu seinem Volk zurückgekehrt. Lasst alle, die möchten, vor ihn treten und ihren Wunsch vortragen!«*

Die Ersten kamen schüchtern herbei, einer nach dem anderen, und äußerten ihre Bitten mit leiser Stimme: ein größerer Bau im Windschatten des Berges, ein verlorenes Geschenk wiederzufinden, ein Verlöbnis, dem der König seinen Segen geben sollte. Als Lugh auf jeden Bittsteller höflich und großzügig einging, wurden sie allmählich zuversichtlicher. Er war tatsächlich ihr geliebter König! Er war zu ihnen zurückgekehrt!

Eine hochgewachsene Dame schritt in den Saal. Sie hatte smaragdfarbene Haut und ihr Haar war dunkelbraun wie Borke. Ihr Kleid bestand aus Eichenlaub, ihre Krone aus roten Stechpalmenzweigen. Ein Raunen ging durch die Menge. Muinchillí Glasa. *Greensleeves. Die Dame in Grün.*

»Ich bin gekommen, um für das Glen of the Downs zu sprechen«, sagte sie laut. Ihre Stimme war so melodisch wie ein gurgelnder Bach. »Wirst du die Menschen daran hindern, die Bäume zu morden?«

Da fiel Dana wieder ein, dass heute der Tag war, an dem in der Schlucht mit dem Fällen begonnen werden sollte.

»Die Stürme haben das Gemetzel verzögert«, fuhr Greensleeves fort, »aber morgen werden sie gewiss beginnen. Wirst du ihnen Einhalt gebieten?«

Der König sah sie traurig an. »Ich werde jenen von euch Hilfe gewähren, die sich aus dem Wald zurückziehen müssen, aber ich kann die Bäume nicht retten. Du weißt, wie es ist, Muinchillí Glasa. Nur die Menschheit selbst kann menschliches Böses bekämpfen. Es steht uns in beiden Welten nicht zu. Wenn ihre Rasse es nicht vermag, ihrer eigenen Finsternis entgegenzutreten, müssen wir vom Elfenreich uns davor zurückziehen.«

Lugh warf Dana einen kurzen Blick zu. Sie rutschte unbehag-

lich auf ihrem Stuhl herum. Meinte er sie damit? Sollte sie etwas Bestimmtes tun?

Greensleeves neigte den Kopf zum Zeichen, dass sie seine Entscheidung anerkannte. Langsam und kummervoll zog sie sich zurück, und die Anwesenden raunten mitfühlend.

Viele weitere Bittsteller kamen und gingen. Der König verfuhr mit jedem Einzelnen von ihnen wie der weise Salomon. Die letzte Vorsprechende rief die größte Unruhe hervor, denn sie war genauso schön wie beängstigend. Mit Schaudern erinnerte Dana sich an die Begegnung mit ihr in den Bergen: Es war die große dunkelhaarige Frau, der riesige Rabe.

Sie war über zwei Meter groß, aufrecht und schlank wie ein Speer, mit ebenholzschwarzer Haut und markanten Gesichtszügen. Gekleidet war sie ganz in Schwarz, in ein Lederwams, enge Hosen und kniehohe Stiefel sowie einen gefiederten Umhang, der wie Flügel hinter ihr herflatterte. Ihr Benehmen war stolz und distanziert.

»Ich bin Aróc. Kapitän der Fir-Fia-Caw.« Ihre Stimme klang harsch und kehlig. »Eine Zusage erbitte ich. Raarks. *Traurig ist unsere Geschichte im Westen. Viel Schmerz und Verlust. Wir suchen nach einem neuen Leben.«*

Lugh hörte sie ernst an und nickte, als sie fertig war. »Ich gewähre euch das Felsmassiv von Cloghernagh«, verkündete er. »Dort könnt ihr nach Belieben bauen und nisten. Tá failte roimhe do cine anseo.«

Kapitän Aróc verneigte sich, doch ehe sie sich abwenden konnte, bedeutete Lugh ihr, noch einen Moment zu bleiben.

»Befriedige meine Neugier«, sagte er. »Die Grenzsteine entlang meiner Grenzen haben bis zum heutigen Tag das gesamte übrige Elfenreich ferngehalten. Doch man hat mir berichtet, dass ihr schon seit einer Weile hier seid und das Gelände erkundet.«

In Arócs Achselzucken lag eine Spur von Geringschätzigkeit. Ihr Ton war kühl. »Keine Grenzen … Raarks … in den Weiten des Himmels.«

»Und wenn es doch welche gäbe?«, hakte der König nach. »Würdest du sie respektieren?«

Sie funkelte ihn an. Schwarz waren ihre Augen, schimmernd wie Obsidian und goldgerändert. »Raark!«, stieß sie mit dem grimmigen Stolz ihrer Art hervor. »Fir-Fia-Caw fliegen, wohin sie wollen!«

Zusammen mit dem ganzen Hof hielt Dana den Atem an und wartete auf den Wutausbruch des Königs. Würde er die Erlaubnis zurücknehmen?

Doch Lughs Gesicht strahlte vor Wärme. Für einen Augenblick streifte er die Bürde des Regierens ab und lachte wie ein sorgloser junger Mann. »Ihr werdet euch im Bergkönigreich wohlfühlen, mein Kapitän. Denn auch wir sind ein einsames Volk, das nach seinen eigenen Gesetzen lebt. Niemand hat dem anderen zu sagen, was er oder sie tun darf. Weil du offen die Wahrheit gesprochen hast, stelle ich euch auch noch Corrigasleggan zur Verfügung. Die Fir-Fia-Caw sollen dort Zuflucht finden, solange die Berge stehen.«

Ein Beben durchlief Aróc, der einzige Hinweis darauf, dass sie auf so etwas nicht gefasst gewesen war. Im nächsten Moment griff sie unter ihrem Umhang hinter sich und zog mit silbrigem Aufblitzen zwei Krummsäbel hervor. Dann kniete sie vor dem König nieder und legte ihm die Säbel zu Füßen. »Meine Treue bis zum Tod, Lehensfürst.«

Angesichts Arócs Mut und der Reaktion des Königs beschloss Dana, auch endlich etwas zu sagen. Jetzt oder nie: Sie würde ihn bitten, ihr bei der Suche nach ihrer Mutter zu helfen. Also holte sie tief Luft und wollte aufstehen.

Doch ehe es dazu kam, schlug der König mit solcher Wucht auf die Armlehnen seines Throns, dass es wie ein Gewehrschuss durch *den Saal hallte. »Die Wahrheit! Das ist alles, was uns bleibt, wenn die Finsternis sich herabsenkt. Mein Harfenist wird mich mit Musik begleiten und ich werde sie euch erzählen!«*

Ein unbehagliches Gefühl machte sich in der Versammlung breit. Augenbrauen wurden hochgezogen. Besorgte Blicke getauscht.

»Was wirst du uns erzählen, Mylord?«, rief der Harfenist.

Alle schnappten entsetzt nach Luft, als sie die Antwort des Königs vernahmen: »Die Geschichte meines Unglücks.«

Sechsunddreissig

Es geschah im Frühsommer, als die Weißdornzweige mit bräutlichen Blüten beladen waren und die Sonne den letzten Schnee im Windschatten der Berge geschmolzen hatte. An jenem milden hellen Morgen machte die Elfenkönigin von Wicklow mit ihren Hofdamen einen Maiausflug. Ostwärts wanderten sie, in die aufgehende Sonne hinein, spazierten leichtfüßig über rostfarbenes Moor, in laubgrüne Täler hinunter und über grasweiche Hügel. Das Königreich war ein einziger Garten: Wunderschön waren seine Bäume und Blumen, seine Seen und Flüsse, süß der Gesang der Vögel auf dem Ast und in der klaren Luft.

Als sie den zuckerbestäubten Gipfel des Little Giltspur erreichten, von dem man auf das blaue Meer blickt, suchten die Damen der Königin ein geschütztes Plätzchen für ihr Picknick. Sie bauten eine Laube mit den Maiblumen, die sie unterwegs gesammelt hatten. Auf ein weißes Leinentuch stellten sie Mohnkuchen, von denen der Honig troff, und Kristallgläser mit kühlem Holunderwein. Dann riefen sie ihre Herrin herbei.

Die Königin lachte nur und scheuchte sie weg, als sie den Hang hinunterlief. Denn sie jagte zwei Schmetterlingen hinterher, einem Bläuling und einem Hochmoorgelbling. Schon bald hatte sie ihre Hofdamen hinter sich gelassen, während sie südwärts hinter ihrer

Beute herflog. Nach einer Weile kam sie zu einem alten Wald auf einem Hügelkamm. Unter ihr fiel der Hang steil in ein dicht mit Eichen und Eschen bewachsenes Tal ab. Ein schmaler Wasserlauf lief dort hindurch und gleich daneben ein graues Straßenband.

Die Elfenkönigin sah die Straße nicht, auf der die Sterblichen mit ihren lärmenden Fahrzeugen fuhren. Da sie kein Interesse an der anderen Welt hatte, hatte sie deren Bewohnern nie Beachtung geschenkt; denn sie lebte zwischen den Schichten ihrer Zeit und hinter dem Schleier, den sie nur selten durchdrangen.

Sie entdeckte den kleinen Bläuling, der sich in einer Stechpalme versteckt hatte, und rief ihm zu, dass sie gewonnen hatte. Als er davonflog, machte sie Jagd auf den Gelbling. Dann hörte sie die Musik. Sie kam auf sie zugeschwebt, hohe, helle Töne, leicht und auf und ab flatternd – wie der Schmetterling, hinter dem sie her war. Den Kopf zur Seite geneigt, die Augen geschlossen, lauschte sie. Die Melodie unterschied sich von allem, was sie je gehört hatte, war kraftvoll und betörend. Sie folgte ihr und bewegte sich leichtfüßig durch die Bäume hangabwärts, unwiderstehlich angezogen.

Als sie auf halber Höhe des bewaldeten Berghangs zu einer Lichtung kam, versteckte sich die Königin hinter einem Brombeerstrauch. Dunkelviolette Beeren hingen ihr wie Edelsteine an den Ohren und um den Hals. Sie lugte durch das Gestrüpp und betrachtete den jungen Mann, der auf der Lichtung stand.

Er war dunkelhaarig und hatte lange Locken, die sich um seine schmalen Züge ringelten. Seine Augen waren haselnussbraun, seine Haut leicht gebräunt. Er wiegte seinen schlanken Körper, während er in sich selbst versunken musizierte, die roten Lippen auf eine silberne Flöte gepresst. Er brachte den Bäumen ein Ständchen und tauchte tief in den dunklen Grund der Töne ein, ehe er wieder mit tremolierendem Trillern aufstieg.

Die Königin war verzaubert von dem, was sie hörte und sah. Die Königin war verzaubert von der Musik und dem Mann.

Sie begann zu singen.

Zuerst konnte er sie nicht hören. Die süßen Töne, die wie Sirenengesang aus ihrer Kehle kamen, waren so leise, dass sein Ohr sie kaum wahrnahm. Doch seine Seele sprach darauf an, als würde jemand auf ihr spielen, und er versuchte, diesen geheimen Klang in seiner Musik wiederzugeben. Erst nach einer Weile begriff er, dass die Inspiration von außerhalb kam und nicht aus seinem Innern.

Er hörte auf zu spielen.

Sie sang weiter, während er gebannt lauschte und schaute und sie schließlich entdeckte.

Hinter einem belaubten Ast sah er ein bleiches, wunderschönes Gesicht mit Augen wie Sternen. Das Herz zog sich ihm zusammen. Eine seltsame Trägheit kroch durch seine Glieder. Er spürte, wie sein Blut langsamer floss, als müsste er sterben; doch wenn das der Tod war, war er die reinste Wonne, und er hieß ihn freudig willkommen, ergab sich seinem Ende. Sie hörte auf zu singen, als sie sah, dass er sie entdeckt hatte. Wie ein Vogel, aufgeschreckt auf seinem Zweig, ergriff sie die Flucht.

Voller Sehnsucht rief er ihr nach.

Jetzt war sie doppelt gefangen.

Eine schwache Regung ließ die Luft erzittern, wie ein Schleier, der beiseitegezogen wurde, als sie aus dem Schatten ins Sonnenlicht trat. Sie trug ein Gewand aus perlenblasser Seide, das über den Boden schleifte. Weiße Blüten krönten ihr rotblondes Haar, das wie Feuer leuchtete.

Entzückt von ihrem Anblick, verscheuchte er den Anflug von Furcht, der in ihm aufkam.

Sie sahen sich lange an, die Elfe und der Sterbliche. Beide waren sich nicht sicher, mit wem sie es zu tun hatten. Beide waren umfangen vom Rätsel des Seins.

Er versuchte, seine Sprache wiederzufinden. »Hallo.«

Sie begrüßte ihn in ihrer Muttersprache, dem luftigen Idiom des Himmels.

Perplex starrten sie sich an.

»Hast du Hallo gesagt?«, fragten sie gleichzeitig.

»Was?«

»Wie bitte?«

Frustriertes Stirnrunzeln.

»Woher kommst du?«, versuchte er es erneut. »Was für eine Sprache ist das?«

Mit einem aufscheinenden Lächeln berührte sie ihn an der Stirn. Eine sanfte Liebkosung.

Er erschauerte.

»So«, sagte sie auf Englisch. »Ist das besser?«

»Wie hast du das gemacht?!«

Wieder ihr betörendes Lächeln. Er konnte nicht mehr klar denken.

»Nun, da ich weiß, was du bist«, fuhr sie fort, »kann ich mit dir sprechen. Doch das ist nicht die ursprüngliche Sprache dieses Landes, die mein Volk ebenfalls spricht. Stammst du nicht aus Irland?«

»Taimse a foghlaim gaeilge, *wenn du das meinst«, erwiderte er. »Ich hoffe, besser Irisch zu lernen, solange ich hier bin. Ich bin Kanadier. Aber irischer Abstammung. Ich bin für ein Jahr hier, um*

Lieder zu sammeln und mit einheimischen Musikern zu spielen. Ich bin Komponist.«

»Gabha an cheoil.« *Sie klatschte in die Hände. »Ja, das habe ich deiner Kunst angehört. Du verarbeitest reinen Klang zu Musik.* Ceol n'éan agus ceol an tsrutháin. *Die Musik der Vögel und die Musik des Wildbachs.«*

»Ein Töneschmied?« Er wiederholte den Titel, den sie ihm gegeben hatte, auf Englisch. »Was für eine tolle Bezeichnung.« Ihre Worte faszinierten ihn, denn sie vereinten sein Denken und sein Fühlen. »Und du hast richtig erkannt, was mich bewegt! Ich übe im Wald, um die schlafende Muse zu wecken. Ich hätte mir nie träumen lassen, dass du wirklich auftauchen würdest, in Fleisch und Blut!«

»An leannán sí faoi shuan? *So nennst du mich? Die schlafende Muse?« Geschmeichelt warf sie den Kopf in den Nacken und lachte fröhlich.*

Der Klang ihres Lachens schoss durch ihn hindurch wie Quecksilber und entflammte seine Seele. Er wollte dieses Lachen wieder hören, obwohl er wusste, dass er dann für immer verloren wäre.

Mit den Fingerspitzen strich er über die weißen Blüten in ihrem Haar. »Bringt es nicht Unglück, im Mai Weißdorn zu pflücken?«, fragte er. »Ich habe gehört, das seien die Blüten der Elfenkönigin, die jeden bestraft, der sie anfasst.«

Wieder dieses Lachen.

Sie setzten sich zusammen auf einen umgefallenen Baumstamm. Er spielte ihr ein paar von seinen Kompositionen vor. Sie sang dazu. Er passte seine Melodien ihren anderen Rhythmen an, sodass neue Lieder entstanden, Lieder, die zugleich menschlich und elfisch waren. Lieder, die mit dem Garn einer neuen Liebe gewoben waren.

Phóg mé ar ais is phóg mé arís tú
Gheill mo chroí don leannán síofrúil,
Is thug mé cúl do gach aon dílseacht
Nuair a phóg mé do bhéal.

Ich küsste und küsste dich wieder,
Ergab mich dem Elfenzauber,
Ließ alle früheren Lieben zurück,
Als ich deinen Mund küsste.

Er erkannte die unsagbare Wahrheit, die in seinem Herzen sprach. »Komm mit mir«, sagte er. »Sei meine Liebste.«

Sie war bereits in die Irre gegangen; doch etwas in ihr erinnerte sich, als sie einen letzten Widerstand versuchte. »Das Leben deiner Art ist nur ein flüchtiger Moment, ein Floß auf dem Meer, das kein Kielwasser hinter sich herzieht, eine Tagesreise durch ein schläfriges Land, ein sich auflösender Nebel, ein fallendes Blütenblatt ...«

Aber ihre Worte zerstreuten sich, als er sie auf den Mund küsste. Und sie ergab sich dem Zauber.

An jenem Tag verließ sie das Glen of the Downs, Hand in Hand mit ihrem sterblichen Geliebten.

Er kehrte nicht in seine Heimat zurück.

Sie kehrte nicht in ihre zurück.

Siebenunddreissig

Als die letzten Harfenklänge durch den Saal schwebten, endete der König mit einem klagenden Schlussgesang.

Was ist Liebe?
Sie ist eine Prüfung ohne Grenzen,
Ein Sprung über den Tod hinweg,
Von ewiger Dauer.
Sie ist Ertrinken ohne Wasser,
Trauer in den Tapferen,
Ein Messer im Rücken.
Sie ist die vier Himmelsrichtungen,
Ein Kampf mit dem Schreckgespenst,
Eine Heldentat in der Niederlage.
Sie ist das Werben eines Echos,
Das Werben eines Echos
In alle Ewigkeit.
Derart ist meine Liebe, meine Leidenschaft,
Meine Hingabe an sie, die mein Leben ist,
Meine Gemahlin.

Dana konnte den König kaum ansehen. Sie hatte eine tragische Erzählung über eine von einem Dämon geraubte Königin erwartet. Bestimmt nicht das. Wie eine eisige Welle hatte es sie getroffen: die Erkenntnis, wer der junge Musiker war. Und mit großer Zuneigung und großem Schmerz hatte sie der Geschichte über die Begegnung ihrer Eltern gelauscht.

Und mit großer Zuneigung und großem Schmerz betrachtete der Bergkönig sie jetzt. Voller Zuneigung, weil sie die Tochter seiner geliebten Königin war und ihr ähnlich sah. Voller Schmerz, weil Danas Geburt das Verhängnis seines Verlustes besiegelt hatte.

»Nun hast du die Geschichte gehört, die man künftig im Elfenreich als Die Umwerbung der Edane Lasair durch ihren sterblichen Geliebten *kennen wird.«*

Dana zuckte zusammen, als sie den Namen ihrer Mutter mit so viel Verehrung und Kummer ausgesprochen hörte.

Lughs Augen verdunkelten sich. Die Trauer hallte in seiner Stimme wider. »Ich habe alle Himmel und alle Welten nach meiner Königin abgesucht, weil ich glaubte, sie hätte sich vielleicht verirrt. Doch im Grunde meines Herzens wusste ich, dass etwas Furchtbares geschehen war. Der Tod des Winters lag in der Luft. Und obwohl ich in Nah und Fern nach ihr suchte, war sie nicht zu finden. Welcher dunkle Fürst hatte sie entführt? Welcher Dämon hielt sie in seiner Höhle fest?

Ich kam nicht auf die Idee, im Reich der Sterblichen nach ihr zu suchen, da sie nie ein Interesse an den Menschen gezeigt hatte. Sie waren zu nah, um von Belang zu sein, und zu fern der Helligkeit ihres Seins. Dann kam eines Tages ein gelber Schmetterling zu mir, und noch ehe er sein kurzes Leben aushauchte, berichtete er mir, dass er meine Königin zuletzt im Glen of the Downs gesehen hatte. Ich eilte dorthin, um nach einem Hinweis auf ihr Schicksal zu suchen. Zu meinem Glück und dann zu meiner Bestürzung fand ich sie endlich; meiner Bestürzung, weil sie menschliche Gestalt angenommen, ihre wahre Natur vergessen und einen Sterblichen geheiratet hatte.

Fassungslos und voller Zorn stellte ich die beiden zur Rede. Ich würde diesen Mann niederstrecken und meine Gemahlin zurückholen. Doch obwohl ich als ihr rechtmäßiger Ehemann vor ihr stand, erkannte sie mich nicht. Da zog ich aus ihren Köpfen die Geschichte ihrer Vereinigung, und ich verstand, dass sie einem Liebeszauber erlegen waren. Obendrein – und das, wusste ich, besiegelte mein Schicksal – erwarteten sie ein Kind.

Ich kann kaum die Verzweiflung beschreiben, die tobende Eifersucht und die vollkommene Ohnmacht, die ich durchlitt. Dass sie zu einem anderen gegangen war, durchbohrte mein Herz wie ein Schwert. Meine Trauer und Untröstlichkeit kannten kein Ende. Ich war ein gebrochener Mann.«

Die Geschichte war so traurig, dass Dana zusammen mit dem König weinte, dem ihr Vater die Frau geraubt hatte. Sie begriff, dass niemanden eine Schuld traf und dass alle gelitten hatten.

Gleichzeitig mischten sich auch ein paar frohe Gefühle unter ihren Kummer. Aufgeregt erkannte sie, dass ihre Mutter eine Elfenkönigin war und sie selbst folglich eine Elfenprinzessin! Aber ihre erste und vorherrschende Empfindung war Erleichterung. Endlich wusste sie mit Bestimmtheit, dass sie keine Schuld traf. Es war nicht ihre Geburt oder ein Charakterfehler oder eine schlimme Tat gewesen, die ihre Mutter fortgetrieben und ihrem Vater das Herz gebrochen hatte.

»Sie muss sich erinnert haben«, sagte Dana leise. »Deshalb ist sie fortgegangen. Sie muss sich erinnert haben.«

Während der Tochter der Elfenkönigin die Wahrheit dämmerte, stellte sich eine Frage mehr denn je.

Wo war sie?

Später in der Nacht lag Dana in ihrem Schlafgemach im Palast auf dem Lugnaquillia. Es war ein Damenzimmer, drapiert mit feinen Wandteppichen, die Einhörner in üppigen Gärten zeigten und geflügelte Pferde in den Wolken. Das Himmelbett war mit luftigen Bahnen aus weißer perlenbestickter Spitze umhüllt. Ein Feuer brannte in dem Kamin unter dem Marmorsims. Im Bett liegend blickte Dana zu der gläsernen Decke empor, durch die man hinaus in die Nacht sah. Eine Sternschnuppe fiel vom Himmel! Und dann noch eine! Sie konnte die erschlagende Wahrheit, die ihr ganzes Sein durchströmte, kaum fassen. Ihre Mutter kam von diesen Sternen und sie ebenfalls! Sie war zur Hälfte eine Elfe!

Sie hob ihre Hand, bleich im fahlen Licht. Dann konzentrierte sie sich und versuchte zu zaubern. Etwas Einfaches: eine Tasse Kakao.

Nichts geschah.

»Es ist tief in dir vergraben«, hatte Lugh ihr erklärt. »Wie ein versteckter Schatz. Du musst danach forschen.«

Sie hatten über vieles gesprochen, als sie in der Abenddämmerung durch seinen Park geschlendert waren. Die Blumenbeete hatten im Zwielicht geleuchtet und einen süßen Duft verströmt. Die Springbrunnen hatten munter geplätschert.

»Ich hatte angenommen, du wüsstest, wer du bist«, sagte er, »weil du ohne Bedenken unsere Speisen gegessen hast. Wegen des silbernen Bluts in deinen Adern hat ihr Zauber kaum Macht über dich.«

Dana grinste verlegen. »Ich habe davon gegessen, weil ich großen Hunger hatte. Und es sah alles so köstlich aus. Ich habe mir einfach gesagt, dass ich mir darüber später Gedanken machen kann.«

Das brachte ihn zum Lachen.

Die größte Offenbarung aber betraf ihre Mission.

»Weißt du es noch nicht? Die Botschaft ist ebenso an dich wie an mich gerichtet, denn sie fragt nach deiner Mutter.«

Wo ist das Licht, das die Dunkelheit überwindet?

Da begann Danas Herz so schnell zu schlagen, dass sie beinahe ohnmächtig wurde. Es erstaunte sie, wie alles miteinander verknüpft war. Dass ihr Auftrag, die Botschaft und ihr Wunsch, ihre Mutter zu finden, praktisch ein und dasselbe waren! »Weißt du, wo sie ist?«, flüsterte sie.

Der Blick des Königs trübte sich. »Ich habe den ganzen Tag danach getrachtet, die Spinnweben aus meinem Kopf zu entfernen. Zu viel wurde durch den Schlafzauber verhüllt. Es gab Zeiten, als ich träumend dalag, da ich die Qual meiner Geliebten teilte; doch immer, wenn ich mich anstrengte zu erwachen, um ihr zu helfen, band mich der Zauber nur umso fester. Nach dem zu schließen, an was ich mich erinnere, ist sie eine Gefangene in Dún Scáith, *der Festung der Finsternis. Wie es dazu kam, weiß ich nicht, denn es kann nur geschehen sein, als ich im Schlaf gefesselt lag.«*

»Der Dämon!«, rief Dana plötzlich. »Der heilige Kevin hat mir erzählt, der Dämon sei schon früher hier gewesen. Und hätte Dinge getan, die Teil eines größeren Planes sind!«

Lugh zog eine gequälte Grimasse. »Ihr Licht ist eine große Waffe gegen die Finsternis. Trotzdem muss er sie entführt haben.«

Dana ängstigte sich genauso. »Wir müssen sie retten!«

Lugh legte Dana beschwichtigend eine Hand auf die Schulter. »Zuerst muss ich den Dämon töten. Das ist meine Pflicht. Er ist gefunden worden; er lauert in Menschengestalt im Glen of the Downs. Ich hatte ohnehin die Absicht, in dieser Nacht auszuziehen, um das Königreich von ihm zu befreien. Jetzt tue ich es überdies für meine Königin. Dann werde ich sie holen.«

»Du jagst den Dämon«, sagte Dana grimmig. »Und ich suche meine Mutter! Sag mir, wie ich nach Dún Scáith *komme!«*

Sie merkte, dass Lugh einverstanden war, obwohl sein Gesicht widerstreitende Gefühle ausdrückte. »Vielleicht soll es so sein«, meinte er widerstrebend. »Es war schließlich von Anfang an dein Auftrag.« Er rang weiter mit sich, bis er einen Entschluss gefasst hatte. »Gut, so sei es. Aber du darfst nicht aufbrechen, ehe der Dämon besiegt ist. Ich will nicht, dass dir ein Leid widerfährt, und sie würde es auch nicht wollen, denn du bist ihr geliebtes Kind. Ruhe dich aus heute Nacht. Ich werde dir eine Nachricht senden, wenn es geglückt ist. Morgen wirst du zum letzten Teil deiner Suche aufbrechen.«

Dana war bereit, ihm zu gehorchen. Vorläufig. Sie hatte angefangen, den König zu mögen und ihm zu vertrauen, obwohl er der Rivale ihres Vaters war und die Geschichte für sie kein Happy End haben würde. Ihre Eltern würden nicht wieder zusammenkommen, die Familie ihrer Hoffnungen und Träume würde es nicht geben. Ihre Mutter war kein Mensch, sondern eine Elfenkönigin, deren wahrer Ehemann der Bergkönig war. Mit dem natürlichen Gerechtigkeitsgefühl der Jugend akzeptierte Dana, dass es so sein musste, obwohl sie es um ihrer selbst und ihres Vaters willen bedauerte.

Der König betrachtete sie liebevoll. »Du hättest mein Kind sein können, Dana. Ich werde dich von nun an als meine Stieftochter im Reich der Sterblichen ansehen. Wirst du mich als deinen Elfenpaten annehmen?«

Darauf musste sie lachen.

Jetzt drehte Dana sich in ihrem Prunkbett um und schloss die Augen. Ein letzter Gedanke ging ihr durch den Kopf, bevor sie einschlief.

Was auch passiert, morgen werde ich sie finden.

ACHTUNDDREISSIG

Am nächsten Morgen hielt Dana sich nicht damit auf, das Frühstück zu essen, das in ihrem Schlafzimmer erschien. Sie zog sich an, schnappte ihren Umhang und lief nach unten in die Halle. Das Erste, was ihr auffiel, war die allgegenwärtige trübe Stimmung. Einige der Hofdamen weinten. Niemand wollte ihr in die Augen sehen.

Der Harfenist trat vor, um ihr die schlechte Neuigkeit zu überbringen. »Der König hat die ganze Nacht hindurch mit dem Dämon gerungen, doch der Kampf währt noch immer.«

Ihr wurde schwindelig, denn sie spürte, dass der Harfenspieler ihr das Schlimmste noch nicht gesagt hatte.

»Geht es ihm gut?«, flüsterte sie.

»Seine Wunden sind schwer«, kam die widerstrebende Antwort. »Er schwebt in Gefahr.«

Dana unterdrückte einen Aufschrei. »Ich muss meine Mutter finden! Die Botschaft besagt, sie kann die Dunkelheit besiegen. Ich muss sofort aufbrechen!«

Der Harfenspieler erbleichte. Er war offensichtlich im Zwiespalt. »Der König hat befohlen, dich hier festzuhalten, bis er eine Nachricht schickt. Wir dürfen ihm nicht ungehorsam sein.«

»Ich bin nicht eure Gefangene!«, wandte sie ein. »Versteh doch,

das Licht ist unsere einzige Hoffnung. Ich brauche nur jemanden, der mir den Weg nach Dún Scáith zeigt. Wenn du es nicht kannst oder willst, such mir bitte eine Person, die dazu bereit ist.«

Die Miene des Harfenisten hellte sich auf. Er verneigte sich vor ihr. »Herrin, du bist weise über deine Jahre hinaus. Das kann ich tun. Kehre in deine Welt zurück. Ich werde dir einen Führer schicken.«

Er machte eine Handbewegung, und Dana spürte den leichten Schubser, der sie durch den Schleier schickte.

Der Palast und die Gärten waren verschwunden. Sie stand wieder auf dem breiten Gipfel des Lugnaquillia, umringt von Moor und windigen Bergen.

Sekunden später erfüllte sich das Versprechen des Harfenspielers. Eine kleine graue Maus kam durch das Gras auf sie zugehuscht. Sie verwandelte sich vor ihren Augen in eine hutzelige alte Dame mit Barthaaren.

Dana hätte Mrs Woodhouse umarmen können, aber die Lage duldete keinen Aufschub. »Können Sie mir helfen, meine Mutter zu finden? Ich muss mich beeilen! Für sie und für den König!«

»Ja, Liebes«, versicherte Mrs Woodhouse ihr. »Ich bin hier, um dir den Weg zu zeigen.«

Sie führte Dana an den westlichen Rand des Südverlieses. Von dort aus blickte man auf das Moor zwischen dem Lugnaquillia und den unteren Hängen des Slievemaan. Dana fröstelte. Dort hatte Lugh begraben gelegen und sich dann in seinem Wahnsinn erhoben und die Moorüberschwemmung verursacht.

»Das ist der Weg, den du gehen musst«, sagte die alte Frau leise. »Der dunkle Pfad deiner Geschichte, dem du folgen musst. Sei guten Mutes. Fürchte nicht dein eigenes Verderben, denn es liegt ein Schatz in dir verborgen.«

»Kommen Sie mit mir?«, fragte Dana, obwohl sie die Antwort bereits kannte.

»Das ist deine Aufgabe, *a leanbh,* deine Mission. Wenn ein Mädchen sich auf die Suche nach der Großen Mutter macht, darf niemand mit ihr gehen. Es ist eine heilige Reise, die sie allein unternimmt.«

»Slivemaan«, murmelte Dana vor sich hin. *»Sliabh na mBan.* Der Berg der Frauen.«

Mrs Woodhouse gab Dana den Lederranzen, den sie im Palast zurückgelassen hatte. »Den wirst du brauchen.«

In der Annahme, dass sich Proviant darin befand, hängte Dana ihn sich über die Schulter. Eingehüllt in ihren goldbraunen Umhang, machte sie sich auf den Weg. Obwohl sie nervös und aufgeregt war und ihr vor Furcht beinahe schwindelte, beherrschte ein Gedanke alles andere: *Ich werde meine Mutter finden.*

Sie blieb nur einmal kurz stehen, um sich nach Mrs Woodhouse umzudrehen.

Die alte Frau hatte sich abermals verändert. Halb verborgen in dem aufkommenden Nebel, eingehüllt in ein graues Cape, zeichneten sich die Umrisse einer riesenhaften weiblichen Gestalt vor dem Himmel ab.

Dana setzte ihre Reise fort, ging über nassen Moorboden und vorbei an Kratern aus schwarzem Torf, die Wind und Regen freigelegt hatten. Wolken verhüllten die Morgensonne. Ein kalter Dunst zog übers Land. Schon bald konnte sie nur noch wenige Schritte weit sehen. Graue Schleier umwehten sie auf allen Seiten. Einsame Bäume ragten auf wie die Masten hoher Schiffe, die aus Seenebel auftauchten. Ihr Gesicht fühlte sich feucht an.

Sie wanderte durch die Wicklow Mountains und doch

wieder nicht. Um sich Mut zu machen, stellte sie sich vor, dass die Wölfin neben ihr hertapste; versuchte, an den heiligen Kevin zu denken und seine ruhige Kraft. Aber keines der Bilder hielt sich lange. Nichts konnte in diesem Zwischenreich an der Schwelle zum Unbekannten Bestand haben. Obwohl ihre Angst wuchs, dachte sie nicht ans Umkehren. Sie war halb Elfe und halb Sterbliche, und das war ihr Geburtsrecht – zwischen den Welten zu wandeln.

Es schienen Stunden vergangen zu sein, als die Sonne endlich durch die Wolken brach, um den Nebel aufzulösen. Dana fand sich in einem grünen Tal wieder, ähnlich wie Glendalough. Die unerwartete Schönheit ihrer Umgebung entlockte ihr ein Lächeln.

Dann kamen sie.

Zuerst hielt sie die dunkle Masse für Regenwolken, die über den Berghang ins Tal trieben. Beim Herannahen erkannte sie, was es wirklich war: ein Schwarm schwarzer Krähen mit zugenähten Augen. Sie schwärmten in die Schlucht und attackierten alles Lebendige, entwurzelten Pflanzen und entlaubten Bäume, rissen Tiere in Stücke, verschlangen Vögel und selbst die winzigsten Insekten. Die Stille des Gemetzels ließ es noch beängstigender erscheinen. Roter Blutdunst vernebelte die Szene.

Als die Dämonenvögel wieder verschwanden, war nichts mehr übrig.

Dana stand auf kahlem Boden, ohne einen einzigen Grashalm. Kein Vogel sang. Keine Kreatur regte sich. Ein kalter Wind heulte. Graues Licht verdüsterte alles. War dies *Dún Scáith*? Die Festung der Finsternis? Oder war es *Dún Eadóchais*? Die Festung der Verzweiflung?

Sie spürte das Leiden des Landes. Mit jedem Schritt sickerte es in ihren Körper und ließ ihre Seele welken. *Generationen sind hier gegangen, sind gegangen, sind gegangen.* Mit wachsendem Entsetzen begriff sie, dass sie nicht auf feste Erde trat, sondern auf einen Pfuhl aus widerwärtigen Substanzen. Ihr Magen hob sich, als der süße, eklige Fäulnisgeruch aufstieg.

Gerade als sie ihren schlimmsten Albtraum wiedererkannte, passierte es auch schon.

Der stinkende Schlamm gurgelte um sie herum und öffnete sich wie ein Maul, um sie gierig zu verschlingen. Sie fiel in eine stinkende Grube. Wie ein wildes Tier versuchte sie, sich mit Zähnen und Klauen herauszukämpfen, aber nicht einmal die Silbernägel in ihren Schuhen halfen ihr, die glitschigen Wände zu erklimmen.

Sie schrie um Hilfe.

Ihre Schreie fielen wie Steine in einen bodenlosen Brunnen.

Sie schrie wieder.

Und wieder.

Plötzlich kam ihr ein Gedanke. Das war nicht nur ihr Albtraum, sondern auch der ihrer Mutter! Der höllische Traum von Licht, das in Materie gefangen war. Das konnte nur eins bedeuten: Ihre Mutter war in der Nähe!

Dana begann aus Leibeskräften zu schreien.

»MAMA! MAMA!«

Vom Rand der Grube oben war ein Geräusch zu hören. Dana schluckte, als ein weißes Gesicht auftauchte.

Es war nicht ihre Mutter.

Neununddreissig

Honor!

Ein schlanker weißer Arm streckte sich nach Dana aus. Sie sprang hoch und klammerte sich mit aller Kraft daran fest. Als sie mühsam hinaufkletterte, hatte sie das Gefühl, als würde sie aus dem Grab gezogen.

»Oh, danke!«, rief sie, als sie aus der Grube kroch. »Ich bin ja so …«

Sie verstummte und starrte das ältere Mädchen an.

Honor zitterte wie Espenlaub. Sie war bis auf die Haut durchnässt und totenblass, geradezu blau angelaufen. Jeans und T-Shirt waren dieselben, die sie vorübergehend auf dem Jahrmarkt angehabt hatte, und wieder waren sie nass und voller Algen. »Weißt d-d-du … w-w-wer ich bin?«, fragte sie Dana. Ihre Augen blickten leer, ihre Stimme klang leblos.

»Oh Gott«, wisperte Dana.

Es sollte noch schlimmer kommen. Vor Danas Augen erschien ein roter Fleck auf dem T-Shirt des Mädchens, als blutete sie aus dem Herzen.

»Du bist verletzt!«

Honor zuckte gleichgültig die Achseln. »Es k-k-kommt und g-g-geht.«

Dana konnte es nicht mehr aushalten. Wellen des Grauens schlugen über ihr zusammen und sie wich vor ihrer Freundin zurück.

»Hilf mir«, flüsterte Dana und zog ihren Feenmantel fester um sich.

Erst da erinnerte sie sich an den Ranzen auf ihrem Rücken. Einem Instinkt folgend öffnete sie ihn. Darin befanden sich eine kleine Bronzepfanne, einige Stücke Feuerholz, eine Zunderbüchse und eine Handvoll Haselnüsse. Sie schaute sich um. Sie stand auf einer öden, von Feuer verwüsteten Ebene. Die niedrige Pflanzendecke war verbrannt und geschwärzt. Die Luft roch nach Asche.

Honor folgte ihrem Blick und schauderte. »N-n-nichts l-l-lebt hier.«

Dana merkte, wie das Entsetzen sie wieder überwältigen wollte, aber sie kämpfte dagegen an. Dann nahm sie ihren Umhang ab und legte ihn Honor um die Schultern. Die junge Frau stand aufrechter, als der goldbraune Wollstoff sie einhüllte. Jetzt zitterte Dana in der bitteren Kälte, aber sie wusste, was zu tun war.

Sie hatte genug Brennholz, um mit der Zunderbüchse ein kleines Feuer zu machen. Genau wie sie gehofft hatte, brannte das Elfenholz, ohne aufgezehrt zu werden. Die beiden Mädchen hockten sich vor die Flammen. Beide hielten den Blick auf das Feuer gerichtet, wie um die Schatten abzuwehren, die dahinter lauerten. Dana dankte im Stillen Mrs Woodhouse, als sie die Pfanne auf das Feuer stellte und einige Haselnüsse röstete. Sobald sie eine davon in den Mund steckte, fühlte sie sich gestärkt; aber als sie Honor das Pfännchen reichte, antwortete ihr nur ein leerer Blick.

Dana nahm eine Haselnuss und hielt sie dem Mädchen an die Lippen. »*Iss*«, befahl sie.

Honor gehorchte. Sekunden später röteten sich ihre Wangen. »Mehr«, flüsterte sie.

Zusammen aßen sie alle Nüsse in der Pfanne auf.

Dana spürte, wie neuer Mut sie durchströmte. Ihr Geist wurde ruhig und klar, sie fühlte sich bereit, mit der Situation fertigzuwerden. Honor war sichtlich wiederhergestellt. Als das ältere Mädchen darauf bestand, ihr den Umhang zurückzugeben, sah Dana, dass die rote Wunde verschwunden war und ihre Kleider getrocknet waren. Doch nicht die blauäugige Dame aus dem Wald hockte ihr gegenüber, sondern das Menschenmädchen, zu dem Honor manchmal wurde.

»Dana?«, fragte sie endlich und ihre Stimme zitterte vor Gefühlsüberschwang.

»Ja, ich bin es!« Dana weinte beinahe vor Erleichterung. »Was ist passiert? Was machst du hier?«

»Das ist *Dún Scáith,* die Festung der Finsternis.« Honor warf einen Blick auf die trostlose Ebene. »Ich bin ins Bergkönigreich gekommen, wie ich es versprochen hatte, um herauszufinden, warum Lugh schläft, und eventuell auch, was der Dämon hier vorhat. Ich wollte dich beschützen, aber … ich … bin in die Finsternis gestürzt.«

»Hat der Dämon dich gefangen genommen?« Dana dachte an ihre Mutter. »Hat er dich hierher gebracht?«

»Ja und nein.« Honor bedachte sie mit einem seltsamen Blick. »Ich beginne gerade erst, das Wesen dieses Ortes zu verstehen. Es ist nicht das Ungeheuer von außen, das uns hier festhält, sondern das Ungeheuer im Innern. Für mich ist das allerdings ein und dasselbe. Ich kann es dir nicht näher erklären, Dana, aber ich kann es dir zeigen: den Albtraum, den ich noch einmal durchlebte, bevor du mich aus den Schatten gerufen hast. Wenn du willst, nimm meine Hand.«

Dana zögerte, scheute vor der Aussicht auf eine weitere albtraumhafte Erfahrung zurück. Aber wenn sie ihre Mutter befreien wollte, musste sie mehr über *Dún Scáith* in Erfahrung bringen.

Sobald sie sich an den Händen hielten, veränderte sich die Landschaft. Durch den plötzlichen Farbrausch schwirrte Dana der Kopf. Statt des trübsinnigen Graus gab es jetzt blauen Himmel, grüne Bäume und sonnenbeschienene Felsen. Sie wusste sofort, wo sie war. Auf dem Bray Head, dem kleinen Berg am Meeresstrand der Stadt, in der sie wohnte.

Honor stand neben ihr, doch als sie sprach, hallte ihre Stimme in Danas Kopf wider.

Wegen des Zauberspruchs auf den Grenzsteinen konnte ich nicht lange als Elfe im Königreich bleiben. Also nahm ich meine menschliche Gestalt an. Aber da dieser Teil von mir tot ist …

Dana erinnerte sich gruselnd an Honor als Geist eines ertrunkenen Mädchens. War ihre Freundin auf diese Weise gestorben? Aber woher kam dann die Wunde? Das Blut?

Sie standen am Rand einer Klippe mit Blick auf die Irische See. Kalte Wellen brachen sich an den Felsen unter ihnen.

Das ist die Stelle, wo ich gestorben bin.

Plötzlich befanden sie sich auf einem schmalen Felsvorsprung direkt unter der Klippe. Dana japste auf, als der Wind um die Ecke fegte und sie schwanken ließ. Ein Drachenflieger rief ihr von oben eine Warnung zu. Jetzt hörte sie ein Sirren hinter sich. Sie blickte über ihre Schulter. Zuerst verstand sie nicht, was sie da sah: Da ging so etwas wie ein Riss durch die Luft. Dann kam ein brennender Pfeil hindurchgeschossen! Honor stieß einen Todesschrei aus. Der Pfeil hatte ihr Herz durchbohrt. Eine schreckliche Sekunde lang war sie an die Felswand genagelt.

Dann löste der Pfeil sich auf.

Honor zuckte vor Schock und Überraschung zurück. Dann verlor sie das Gleichgewicht. Schreiend und mit den Armen rudernd stürzte sie ins Meer.

Betäubt beobachtete Dana, wie ihre Freundin unten auf dem Wasser aufschlug. Doch sie sah auch ein leuchtendes Abbild von Honor durch den Spalt in der Luft taumeln.

Es war, als betrachtete sie ein Puzzle, das zwei Bilder zugleich enthielt. Da war Honor, die in der trüben See versank. Aber sie befand sich auch auf dem Grund eines Brunnens aus blauem Licht.

Und in diesem blauen Brunnen war sie nicht tot, sondern lag in tiefem Schlaf wie eine helle Blume, glänzend und unschuldig, eine neugeborene Seele.

»Oh«, machte Dana leise.

Lass mich dir erklären, was du siehst. Während ich im Wasser starb, fiel meine Seele durch den Spalt in eine Zwischenwelt. Dort schlief ich für ein Jahr und einen Tag.

Dana war froh, dass Honor ihr beschrieb, was als Nächstes geschah, denn die Bilder waren verwirrend und fremdartig.

Ein großer goldener Adler stürzte sich in den blauen Brunnen. Wie eine Möwe, die eine Muschel aus dem Meer fischt, holte er Honor heraus. Das Gesicht des Adlers war menschlich und schien Honors Züge widerzuspiegeln.

Das ist meine Zwillingsschwester. Sie hat es unternommen, mich zu retten.

Die Adlerschwingen umfingen das schlafende Mädchen wie ein Schal aus goldenen Federn, die zugleich Flammenzungen waren. Dann explodierte das ganze Geschehen in einem einzigen Auflodern. Honor trat aus den Flammen heraus, wach und wiedergeboren, mit goldfarbener Haut und blumenbekränztem Haar. Sie schwebte auf den Spalt in der Luft zu, der wie ein feuriger Mund über dem Bray Head hing.

Sieh genau hin! Erkennst du es?

Dana keuchte. In dem Spalt war etwas gefangen. Rot und seltsam unterteilt, eine sich windende Form, die in den Flammen brannte. Sie erkannte das Etwas, das sie durch die Berge verfolgt hatte. Es verendete im Feuer.

Doch als Honor nun durch den Riss trat, befreite sich die rote Form plötzlich und sprang hinter ihren Rücken. Und sobald Honor durch den Spalt verschwand, kurz bevor er sich schloss, fiel der Dämon auf den Gipfel des Bray Head.

Die Bilder verblassten. Dana und Honor saßen wieder auf der düsteren Ebene vor ihrem Lagerfeuer. Honors Stimme verriet Schuldgefühle und Bestürzung. »Das Mitsommerfeuer hätte den Dämon getötet, wäre ich nicht gewesen. Der Schatten des Zerstörers hat *meinen* Schatten benutzt, um sich zu befreien. Es ist alles meine Schuld. Ich bin es, die dieses Verhängnis über uns gebracht hat; das Ding, das beide Welten bedroht! Das habe ich herausgefunden, als ich nach *Dún Scáith* kam, und ich kann es nicht ertragen.«

Sie vergrub ihr Gesicht in den Händen und weinte.

Dana wusste nicht, was sie sagen sollte; aber sie begann zu begreifen, wie man in der Festung der Finsternis in Gefangenschaft geriet.

»Hör auf damit!«, sagte sie schließlich. »Du bist doch nur ein einzelner Mensch … eine Person, meine ich. Wie kannst du dir an etwas so Mächtigem die Schuld geben? Du hast den Dämon schließlich nicht gebeten herzukommen. Und außerdem war er schon früher hier. Du hast diese ganze Sache nicht angefangen. Du bist nur ein kleiner Teil davon.«

Während Dana sprach, röstete sie eilig noch mehr Haselnüsse und brachte Honor dazu, sie zu essen. Obwohl sie gern selbst noch welche genommen hätte, ließ sie es bleiben. Sie musste genug für ihre Mutter zurückbehalten

Honor brauchte eine Weile, um sich zu erholen. Sie lächelte Dana liebevoll an. »Danke«, sagte sie leise. Sie klang beschämt. »Ich bin hierhergekommen, um dir zu helfen, und stattdessen hilfst du mir! Komm, machen wir uns auf die Suche nach deiner Mutter.«

Dana schüttelte den Kopf. »Nein, du hast genug getan. Du hast mir gezeigt, was ich wissen musste. Du darfst nicht hierbleiben. Du musst nach Hause zurückkehren.«

Der goldene Schimmer erschien auf Honors Haut. Ihre Augen glänzten wie blaue Sterne. Aber noch während sie als edle Dame nach Danas Hand griff, wurde ihre Berührung schwächer. »Liebes Herz, *a chroí*. Du bist aufrecht und tapfer. Möge das Glück dir hold sein auf deiner Reise in die Dunkelheit.«

Dana stand langsam auf. Sie war allein auf der verbrannten Ebene, umringt von Schatten. Widerstrebend wandte sie sich von dem Feuer ab. Sie wusste, was vor ihr lag. Sie verstand. Es war nicht der Dämon, der die Königin in *Dún Scáith* gefangen hielt.

Dana warf den Ranzen über die Schulter und wickelte sich in ihren Umhang. Dann machte sie sich auf den Weg.

Um ihre Mutter aus ihrer eigenen Hölle zu befreien, die sie sich selbst geschaffen hatte.

Vierzig

Dana trottete über das trostlose Ödland. In der Ferne ragte eine gezackte Bergkette auf. Der Himmel war bedeckt, der Boden mit Asche überzogen. Furcht kroch in ihre Knochen, zusammen mit der Kälte. Die Kraft der Elfennahrung ließ schon nach, aber sie wollte nicht mehr davon zu sich nehmen. Sie brauchte die Haselnüsse für ihre Mutter, die zu lange an diesem Ort gewesen war. Würden sie ausreichen? Konnten sie ihr aus der Finsternis heraushelfen? Und was, wenn nicht?

Dana schob die dunklen Gedanken beiseite. Sie wusste, dass sie zu *Dún Scáith* gehörten. Die Festung würde versuchen, sie mit Zweifeln und Ängsten mürbezumachen.

Sie hatte beschlossen, in Richtung der Berge zu gehen, obwohl sie so weit entfernt schienen. Sie wusste nicht, wohin sie sich sonst wenden sollte. Aber mit jedem Schritt wurde sie erschöpfter und mutloser, substanzloser. Würde sie wie Honor enden? Ein einsamer Geist, der verloren umherstreifte? Und falls ja, wer würde sie aus den Schatten herausrufen?

Hör auf.

Manchmal schrie sie nach ihrer Mutter. »EDANE LASAIR!

WO BIST DU? KANNST DU MICH HÖREN?« Ihre Worte trugen nicht weit, sondern plumpsten neben ihr herunter wie Steine.

Manchmal flüsterte sie auch. »Mum? Bist du da? Mum?«

Doch sie schwankte nicht und kehrte nicht um. Und während sie sich vorantrieb und dem Hochland näherte, spürte sie, wie sie zu einem Ding aus Stahl und Stein wurde; zu einem Geschöpf, dem weder Erschöpfung noch Verzweiflung, noch endlose Meilen etwas anhaben konnten. Sie wurde immer sicherer, dass sie es schaffen würde.

Und wenn ich auch wanderte im finsteren Todestal.

Endlich erreichte sie die Berge und den Weg, der durch sie hindurchführte. Schon bald fand sie sich auf einer schmalen Straße wieder, die sich an einem Felshang entlangschlängelte. Der nackte Fels war dunkelrot, ragte hoch über ihr auf und fiel tief unter ihr ab. Es begann zu dämmern. Wurde es schon Nacht? Würde sie im Dunkeln weitergehen können?

Sie überlegte gerade, ob sie umkehren sollte, als vor ihr auf dem Pfad ein Licht auftauchte. Es schien hin und her zu schwingen. Als es näher kam, sah sie eine Gestalt in einem Kapuzenumhang, die eine Laterne hielt, und einen mit Körben beladenen Esel dahinter.

Als sie der fremden Person begegnete, hatte Dana den Versuch aufgegeben, ihr Geschlecht zu ermitteln. Die Gesichtszüge in der Kapuze wechselten ständig; mal waren sie männlich, mal weiblich. Um die Verwirrung perfekt zu machen, blickte das maskuline Gesicht manchmal weich und sanft, während das feminine grausam und grimmig sein konnte. Am Ende akzeptierte Dana, dass die Person sowohl Mann als auch Frau war und irgendwie auch keins von beidem.

»Wer bist du?«, fragte sie staunend. Sie war froh, ihre eigene Stimme zu hören. Ein guter, bekannter Klang. Sie war noch kein Geist.

»Ich bin der Geschichtensänger.« Die Stimme klang melodiös, doch auch ihr fehlte es an geschlechtsspezifischer Eindeutigkeit. Was als Nächstes geschah, hatte die bizarre Logik eines Traums. Der Sänger deutete auf die Körbe zu beiden Seiten des Esels. Sie waren voller Bücher. »Wähle eins aus.«

Dana stöberte zaghaft in den Körben: Papierrollen und ägyptische Papyri; Tafeln aus Wachs und Ton; Pergamentmanuskripte; handgeheftete Texte, in Kalbsleder gebunden; sogar dünne Goldblätter, in die Buchstaben eingeritzt waren. Neben illustrierten Bänden und glänzenden Taschenbüchern gab es außerdem sprechende Bücher, CDs und Videobänder. In einer Metallbox glommen und summten Lasergeräte und andere elektronische und holografische Apparate, vermutlich Bücher, die erst noch erfunden werden mussten.

Einige Bände kannte sie aus Gabriels Sammlung, aber die meisten fand sie rätselhaft. *Das Buch der Zeit. Das Buch der Namen. Das Rote Buch der Westmark. Das Gelbe Buch von Lecan. Das Buch des Dun Cow. Das Buch von Lindisfarne. Die Bücher von Mica Schist. Das Mahabharata. Das Mabinogion. Das Buch der Toten. Das Buch der Lebenden.*

Sie wählte eines, dessen Titel sie ansprach. *Das Buch der Kindheit.* Der Einband zeigte einen breiten Fluss, der durch eine grüne Landschaft floss. An seinen Ufern waren Hunderte, nein, Tausende, vielleicht Millionen von Kindern versammelt. Alle tranken von seinem Wasser. Einige schöpften es mit angeschlagenen Bechern, andere mit bloßen Händen.

Das Bild fesselte Dana. »Was bedeutet das?«, fragte sie.

»Der Fluss ist die unerschöpfliche Quelle des Lebens«,

sagte der Sänger. »Die Kinder, die aus angeschlagenen Bechern trinken, wurden von Geburt an geliebt. Obwohl der Becher unvollkommen ist, wie alle menschliche Liebe, ist er dennoch ein Geschenk, das ihnen hilft. Die Kinder, die aus ihren Händen trinken, haben keine Liebe erfahren. Sie müssen sich selbst vom Wasser des Lebens nehmen.«

»Das ist traurig«, murmelte Dana.

»Die traurigste Geschichte von allen«, stimmte der Sänger ihr zu.

Dana dachte an Gabe. Obwohl ihre Kindheit nicht perfekt war, hatte sie eindeutig einen Becher bekommen.

Dann bemerkte sie ein Buch unter dem Arm des Sängers und entzifferte den Titel: *Das Buch der Träume.* »Was ist mit dem da?«

»Das darfst du nicht lesen. Es ist eine Geschichte, die in deiner Zukunft erzählt werden wird.«

Dana wandte sich wieder den Körben zu und stöberte weiter darin herum. Hier hatte sie die ganze Welt zum Greifen nah! Alles, was sie jemals wissen wollte, auf einen Blick. Sie blätterte durch Bücher über Drachen, über alte Steine und die Erschaffung des Universums. Sie wollte sich gerade einen neuen Stapel schnappen, als sie innehielt. Sie könnte sich ewig damit aufhalten, hingegeben an Gedanken und Ideen. War das ein Test? Ein Trick oder eine Falle? Sie warf die Bücher zurück.

»Du musst eines auswählen«, beharrte die Geschichtensängerin.

Entnervt machte Dana die Augen zu und nahm das erste Buch heraus, das ihr in die Hände fiel. Es war in weißes Leder gebunden und hatte einen goldgeprägten Titel: *Das Buch der verborgenen Erinnerungen.* »Wie wäre es mit dem da?«

Das Gesicht unter der Kapuze veränderte sich wieder. Die grauen Augen des heiligen Kevin blickten sie an. »›Verborgen‹ bedeutet geheim oder unterdrückt, kleine Schwester. Erinnerungen können aus gutem Grund verborgen sein. Bevor du hineinschaust, gib acht und sei auf der Hut. *Niemand kann dir das ersparen. Keinem von uns kann die Wahrheit vorenthalten werden; dieser Verabredung müssen wir uns entweder im Leben oder im Tod stellen.*«

Dana hatte plötzlich Angst. Größere Angst als während der ganzen Suche. Sie hatte nicht erwartet, dass sie so plötzlich und ohne Vorwarnung kommen würde, doch hier war sie: die Prüfung ihrer eigenen dunklen Wahrheit in der Festung der Finsternis.

Etwas regte sich in ihr, auf dem Grund ihres Wesens. Irgendeine furchtbare Erinnerung, die sie vor langer Zeit begraben hatte. Alles in ihr schrie. *Leg das Buch weg! Schlag es nicht auf! Sieh nicht hinein!*

Sie zitterte so heftig, dass sie glaubte, in Ohnmacht zu fallen. Wie ein kleines Kind, das mitten in der Nacht allein aufwacht, sah sie sich mit dem Grauen des Unbekannten konfrontiert. Sie wollte sich unter der Decke verstecken. Sie wollte nach ihrem Vater rufen.

Dana atmete tief durch. Ihr blieb keine andere Wahl. Wenn sie das hier tun musste, um ihre Mutter zu finden, nun gut.

Sie schlug das Buch auf.

Einundvierzig

Der junge Musiker mietete ein kleines Haus in der Nähe des Glens of the Downs, nicht weit von der Stelle, an der er seine schimmernde Liebste kennengelernt hatte. Sie hatte gesagt, dass sie im Wald leben wolle und in der Nähe der Berge, denn ihr graute vor den überfüllten Städten.

Als sie an ihrem Hochzeitstag aufs Standesamt gingen, klammerte sie sich an seinen Arm und ließ ihn nicht los. Der Verkehrslärm machte sie schreckhaft. Sie rümpfte die Nase über die vielen Ausdünstungen.

Doch als er sie zu ihrem Cottage brachte, klatschte sie entzückt in die Hände; es war von Eichen umgeben und um die Türen und Fenster rankten sich wilde Rosen.

»Ist das mein Zuhause?«, murmelte sie, als er sie über die Schwelle trug.

Die Wände waren frisch tapeziert mit einem Muster aus grünem Laub. Die Fußböden bestanden aus blauen Fliesen und das Dach aus Holzbalken. In jedem Zimmer gab es einen Kamin. Die Möbel waren alt und altmodisch.

»Für immer und einen Tag«, lautete seine Antwort.

Er fand es wunderbar, dass sie ein Mädchen vom Land mit einfachem Geschmack war. Weil er sie anbetete, nahm er ihre Launen ohne Fragen oder Klagen hin. Sie wollte kein Salz essen. Es durfte nichts aus Eisen ins Haus kommen. Und ihre Familie durfte nicht erwähnt werden.

In einer warmen Sommernacht lagen sie draußen auf einer Decke, um die Sternschnuppen über den Baumwipfeln fallen zu sehen.

»Erzähl mir etwas von deiner Kindheit«, drängte er sie. »Wo bist du aufgewachsen?«

Ihr Lachen war hell, aber ein Schleier trübte ihre Augen. »Versuche nicht, zu viel über mich zu erfahren, mein Liebster. Du stammst aus Kanada und ich aus Irland. Was brauchst du sonst zu wissen? Nimm es, wie es ist, und sei zufrieden. Ich habe viel von meiner Vergangenheit vergessen, und das ist vielleicht besser für unser gemeinsames Glück.«

Empfand er Besorgnis in diesem Moment? Spürte er den dunklen Schatten künftiger Ereignisse? Ahnte er ihre bevorstehende Trennung und den Schmerz, der ihn erwartete?

Das Buch enthielt außer Worten auch sich bewegende Bilder. Dana nahm gierig jedes Bild von ihrer Mutter in sich auf, wie jemand, der nach einem solchen Anblick gehungert und gedürstet hatte. Edane Lasair gab eine hübsche Menschenfrau ab, die Schlapphüte und leuchtend bunte Farben trug. Das feurige Haar ihrer wahren Natur hatte sich rotblond getönt und es fiel ihr über die Schultern. Sie wirkte oft verträumt und geistesabwesend, aber ihr Blick war sanft und sie lächelte häufig.

Neun Monate später wurde ihre Tochter geboren. Sie war ein liebenswertes Baby mit dem dunklen Haar ihres Vaters und den Augen ihrer Mutter, die leuchteten wie die Sterne.

Gabriel war noch keine zwanzig Jahre alt, arbeitete aber schon hart, um seine kleine Familie zu ernähren. Er unterrichtete Musikschüler, musizierte auf Dublins belebten Straßen und spielte im Sommer in dem muschelförmigen Orchesterpavillon am Meeresstrand. Sie brauchten nicht viel Geld, da ihre Miete gering war und sie bescheiden lebten. Edane legte einen kleinen Garten an und zog fast alles Obst und Gemüse selbst. In jedem Zimmer standen Blumen. Ihr Haus war erfüllt von Licht und Musik, von Glück und Schönheit.

Von Zeit zu Zeit geschahen seltsame Dinge.

Das Baby war erst sechs Monate alt, als Edane die Kleine auf einer Matte unter einem Baum im Garten ruhen ließ. Die Blätter einer jungen Eberesche beschirmten den Säugling und brachten das Sonnenlicht zum Tanzen, um ihn zu unterhalten. Vom Küchenfenster aus behielt Edane ihre Tochter im Auge, während sie einen Brombeerkuchen buk. Sie drehte sich nur einen Moment um, um den Kuchen in den Ofen zu schieben, sah wieder hinaus nach ihrem Kind und stieß einen Schrei aus. Das Baby war umringt von wilden Tieren. Ein Fuchs leckte sein Gesicht. Ein Dachs schob es fürsorglich von einer feuchten Stelle weg. Vögel flatterten um das Baby herum, das spielerisch versuchte, sie zu fangen.

Bei Edanes Aufschrei flohen die Tiere und ließen den Säugling weinend zurück.

Ein andermal weckte ein mütterlicher Instinkt Edane mitten in der Nacht und sie schaute zur Wiege hinüber. Ein fremdartiges Licht schwebte darüber. Glucksendes Lachen war zu hören. Schlaftrunken gab Edane einen fragenden Laut von sich. Das Licht verschwand. Stille kehrte ein.

Dana beobachtete das Verhalten ihrer Mutter. Wie sie die seltsamen Dinge, die sie sah, ignorierte oder leugnete. Wie schnell sie sie vergaß. Der Zauber des Menschseins war so dicht um sie gewebt, dass er alles abprallen ließ, was ihn zu brechen drohte.

Im Alter von drei Jahren war das Kind ein stämmiges kleines Mädchen mit dunklen Locken und einem schelmischen Wesen. Es war neugierig und mutig und liebte es, herumzurennen und auf Bäume zu klettern. Die Kleine wuchs schnell heran und fand heraus, wer und was sie sein wollte.

Eines Tages, als ihr Vater bei der Arbeit war, entwischte sie aus dem Garten und lief in den Wald. Sie kletterte hoch in das Geäst einer Eiche und kam nicht wieder herunter. Statt zu weinen, wartete sie darauf, dass ihre Mutter sie fand. Es war Edane, die weinte und sich aufregte, sie »ein unmögliches Mädchen« nannte. Das Kind wurde zum Mittagsschlaf ins Bett gelegt, worauf es um sich trat und schrie. Als die Mutter es küsste, stieß das kleine Mädchen sie wütend weg und brüllte weiter. »Ich hasse dich!«

Edane redete geduldig auf sie ein und zog die Vorhänge zu, um den Raum abzudunkeln. Dann sang sie ein Schlaflied.

Seothó, a thoil, ná goil go fóill,
Seothó, a thoil, ná goil aon deoir,
Seothó, a linbh, a chumainn's a stóir.

Still, mein Herz, kein Grund zu weinen,
Still, mein Herz, kein Grund für Tränen,
Still, mein Kind, meine Liebe, mein Schatz.

Besänftigt von dem Lied wurde das kleine Mädchen still. Ihre Wimpern flatterten leicht, ein Lächeln huschte über ihr Gesicht.

Edane ging auf Zehenspitzen zur Tür. Erst als sie sich

noch einmal umdrehte, sah sie den Lichtschein um das Bett ihrer Tochter.

Dana saß aufrecht im Bett und sah gebannt in ihre Handflächen. Mit einem entzückten Quieken formte sie eine Schale mit den Händen und bot sie ihrer Mutter dar. Sie quoll über von einem goldenen Licht.

Edanes Gesicht verzog sich schmerzvoll, als eine Erinnerung sie traf wie ein Messerstich und den Zauber durchtrennte, der sie band. Entsetzt wich sie vor dem Kind zurück, das ihr Mal trug, das Zeichen der Lichtbringerin. Sie wich vor ihrem Kind zurück, als sie sich daran erinnerte, wer sie war, als sie sich an ihr aufgegebenes Leben erinnerte und an ihren Geliebten, den König, den sie verlassen hatte. Sie wich vor ihrem Kind zurück, krank an Geist und Seele.

Dann floh sie aus dem Haus, um nie wieder zurückzukehren.

Zweiundvierzig

Schlagartig erinnerte Dana sich an diesen Moment. An den Schock. Die schlimme Qual, als das Band zwischen Mutter und Kind durchtrennt wurde. Sie war böse, und sie hatte ihre Mutter vertrieben.

Tief in ihr reckte das Ungeheuer seinen Kopf.

Du hast es getan. Deinetwegen ist deine Mutter fortgegangen. Du bist schuld, du hast deinem Vater das Herz gebrochen. Du hast die Familie auseinandergerissen.

Dana ließ das Buch fallen, als hätte sie sich daran verbrannt. Sie lief weg von dem Sänger der Sagen, dem Fürsten des Chaos. Weg von der Wahrheit.

Tief in den Bergen hatte sich ein Kind verirrt. Es stolperte übers Moor, schluchzend und weinend. Seine Füße versanken in dem weichen Untergrund. Der Wind blies ihm kalt ins Gesicht. Das Mädchen lief ohne Sinn und Verstand, ihr Herz so wild wie ein Vogelherz, zerbrochen wie ein Ei, das aus dem Nest gefallen war. Ihre Schreie vermischten sich mit dem klagenden Blöken der Schafe, die vor ihr davonstoben.

Maamaaa.

In ihr ringelte sich die Schlange zusammen, würgte und erstickte.

Es war deine Schuld. Du trägst die Verantwortung. Du bist das Ungeheuer im Schoß deiner Familie.

Viele einsame Stunden lang stolperte Dana durch Wind und Regen. Schließlich ließ sie die hohen Berge hinter sich und kam in die Vorhügel, von wo man das Meer schon sehen konnte. Sie ging an einem verlassenen Cottage mit zerbrochenen Fensterscheiben und einem überwucherten Garten vorbei. Jetzt stand sie am Rand eines bewaldeten Hangs mit Blick in eine Schlucht, die von einer Straße durchteilt wurde. Undeutlich erkannte sie, wo sie war.

Gebeutelt vom Sturm des vergangenen Tages, hingen die Baumhäuser im Glen of the Downs wie zerrupfte Nester in den Wipfeln. Das Camp war verlassen. Angeführt von dem Verräter Murta hoben die Umweltaktivisten am entgegengesetzten Ende des Tals eine illegale Müllkippe aus. Big Bob patrouillierte allein zwischen den Bäumen, ohne Angst oder Argwohn. Die Sonne war bereits untergegangen. Im Dunkeln wurde nicht gearbeitet.

Als die Dämmerung sich über das Tal senkte, wurden die Schatten im Wald tiefer.

Von ihrer Anhöhe aus konnte Dana sehen, was die Waldschützer nicht sehen konnten. In der Stille des Abends näherten sich Bulldozer der Schlucht wie der Panzerkonvoi einer einmarschierenden Armee. Hinter ihnen kamen die Lastwagen mit den Kettensägen, die eisernen Maschinerien des Krieges gegen die Natur.

Mit ihren Elfenaugen sah Dana auch die Scharen der Flüchtlinge, die das Tal verließen. Vögel und kleine Tiere, die Seelen der Bäume und Blumen, alle flohen sie vor der bevorstehenden Zerstörung ihrer Heimat. Während Dana den Exodus beobachtete, blitzten in ihrer Vorstellung ähnliche Szenen auf, die sie im Fernsehen gesehen hatte: Kolonnen von Vertriebenen und Verstoßenen, die über Straßen oder durch frostige Wälder zogen, Kinder und alte Menschen und weinende Frauen, alle auf der Flucht vor dem Ansturm der Finsternis.

Auf der anderen Seite der Schlucht machte sie zwei riesenhafte Gestalten aus, die oben auf dem Berg einen tödlichen Kampf austrugen. Der König hatte seine Waffen verloren und rang mit bloßen Händen mit seinem sich schlangenhaft windenden Widersacher. Der Dämon, der nicht länger in Murta steckte, hatte jetzt seine eigene Form. Er war mehr Chimäre als echtes Lebewesen, blutrot und monströs, mit einem seltsam eingekerbten Körper und einem langen, peitschenden Schwanz. Überall war er versengt und voller Blasen, doch er wütete unbeirrt weiter. Dana wurde angst und bange. Lughs Glieder wirkten verdreht und gebrochen. Er blutete aus vielen Wunden. Würde ihr Elfenpate bei dem Kampf sterben?

Die erste Stahlsäge schnitt in einen Baumstamm. Danas Elfenblut wallte auf. Scharfe Zähne bissen sich durch das Holz. Eine schlanke Birke stürzte. Saft sickerte aus dem Stumpf. Weitere Bäume wurden attackiert. Weitere krachten zu Boden. Eine Düsternis legte sich über den Wald, als wäre alles Licht und Leben erloschen.

Big Bob rannte herbei, sobald er die Kettensägen hörte. Er wusste, dass sie verraten worden waren. Außer sich vor Wut und Trauer, leistete er Widerstand bei einer uralten Eiche, während ringsum die Bäume fielen wie Soldaten auf dem Schlachtfeld.

Auf der Anhöhe über ihnen war der König gefallen. Der Dämon schrie seinen Triumph heraus und hob ihn hoch in die Luft, bereit, ihn in die Tiefe zu schleudern. Lugh würde mit den Bäumen sterben. Seine Augen waren dunkel vor Schmerz. Er konnte sein Volk nicht retten. Er konnte seine Königin nicht retten.

Es war das Morden der Bäume, das Danas Elfengeist weckte. Ein silberner Blitz schoss durch ihre Adern und sie stieß einen Zornesschrei für Mutter Erde aus.

MAMA!

Sie blickte auf ihre Hände. Seit jenem fatalen Tag hatte sie sich geweigert, es geschehen zu lassen. Sie hatte ihre Gabe verleugnet. In diesem furchtbaren Moment hatte sie begonnen, sie zu hassen, und sie tief in ihrer Psyche vergraben.

Jetzt erhob sich das Ungeheuer aus ihrer Seele, und Dana sah, dass es schön war und lichtstrahlend. Sie lächelte das Geschenk ihres Erbes liebevoll an. Sie neigte den Kopf, um seine Schönheit anzuerkennen. »Wenn du Frieden schließt mit dem Ungeheuer in dir, beschränkst du die Macht des Bösen – über dich selbst und in der Welt allgemein.«

Sie formte eine Schale mit ihren Händen. Als das goldene Licht darin aufstieg, hob sie die Arme und bot es dem Himmel dar.

Jetzt strahlte das Licht aus wie ein Leuchtfeuer, um die zu erreichen, die in der Dunkelheit verloren war; die eine, die ihren Ruf im Schattenland gehört hatte; die, deren Augen sich langsam öffneten, als sie auf das Licht zulief.

Eine Riesin kam aus dem Westen über die Berge herbeigeeilt. Ihr feuerrotes Haar wallte hinter ihr her wie ein Kometenschweif. Ihre Hände glommen von der Helligkeit, die sie trug.

Auf dem östlichen Bergkamm quollen Danas Hände über und entließen einen leuchtenden Bogen in den Himmel. Als die Riesin auf dem gegenüberliegenden Berg anhielt, floss ihr Licht herüber, um sich mit Danas zu verbinden.

Unter dem Schein dieser goldenen Brücke wurde es taghell im Glen of the Downs.

Das Böse wirkt am besten im Schutz der Dunkelheit, im Geheimen und Verborgenen, durch verdeckte Operationen, undurchsichtige Machenschaften und Beziehungen, bei denen niemand weiß, woran er ist. Wer kann schon gegen Schatten kämpfen? Wo ist der Gegner? Aber in dem strahlend hellen Licht konnten die Autofahrer, die durch die Schlucht fuhren, nicht mehr wegsehen. Die Bilder waren zu eindringlich, um sie zu leugnen. Jahrhundertealte Bäume fielen. Kettensägen attackierten. Bulldozer pflügten tiefe Furchen in die Erde. Und ein Mann stand allein, die Arme um eine alte Eiche gelegt, das Gesicht tränennass.

Alle wussten von den Protesten. Viele unterstützten sie nicht. Sie wollten die Verbreiterung der Straße, damit sie schneller fahren konnten. Sie scherten sich nicht um Bäume oder Natur oder das Leben im Tal.

Aber es gab andere, die mit den Baumleuten einer Meinung waren, die ihren Beitrag geleistet und endlose Petitionen unterschrieben hatten. Sie sahen Big Bob auf verlorenem Posten und wussten, dass es Zeit war zu handeln. Ob groß oder klein, ein jeder hatte seine Aufgabe zu erfüllen.

Ein silberfarbener Mercedes kam mit quietschenden Reifen am Straßenrand zum Stehen. Ein Geschäftsmann mittleren Alters sprang heraus. Er lief zu dem nächsten Baum, der fürs Fällen markiert war, legte die Arme um den Stamm und schirmte ihn mit seinem Körper vor der Säge ab.

Eine Sekretärin auf dem Heimweg, die Überstunden gemacht hatte, bremste ihren kleinen Ford Fiesta ab. Sie ignorierte den Matsch an ihren hohen Absätzen, als sie sich einen Baum aussuchte und zu ihm lief, um ihn zu beschützen.

Ein ortsansässiger Handwerker, der mit seinen Kindern eine abendliche Spritztour machte, sah die anderen, die ihre Bäume bewachten. Er hielt seinen Lieferwagen an und stieg mit seinen drei Mädchen aus. Das jüngste im Arm haltend, verstellte er einem Bulldozer den Weg, flankiert von seinen beiden älteren Töchtern.

Immer mehr Autofahrer hielten am Straßenrand, und es bildete sich schnell eine Menschenkette zur Verteidigung der Bäume.

Wie unten, so oben. Wie das Licht das Tal erfüllt und jedes aufrechte und tapfere Herz zum entschlossenen Einschreiten ermuntert hatte, flößte es auch dem König hoch oben auf dem Berg neue Kraft ein. Nun schrie der Dämon gellend und duckte sich in der Helligkeit. Nun stand Lugh auf, um wieder zu kämpfen. Er packte das Monster und schleuderte es in die Irische See, wo es in den Wellen versank und sich im Salzwasser auflöste.

Dem Licht folgend, das über der Schlucht leuchtete, kamen die Waldschützer ins Lager zurückgeeilt. Im Nu kletterten sie die Baumstämme hinauf und schwangen an den Seilen hin und her, während Jubelrufe und Kampfgeschrei durch das Tal hallten. Kurz danach ertönte Sirenengeheul, als mehrere Streifenwagen am Ort des Geschehens zusammentrafen, und dann folgten die Medien. Alle Versuche, die Arbeiten fortzusetzen, wurden eingestellt.

Die Schlacht war gewonnen.

Dana ließ die leuchtende Gestalt auf sich zukommen. Edane wirkte viel zu jung, um schon Mutter zu sein, und war jetzt keine Riesin mehr, sondern eine scheue, schlanke Frau. Sie sah Dana an wie jemand, der nach diesem Anblick gehungert und gedürstet hatte.

»Mama?«, flüsterte Dana.

Dana kannte sie und kannte sie doch nicht. Sie war die Mutter, an die ihr kindlicher Verstand sich vage erinnerte, obwohl sie noch immer im Teenageralter zu sein schien. Dana zitterte. Sie hörte kaum das Murmeln ihrer Mutter. *Kind meines Herzens, Blut von meinem Blute.*

Obwohl sie sich danach sehnte, zu ihr zu laufen und sich von ihr umarmen und halten zu lassen, war sie außerstande, sich zu bewegen. Ihr Körper war kalt und steif.

»Warum hast du mich verlassen?« Die Worte waren so lange in ihrem Innern festgefroren gewesen, dass sie nun wie spitze, messerscharfe Eiszapfen herauskamen. »Warum bist du fortgegangen?«

Schmerz verzerrte Edanes schöne Züge. Tränen traten in ihre blauen Elfenaugen. »Ich hatte mich verirrt, meine Kleine. Ich war zwischen die Welten gefallen. Zwischen die Menschen, die ich liebte, und ihn, den ich in der anderen Welt liebte. Ich bin blind durch die Dunkelheit geirrt und konnte nicht hinausfinden.«

»Durch die Dunkelheit?« Skepsis ließ Danas Stimme scharf klingen. Die alte Wut loderte in ihr auf. Der unversöhnliche Zorn auf eine Mutter, die ihr Kind im Stich gelassen hatte. »Wie das denn? Du trägst doch dein eigenes Licht in dir!«

Edane streckte wie flehend die Hände aus. Gold strömte von ihren Fingern.

Ohne nachzudenken, antwortete Dana mit der gleichen Geste. Derselben Bewegung wie vor Jahren.

»Begreifst du nicht, meine Tochter?«, fragte Edane sanft. »Es ist erst heute zu mir zurückgekehrt. Ich hatte das Licht verloren, als ich dich verlor. Denn ich bin die Lichtbringerin, und du bist das Licht, das ich gebracht habe.«

Da verstand Dana plötzlich. Sie hielt sich nicht länger zurück und lief in die Arme ihrer Mutter.

Dreiundvierzig

Dana hätte immer so verweilen können, glücklich und zufrieden in den Armen ihrer Mutter. Sie erinnerte sich an ihren weichen Körper und den Duft von Apfelblüten. Alles, was sie Edane schon so lange hatte erzählen wollen, kam ihr in den Sinn und wollte aus ihr heraussprudeln: Begebenheiten in der Schule und mit ihrer Fußballgang, von dem Jungen, den sie insgeheim mochte, was sie aber noch niemandem verraten hatte, von dem Preis, den sie beim Irisch-Wettbewerb gewonnen hatte …

»Mum …«, begann sie.

Edane, a stór! *Edane, meine Geliebte!*

Der Ruf des Königs hallte durch die Schlucht.

Mutter und Tochter lösten sich voneinander. Es war ein schwieriger Moment. Dana merkte, dass Edane hin- und hergerissen war; es widerstrebte ihr, ihr Kind schon wieder alleinzulassen, aber gleichzeitig sehnte sie sich nach ihrem Gemahl. Dana war selbst verwirrt. Sie mochte Lugh, aber sie wollte ihn jetzt nicht dabeihaben. Ärger wallte in ihr auf. Sie klammerte sich an ihrer Mutter fest.

Sanft befreite Edane sich. »Ich werde bald zu dir zurückkommen«, sagte sie leise.

Und wie eine Flamme im Wind verschwand sie.

Dana sah zu, wie die beiden strahlenden Gestalten sich auf dem Berg gegenüber begegneten. Sie hielten zuerst eine Weile Abstand voneinander. Dana fragte sich, ob zu viel zwischen ihnen vorgefallen war. Ob sie es vielleicht nicht schaffen würden, die Vergangenheit zu überbrücken. Doch dann gingen sie aufeinander zu und umarmten sich unter den Sternen, und es sah aus, als würden sie sich nie wieder loslassen.

In dem Moment fühlte Dana sich sehr allein.

Es wurde Zeit, nach Hause zu gehen.

Langsam stieg sie den Waldhang hinunter. Sie würde zum Camp der Umweltschützer gehen und nach Big Bob suchen, damit er ihren Vater anrief. Als sie sich durch Farn und Dorngestrüpp kämpfte, wehrte sie sich gegen das drückende Gefühl der Desillusionierung. Es schien alles so enttäuschend. Sie hatte ihre Aufgabe erfolgreich erledigt und ihren Traum wahr gemacht, doch sie war nicht richtig glücklich. Nichts war so ausgegangen, wie sie es sich erhofft hatte. Obwohl sie sehr froh war, ihre Mutter gefunden zu haben, litt sie noch immer an den gleichen Verlustgefühlen. Edane sah zu jung aus für die Mutter einer Zwölfjährigen. Und es war schon klar, dass sie nicht bei Dana bleiben, sondern zu ihrem Mann, dem König, zurückkehren würde.

In ihre traurigen Gedanken versunken, sah Dana Yallery Brown erst, als sie mit ihm zusammenstieß.

Seine braunen Papierkleider raschelten wie Herbstlaub. Blinzelnd spähte er durch seine wirren Haarsträhnen. »Meine Güte, dein Gesicht ist ja so lang wie dein Arm«, bemerkte er. »Und wo willst du eigentlich hin, Fräuleinchen?«

»Nach Hause«, sagte sie, zu bedrückt für ausführlichere Erklärungen.

»Dann ist deine Geschichte also zu Ende?« Er wirkte überrascht.

Dana nickte.

Yallery schüttelte den Kopf und seine langen Haare tanzten um ihn herum wie ein Vogelnest in einem Wirbelwind. »Was? Hat die dicke Alte schon gesungen? Willst du mir etwa sagen, ich hätt sie verpasst?«

Trotz allem musste Dana kichern.

»Nee, es ist noch nicht vorbei, *a leanbh*«, schalt er sie. »Du siehst kein bisschen nach einem Happy End aus.«

Er kramte bereits in seinen Taschen. Bevor Dana etwas einwenden konnte, hatte er einen Löwenzahn herausgeholt und pustete sie davon.

Als Dana auf dem Gipfel des Lugnaquillia landete, brannte der Berg hell wie ein Geburtstagskuchen. Tausend lange Kerzen und flackernde Fackeln erleuchteten die Nacht. Die Kronleuchter im Schloss funkelten zusätzlich durch die Glaswände. Musik drang aus den offenen Flügelfenstern und wurde von Spielleuten aufgenommen, die durch den Park schlenderten. Banner und Flaggen flatterten auf der Brustwehr. Pavillons aus Seide waren auf dem dämmerigen Rasen aufgestellt. Die Luft war erfüllt von den Stimmen der feiernden Menge, die tanzte und sang und spielte. Alle Kreaturen, groß und klein, alle Geschöpfe, strahlend und schön, waren anscheinend zusammengeströmt, um die Rückkehr ihrer Königin zu feiern.

Dana blieb am Rand des Gedränges. Sie hoffte darauf, Ivy oder Honor oder sonst jemanden, den sie kannte, zu entdecken. Da sie immer noch ihre Reisekleider trug, fühlte sie sich fehl am Platze, als wäre sie in die Party eines Fremden hineingestolpert. Sie wünschte, Yallery hätte sie nicht hierher geschickt.

Ziellos umherstreifend, kam sie zu dem Krater, der die weiße Untertasse enthielt, in der sie und Ivy dem Dämon entkommen waren. Bei dem Gedanken an Murta überlief sie ein Schauder. Aber alles sah jetzt anders aus. Die Mulde war mit duftenden weißen und gelben Rosen geschmückt. Außerdem gab es kleine Leitern und Tritthilfen, die zum Hereinklettern einluden. Begeistertes Gekreische drang heraus. Dana kletterte hinauf, um sich das Ganze anzusehen.

Im Krater wimmelte es von komischen Vögeln, die auf die Untertasse warteten wie Leute, die für eine Attraktion in Disneyland Schlange standen. Mit sonorem Zischen kam sie herauf und brachte eine Schar quietschender Boggels mit. Dana sah sich hoffnungsvoll um, aber keine Spur von Ivy. Nur Bird entdeckte sie im selben Moment, als er sie auch sah. Seine Augen wurden groß und tränennass. Sie merkte, dass er drauf und dran war wegzurennen.

Bevor er die Flucht ergreifen konnte, sprang sie in den Krater und schnappte ihn sich. »Hab dich!«, rief sie aus Leibeskräften. Dann flüsterte sie ihm schnell ins Ohr: »Ist schon gut, Bird. Wir bleiben Freunde.«

Als die anderen ihren Schrei hörten, kannte ihr Jubel keine Grenzen. Das Fangspiel ging los. Dana lächelte, während sie auseinanderstoben, machte aber nicht mit. Ihr war nicht nach Spielen zumute. Sie gestand sich ein, dass sie eigentlich nur eine einzige Person hier treffen wollte. Und plötzlich war sie wieder das einsame Kind, das auf der Haustreppe saß und die Straße entlangschaute, wartend und hoffend.

Sie hatte gerade beschlossen zu gehen, als eine Stimme auf der Höhe ihres Ellbogens zirpte. »Da bist du! Überall hab ich nach dir gesucht!«

Ivy hatte sich richtig fein gemacht mit einem Rock aus ineinandergewebten Glockenblumen, einer Lapislazulikette und einem dazupassenden Armband.

Dana war so froh, sie zu sehen, dass sie die kleine Boggel hochhob und durch die Luft schwang. »Ich freue mich ja so, dass du hier bist! Ich kenne hier kaum jemanden. Du könntest nicht zufällig ...« Dana zögerte. Sie wollte keine Spielverderberin sein, aber Ivy war so etwas wie ihre beste Freundin. Ihr gegenüber konnte sie ehrlich sein. »Ich will nach Hause. Könntest du mir helfen, zurück nach Bray zu kommen?«

Ivy fing an zu lachen. »Nicht nach Hause kannst du jetzt, Dummerchen. Dein Fest ist das!«

»Was?«

»Weißt du's denn nicht? Dir zu Ehren wir feiern hier!«

Vierundvierzig

Vollkommen wiederhergestellt und prächtig anzusehen stand Lugh vom Berg, Lugh vom Wald auf dem Berggipfel. Er hatte nur Augen für die Herrin des Lichts, die auf ihn zukam, ihr Haar so flammend rot wie der Sonnenuntergang.

Sie kamen sich nicht nahe, sondern blieben auf Distanz wie Fremde. Beide trugen eine goldene Maske aus Leid. Doch sie betrachteten sich voller Sehnsucht und wünschten sich, die dunkle Vergangenheit überwinden zu können.

»Mylady, vergebt mir, dass ich Euch nicht zu Hilfe kam, als ich Euch aus der Finsternis rufen hörte.«

»Ihr wart mit einem Zauber an Stein und Erde gefesselt, a chroí.*«*

»Dennoch hätte ich kommen sollen.«

»Mylord, vergebt mir, dass ich unseren Bund verletzt und Euch so viel Kummer bereitet habe.«

»Ihr wart in der Gewalt eines Liebes- und Vergessenszaubers, a stór, *und habt deswegen gelitten.«*

»Dennoch grämt es mich, Euch solchen Schmerz bereitet zu haben.«

Während sie so sprachen, fielen ihre Masken ab. Denn die Liebe ist stark wie der Tod. Die Leidenschaft so grimmig wie das Grab. Ihre Blitze sind Feuerblitze, eine lodernde Flamme. Kein Wasser kann sie löschen, noch können Fluten sie ertränken.

Sie flog in seine Arme wie ein Vogel, der am Abend nach Hause fliegt. Seine Arme waren die Äste eines Baums im Schatten des Berges.

»Mein Schatz«, murmelten sie sich zu. »Meine einzige Liebe.«

Und seht, der Winter ist vergangen, die Blumen sprießen aus der Erde und die Vögel singen wieder.

Fünfundvierzig

Noch bevor Dana etwas erwidern konnte, erscholl eine Trompetenfanfare über dem Berg. Ein gewaltiger Jubel erhob sich in der Menge, als König Lugh und Königin Edane eintrafen. Er trug die Grün- und Brauntöne von Berg und Wald, mit einem wehenden dunkelvioletten Umhang und einem Kranz aus Eichenblättern. Sie schimmerte wie der Himmel in Silberblau und Weiß und ihr flammendes Haar wurde mit einer geflügelten Glaskrone zurückgehalten. Arm in Arm begrüßte das königliche Paar seine Untertanen mit der gleichen Zuneigung und Freude, die ihm entgegengebracht wurde.

Dana verdrückte sich in den Hintergrund. Ihre Gefühle waren sehr gemischt. Sie konnte es kaum fassen, dass diese schöne Königin ihre Mutter war, und auch Lugh wirkte majestätisch und unerreichbar. Musste das so sein? Würde sie immer eine Außenseiterin bleiben?

Stille legte sich über die große Zusammenkunft, als der König die Hand hob. »Wie schön ist es, liebe Freunde, uns endlich auf den Sommerwiesen wiederzusehen, nach dem längsten Winter, den das Bergkönigreich je gekannt hat. Nun ist eine Zeit des Jubels angebrochen. Und alle sollen wissen, dass die eine unter uns ist, der wir diesen wunderbaren Tag zu verdanken haben.«

Dana versank vor Verlegenheit beinahe im Boden, als alle Augen sich auf sie richteten. Lugh und Edane lächelten sie so überaus liebevoll an, dass sie den Blick abwenden musste.

Der König hob wieder die Hand, um den Applaus zum Verstummen zu bringen. »Doch nicht wir sind es, die ihr heute Abend Lob und Dank bezeugen werden, sondern die ehrenwerten Gäste an unserer Tafel. Meine lieben Untertanen, heißt den Hochkönig und die Hochkönigin des Elfenreiches willkommen.«

Als die Trompeten des Elfenlandes erneut erschollen, wurde der ganze Berg von einer Fata Morgana des Klangs umgeben. Bänder aus buntem Licht schossen wie Feuerwerk in die Luft, während in der Mitte der Menge ein mächtiges Steintor auftauchte.

»Morgen wird in den Wicklow Mountains die Rede von Ufos sein«, flüsterte Dana Ivy zu.

»Von was wird Rede sein?«, wisperte Ivy zurück, ohne den Blick von dem leuchtenden Portal abzuwenden.

Als die Majestäten durch den Bogen traten, merkte Dana verblüfft, dass sie beide kannte. Der Hochkönig über alle Könige war kein anderer als der hochgewachsene Fremde, dem sie im Glen begegnet war und der sie als Erster aufgefordert hatte, dem grünen Pfad zu folgen. Er trug nachtschwarze Gewänder und sein rotgoldenes Haar fiel offen über seine Schultern. Auf seiner Stirn leuchtete der Stern der Regentschaft.

Doch es war die junge Frau an seiner Seite, die Dana vor allem anstarrte. Nicht mehr zwischen Baum und Borke, nicht mehr im Ungewissen über sich selbst, stand Honor mit der herrschaftlichen Haltung einer Hochkönigin neben ihrem Gemahl. Ihr seidenes Gewand war grün und golden und ihre Krone mit kostbaren Edelsteinen verziert. Sie richtete das Wort an die Versammlung. »Wir sind überglücklich, dass unser Tánaiste, Lugh vom Berg, Lugh vom Wald, dem Reich zurückgegeben wurde. Überglücklich sind wir auch, dass die Lichtbringerin zu uns zurückgekehrt ist. Heute ist im Herzen des Waldes und im Herzen der Menschheit eine Schlacht gewonnen worden. Und noch mehr frohe Kunde bringen wir euch.«

Ein erwartungsvolles Schweigen senkte sich über die Menge. Nur Dana fühlte sich unbehaglich. Ihr Atem stockte. Etwas Namenloses drückte auf ihre Brust und verlangte, anerkannt zu werden. Ihr Herz hämmerte wild wie das eines Vogels, als der Hochkönig das Wort ergriff.

»Heute haben die Sterblichen den Wald gerettet. Wie es immer war seit Anbeginn der Zeit, ist es die Menschheit, die das Elfenland retten muss. Es ist die Menschheit, die gegen die Schatten des Feindes kämpfen muss. Wir haben viele Mitstreiter im sterblichen Reich, die wir unsere lieben Nachbarn nennen. Aber wisset dies und frohlocket, meine Untertanen: Eine, die mächtiger ist als alle anderen, hat die beiden Welten betreten.«

Das Kind in Dana wollte weglaufen. Den Berg hinunter auf die Straße und nichts wie zurück nach Bray. Weit, weit fort von dem großen Schicksal, das sie rief.

Königin Edane machte einen Schritt nach vorn, glücklich und stolz. »Ich bin die Lichtbringerin, die das Licht gebar. Wo ist das Licht, das die Dunkelheit überwindet?«

Dana lief nicht weg.

Ihre Mission in den Bergen hatte sie auf diesen Moment vorbereitet. Ihre Suche war ihre Ausbildung gewesen. Ihre Suche hatte ihr selbst gegolten. Tief in ihr warf die Wölfin den Kopf zurück und heulte; das Ungeheuer erhob sich aus dem See, um den Kopf an ihre Stirn zu lehnen.

Und als die Menge sich mit Hurrarufen vor ihr teilte, nahm Dana ihren Platz unter den Königen und Königinnen ein.

Lugh zwinkerte Dana zu, bevor er eine letzte Ankündigung

machte. »Der Förmlichkeiten sind nun genug getan! Lasst uns zu Danas Ehren feiern und spielen! Denn was wäre das Leben ohne Vergnügen und Lachen?«

Als die Feier noch ausgelassener weiterging, wollte Dana sich ihrer Mutter zuwenden; doch bevor sie miteinander sprechen konnten, wurde Königin Edane von einer Schar von Beglückwünschern umringt und weggezogen.

Dana ließ den Kopf hängen.

»Es wird nicht immer so sein«, sagte eine sanfte Stimme neben ihr. »Deine Zeit mit deiner Mutter wird kommen.«

Vorwurfsvoll drehte Dana sich zu Honor um. »Du bist die Hochkönigin des Elfenreichs!«

»Ja, kaum zu glauben, was?« Honor lachte prustend.

»Hast du es von Anfang an gewusst? Wer meine Mutter ist? Dass ich ...«

»Ich wusste es und wusste es doch nicht«, sagte das ältere Mädchen schnell. »Ehrlich, meistens wusste ich kaum, wie ich hieß. Midir – der Hochkönig, mein Gemahl – wusste es natürlich, er weiß alles, na ja, fast alles, weil er schon seit Jahrtausenden oder noch länger auf der Welt ist. Er meint, es war besser so, denn so konnte ich die Regeln umgehen.« Sie zuckte die Achseln. »Außergewöhnliche Zeiten verlangen nach außergewöhnlichen Maßnahmen.« Die Hochkönigin griff nach ein paar Elfenbrötchen auf einem Tablett, das auf Flügeln an ihnen vorbeischwebte. »Hier, probier die mal. Sie sind fantastisch! Mit Cornflakes aus echtem Gold. Du kannst sie essen.«

Dana konnte weder dem Gebäck noch der guten Laune ihrer Freundin widerstehen.

»Ich wollte dich nicht hintergehen«, fügte Honor ernster hinzu. »Weißt du, ich war nämlich auch auf der Suche nach meinem wahren Selbst. Mein Mann ist ein Risiko eingegangen, als er mich mit

dieser Aufgabe betraute, und er tat es um meinetwillen genauso wie um deinetwillen. So haben wir uns gegenseitig geholfen, wie es in allen Welten üblich ist.«

»Verstehe«, sagte Dana nickend. Und sie verstand tatsächlich.

Nachdem das zwischen ihnen geregelt war, kicherten und lachten die beiden gerade unbeschwert miteinander, als sich Königin Edane zu ihnen gesellte. »Meine liebe Tochter«, murmelte sie und drückte Dana einen Kuss auf den Kopf. »Ich bin so stolz auf dich.«

Danas Brust schwoll, aber sie war auch ein bisschen verlegen. Es würde einige Zeit dauern, bis sie sich daran gewöhnt hatte, dass diese Elfenkönigin tatsächlich ihre Mutter war. Sie hatte bereits beschlossen, sie beim Vornamen zu nennen, wie sie es auch bei Gabriel tat. »Ich sollte jetzt nach Hause gehen, Edane. Gabe wird außer sich sein vor Sorge. Das ist nicht fair ihm gegenüber.«

Die Königin legte Dana einen Arm um die Schultern. »Keine Sorge, a leanbh. Du wirst bald zu deinem Vater zurückkehren. Die Zeit ist etwas, über das wir nach Belieben bestimmen können. Während du hier feierst, wird in der Erdenwelt keine einzige Sekunde verstreichen. Das hier ist dein Fest, Dana. Die Belohnung für all deine Mühe. Genieße es!«

Edanes Worte vertrieben Danas Bedenken, und sie fing endlich an, sich richtig zu amüsieren: Sie tollte mit Ivy und den anderen Boggels umher; sie tanzte mit Füchsen und Feen, mit Baumgeistern und Riesen; sie sang mit den Vögeln, die in den Felsenspitzen nisteten; und sie kugelte sich mit Scharen von Kobolden die Hänge hinunter.

Durch all den Spaß und die Spiele zogen sich wie ein Silberfaden durch die samtig dunkle Nacht die Begegnungen mit ihrer Mutter, die immer wieder zu ihr kam. Sie unternahmen dann einen Spaziergang unter den Sternen um die große Gletschermulde herum oder sie streiften durch das verschlungene Parklabyrinth, das von *weißen Kerzen erhellt wurde. Oder sie saßen zusammen auf einer mit Efeu bedeckten Schaukel, umhüllt vom nächtlichen Duft der Blumen. Und jedes Mal, wenn sie sich trafen, erzählten sie sich Geschichten aus den wenigen Jahren, die sie zusammen verbracht hatten, und den vielen, die sie getrennt gewesen waren. Manchmal gab es Tränen, und manchmal wurden sie traurig, aber Liebe und Lachen waren stets dabei. Dana berichtete ihrer Mutter zwar kaum die Hälfte von dem, was sie ihr hatte sagen wollen, aber sie wusste, dass ihre eigentliche Geschichte gerade erst begonnen hatte; und sie hatten alle Zeit der Welt, um sich kennenzulernen.*

Sechsundvierzig

Sternenlicht beschien das Glen of the Downs, als die Nacht voranschritt. Der öffentliche Protest war beendet. Ein erster Sieg war errungen. Als die überregionalen Medien von den Ereignissen berichteten, zog die Baufirma ihre Geräte ab und verließ das Tal. Der Überraschungsangriff war gescheitert, ein langer Kampf vor Gericht würde folgen.

Auf dem zentralen Lagerplatz kam eine kleine Gruppe von Ökoaktivisten, die Murta bei sich hatten, auf Big Bob zu. Zwei der jungen Männer hielten ihn an den Armen gepackt, damit er nicht entkommen konnte. Er sah übel zugerichtet aus. Am ganzen Körper hatte er blaue Flecken und Schnittwunden, sogar Verbrennungen.

»Wer hat ihm das angetan?«, donnerte Big Bob.

Der Vorwurf schockierte die jungen Männer so sehr, dass zuerst keiner antwortete.

»Na, *wir* waren das nicht!«, sagte Billy schließlich entrüstet. »Wenn es uns auch in den Fingern gejuckt hat, als wir ihn mit den anderen sahen. Er ist schon in dieser Verfassung hier aufgetaucht, als er uns von der Müllkippe erzählte. Du warst ja nicht dabei. Er meinte, die Typen vom privaten Sicherheitsdienst hätten ihn verprügelt, als sie ihn beim Herumschnüffeln erwischten.«

»Deshalb haben wir ihm ja auch geglaubt«, warf einer der anderen ein.

Ihr Anführer beruhigte sich und bedeutete ihnen, Murta loszulassen.

»Ich habe dir vertraut«, sagte Big Bob zu ihm. »Du warst meine rechte Hand. Warum hast du uns verraten?«

Murta versuchte, ihn trotzig anzustarren, konnte Bobs Blick aber nicht standhalten. Die ganze vergangene Woche lag wie im Nebel. Er vermutete, dass er sich irgendeine Art von Virus eingefangen hatte, wahrscheinlich durch das dauernde Leben im Freien. Er war mehr als froh, dass seine Rolle bei diesem Albtraum zu Ende war.

»Hab bloß meinen Job gemacht«, erklärte er heiser. »Ich war nie einer von euch. Große Firmen bezahlen mich dafür, Gruppen wie eure zu unterwandern – Gewerkschaftler, Radikale, Unruhestifter. Man muss schließlich leben.«

»Während deine Seele stirbt.« Big Bob wirkte traurig. »Wenn du gewinnst, verlierst du zugleich, Murta. Es ist auch dein Erbe, das wir hier verteidigen.«

Murta spuckte aus. Dann ging er, wobei er abwehrend die Schultern hochzog für den Fall, dass ihn jemand aufhalten wollte. Doch alle rückten von ihm ab wie von einem Aussätzigen.

Big Bob sah ihm nach, dann setzte er sich schwer seufzend ans Feuer. Billy und zwei von den anderen gesellten sich zu ihm. Die übrigen Aktivisten gingen zurück in den Wald, einige, um ihre Baumhäuser zu reparieren, andere, um ihre Wachposten einzunehmen.

Auf dem Weg in die Berge, zu einer neuen nächtlichen Suche, fuhr Gabriel durch das Glen of the Downs. Aradhana saß neben ihm; sie war seit dem Verschwinden seiner Tochter nicht von seiner Seite gewichen. Als er sich dem Camp näherte, bremste er ab, weil er mit Big Bob sprechen wollte. Die Waldschützer hatten sich abwechselnd an der Suche nach Dana beteiligt. Die Bürger, die sich dem Protest angeschlossen hatten, waren wieder nach Hause gefahren, zufrieden mit der Rolle, die sie an diesem Tag gespielt hatten. Ein einsamer Streifenwagen war zurückgeblieben.

Als er auf den Parkplatz einbog, blickte Gabriel zufällig in den Rückspiegel. Ihm stockte der Atem. Am Berghang auf der anderen Straßenseite funkelte ein Licht in den Bäumen. Er sprang aus dem Wagen, um genauer hinzusehen. Da war es wieder! Ein silbriger Schimmer. Sein Herz hämmerte. Er sagte sich, dass es wahrscheinlich nur eine Taschenlampe war, einer von den Baumleuten, die dort Patrouille gingen. Aber der seltsame Zufall zwang ihn, der Sache auf den Grund zu gehen. Es war genau die Stelle, die er seit vielen Jahren konsequent mied.

»Ich bin gleich zurück«, sagte er hastig zu Aradhana. »Warte hier auf mich.«

Aradhana antwortete nicht, folgte ihm aber, als er über die Straße und in den Wald rannte.

Es war ein steiler Weg den Hang hinauf, und der Boden war nach den Unwettern aufgeweicht, aber Gabriel kannte sich aus. Er wusste genau, wohin er ging. Als er sich der Lichtung näherte, klopfte sein Herz so heftig, dass seine Brust schmerzte. Er wagte es kaum zu hoffen.

Bitte, bitte, betete er.

Und dann sah er sie.

Dort, auf der kleinen Lichtung, wo die alten Eichen sich zurückgezogen hatten, um einen magischen Kreis zu bilden, wo die Brombeersträucher ihre mit Beeren beladenen Zweigen ineinanderrankten, stand bei einem umgefallenen Baumstamm seine Tochter.

Dana winkte schüchtern.

Gabriel stand noch immer benommen im Baumschatten. Da stimmte doch etwas nicht. Das alles war unheimlich und beunruhigend. Ein seltsames Licht umgab Dana und ließ sie wie einen Geist erscheinen. Durch irgendeine optische Täuschung schien sie plötzlich so groß zu sein wie die Bäume. Und sie trug einen goldenen Umhang.

»Kannst du sie sehen?«, flüsterte Gabriel Aradhana zu.

Er fürchtete, dass er den Verstand verlor. Vielleicht war er bei der Suche nach seiner Tochter verrückt geworden und halluzinierte jetzt? Verstand und Körper waren wie gelähmt. Als hätten ihn Elfen verzaubert.

»Ich sehe sie«, sagte Aradhana fest. »Geh zu deiner Tochter. Hol sie nach Hause.«

Mehr Aufforderung brauchte er nicht. Als Gabriel auf Dana zulief, verschwand der Elfenzauber. Sie hatte wieder einen festen Körper und ihre normale Größe.

Beim Herannahen ihres Vaters sah Dana, welchen Tribut die vergangene schlimme Woche gefordert hatte. Seine Kleider waren zerknittert, Stoppeln bedeckten Kopf und Kinn und seine Augen waren vom Schlafmangel und vom vielen Weinen geschwollen. Die Angst und die Verzweiflung hatten ihn fertiggemacht, ihren geliebten Vater, der sie allein großgezogen und immer sein Bestes getan hatte, um sie glücklich zu machen.

Auf einmal war sie wieder ein kleines Mädchen, das viel durchgemacht hatte.

»DAD!«, rief sie. *»MEIN DAD!«*

Und sie lief wie der Wind in seine Arme.

Gabriel hob seine Tochter hoch, küsste sie weinend und drückte sie an sich.

»Das hier ist die Stelle, nicht wahr, Pa?«, flüsterte sie.

Er sah sich um. Alles war tränenverschwommen, aber er wusste, was sie meinte. Er hatte es in dem Moment gewusst, als er das Licht zwischen den Bäumen sah. »Ja«, sagte er leise. »Hier habe ich deine Mutter kennengelernt.«

Und als er dorthin blickte, wo sie vor dreizehn Jahren aufgetaucht war, betrat Edane die Lichtung. Auch sie wirkte zuerst übergroß und leuchtend; doch obwohl sie auf menschliche Größe zuammenschrumpfte, als sie herbeikam, strahlte sie noch immer wie ein Stern, der auf die Erde gefallen war. Ewig jung und ewig schön, hatte sie sich seit dem Tag, an dem er sie das erste Mal gesehen hatte, keinen Deut verändert.

Während er seine verlorene Frau betrachtete, akzeptierte Gabriel endlich, was er von Anfang an gewusst, aber sich nicht eingestanden hatte: Sie gehörte nicht in seine Welt. Sie war Teil des anderen Volkes, das in Irland lebte.

Die blauen Elfenaugen musterten ihn ernst und wie aus großer Ferne. »Ich bedauere das Leid, das ich dir zugefügt habe, Gabriel Faolan. Es war nicht mein Wunsch, und auch ich habe gelitten.«

Ihre Stimme klang melodisch, wie seine Flöte. Er nahm sie bereits als eine wunderschöne Melodie wahr, die seiner Vergangenheit angehörte.

»Ich möchte dir für das große Geschenk danken, das du mir mit unserem Kind gemacht hast«, schloss sie.

»Ein großes Geschenk, das auch du mir gemacht hast«, sagte er.

Und die letzten Töne ihres gemeinsamen Liedes verklangen.

Dana, die sich immer noch an ihren Vater klammerte, streckte die Hände nach ihrer Mutter aus. Für diesen einen Moment zwischen den beiden Säulen ihrer Entstehung war Danas Leben ein vollkommener Kreis. Sie würden zwar nicht glücklich bis ans Ende ihrer Tage zusammenleben, aber sie würden alle glücklich sein.

Im Schatten der Bäume, umhüllt von grünem Laub, wartete ein Elfenkönig.

»Ich kann nicht bleiben«, sagte Edane und küsste ihre Tochter zum Abschied. »Wir werden uns bald wiedersehen, mein Liebstes.«

Jetzt kam Aradhana auf die Lichtung. Sie war im Hintergrund geblieben und hatte die Zusammenkunft der Familie beobachtet, aber als sie die strahlende Frau fortgehen sah, ging sie zu Gabriel und Dana und nahm ihre Hände.

Gemeinsam verließen die drei den Wald und machten sich auf den Weg zur Straße.

Der letzte Streifenwagen wollte gerade abfahren, als der Fahrer Gabriel und Dana erkannte. »Ist das nicht das vermisste Kind?«, fragte er seinen Kollegen.

Im Nu waren sie aus dem Wagen.

»Haben die Umweltschützer …?«, begann der erste Beamte.

Gabriel beeilte sich, die Lage zu erklären. »Es hatte nichts mit ihnen zu tun. Es war …« Er zermarterte sich das Gehirn nach einer Erklärung und merkte schließlich, dass die Wahrheit das Beste war. »Sie war bei der Familie ihrer Mutter.«

Die Polizisten wechselten einen Blick. Oft steckten Familienzwiste dahinter, wenn Kinder verschwanden.

»Wollen Sie Anzeige erstatten?«

»Nein«, antwortete Gabriel mit einem schiefen Lächeln. »Wir werden uns nur besser absprechen müssen.«

Dana und Gabriel grinsten sich an, als sie zusammen mit Aradhana zu dem Triumph Herald gingen.

»Alles okay, Kleines?«

»Könnte nicht besser sein, Gabe. Und du?«

»Ich werd's überleben.«

Siebenundvierzig

Oh, der Rausch des Fliegens! Das Rauschen des Windes und der Flügel, die blaue Tiefe des Himmels, die weißen Wolkenkämme und die aufgehende Sonne! Aufwärts, immer weiter aufwärts, während die Welt unten verschwindet!

Es war noch wunderbarer, als sie es sich vorgestellt hatte.

»Pa, das ist großartig!«

Dana drückte ihr Gesicht ans Flugzeugfenster und blickte verzückt nach unten. Dort lag Irland wie ein großes grünes Tuch, das über die wogende See gebreitet worden war. Eine tiefe Liebe zu ihrem Mutterland wallte in ihr auf, und sie betrachtete Irland mit Elfenaugen. Dort stand der heilige Kevin im Tal der Zwei Seen, dort waren die Boggels und jagten Schafe durch das Sally Gap und dort König Lugh und Königin Edane in ihrem Glaspalast auf dem Lugnaquillia. Und dort, im Herzen der Sage, auf dem königlichen Hügel von Tara, thronten der Hochkönig und die Hochkönigin des Elfenreiches.

Folge dem grünen Pfad.

Dana schnappte nach Luft. Blitzte da etwas Graues auf zwischen den Bäumen? Eine kurze Hoffnung.

Nicht alles, was verschwindet, ist für immer fort.

Sie drehte sich um und grinste ihren Vater an. Auch er strahlte vor Glück. Wie der Tagesanbruch nach dunkelster Nacht war seit Danas Rückkehr viel Gutes passiert. Eine der größten Überraschungen für Gabe war ihr aufrichtiges Einverstandensein mit dem Umzug nach Kanada.

»Aber … was ist mit deiner Mutter?«

»Das geht schon in Ordnung. Sie wird auch dort sein.«

Er hatte nur wenige Fragen gestellt und sie hatte noch weniger erklärt. Es würde nicht einfach werden, aber sie waren bereits zu einer Abmachung gelangt. Er würde sich nicht in ihre Verbindung mit dem Elfenland einmischen, und sie würde nicht fortgehen, ohne ihm vorher Bescheid zu sagen.

Die Situation wurde durch eine dritte Partei erleichtert. »Götter, Devas, Elfen, sie gehören alle zum Leben«, war Aradhanas Meinung. »Manche Menschen können das nur schwer einsehen, weil sie bloß in Quadraten und Linien denken.«

»Hältst du mich etwa für einen Betonkopf?«, hatte Gabriel protestiert, war aber mit einem Kuss besänftigt worden.

Aradhana war ein unverzichtbarer Teil der Familie geworden, das war für jeden offensichtlich; aber es war Dana, die Gabriel dazu ermutigen musste, der jungen Frau einen Heiratsantrag zu machen.

»Es ist nicht so, dass ich nicht schon daran gedacht hätte«, räumte er ein. »Ich denke sogar ständig daran. Aber es gibt im Moment so viele Veränderungen: du und deine Mutter, Kanada, mein neuer Job, deine neue Schule … Könnten wir da obendrein mit einer neuen Ehefrau und Stiefmutter zurechtkommen?«

»Gabe, meinst du etwa, wir könnten es ohne sie schaffen? *Willst* du das?«

Jetzt beugte Dana sich über ihren Vater hinweg, um Aradhana anzustupsen, die in der Zeitschrift der Fluggesellschaft las. Trotz der Buchung in letzter Minute war es ihnen gelungen, drei Plätze in einer Reihe zu bekommen.

»Ich habe Suresh versprochen, massenweise Fotos zu machen«, sagte Dana zu ihr. »Er wird sie an das Schwarze Brett in der Küche hängen. Neben die Fotos von Indien.«

»Er wird dich vermissen«, bemerkte Gabriel schuldbewusst.

»Er wird mich bei der Hochzeit wiedersehen«, erwiderte Aradhana. »Und er kann mich jederzeit besuchen kommen. Außerdem wird er jetzt viel mehr Geld dazu haben, wo ihm das ganze Restaurant gehört.«

Gabriel nahm die Hand seiner Verlobten und küsste sie. »Ich hoffe, du bereust deine Entscheidung nicht. Dein Leben wird sich völlig verändern.«

»Du hast mich eben im Sturm erobert«, antwortete sie zwinkernd. »Da, wo ich herkomme, wird das von einem Zukünftigen erwartet.«

Dana sah wieder aus dem Fenster. Sie flogen über den Atlantik. Die mächtigen Wellen wogten wie in Zeitlupe. Das Leben war so seltsam. Es war alles anders gekommen, als sie es sich erträumt hatte. Ein Happy End im wirklichen Leben unterschied sich doch sehr von dem »Glücklich bis ans Ende ihrer Tage« im Märchen. Trotzdem musste sie zugeben, dass sie sehr zufrieden mit diesem Ende war.

Und ja, sie war glücklich.

Glossar

Aussprache und Bedeutung der irischen Ausdrücke

a chroí (achrie) – liebes Herz

a dheirfiúr bhig (ah greh-für wig) – kleine Schwester (Anrede)

a fhaol bhig (ah ejl wig) – kleiner Wolf (Anrede)

a leanbh (alaaniw) – Kosewort, wörtlich: »Kind«

anamchara (anamm-chara) – Seelenverwandte

an cuileann (aan quill-an) – Stechpalme

An dair ghaelach (aan där gjah-lach) – irische Eiche

an fathach mór 'na lui faoi shuan. (aan fah-hok mohr nah lie faoj huh-an) – Der mächtige Riese schläft.

an leannán sí faoi shuan (aan laah-nahn schie faoj huh-an) – die schlafende Muse

An Taisce (aan tahsch-kah) – wörtlich: »Schatzkammer«. Irlands älteste und einflussreichste Umweltorganisation. 1948 gegründet. Sehr aktiv in den Bereichen Bauvorhaben und Grundstückserschließungen, Umwelterziehung und Fortbildung, Müllvermeidung und Schutz des landschaftlichen und kulturellen Erbes, lehnt jedoch die Aktionen radikalerer Umweltaktivisten oder sogenannter Ökokrieger (Greenpeace etc.) ab und beteiligt sich auch nicht daran. Siehe www.antaisce.org.

Ard Rí (ard rie) – Hochkönig

Ard Solas (ard soh-lass) – wörtlich: »das Hohe Licht«. Förmliche, respektvolle Anrede des irischen Präsidenten (Staatsoberhaupt).

a stór (astoor) – wörtlich: »mein Schatz«, Kosewort

Bean Níghe (ban nie) – die Wäscherin, eine Elfengestalt

Bean Sídhe (ban schie) – Banshee, Todesfee. (Wörtlich: »Frau der Sídhe«, d. h. aus dem Elfenvolk.)

bobodha (boh-boa) – andere Schreibweise von badhbh (bohw), »Schwarzer Mann«.

Bogach (boh-gach) – weicher Boden

Caoimhín (quie-wien) – Kevin

Ceol n'eán agus ceol an tsrutháin (kjool nejn oges kjool aan s'ruh-hein) – die Musik der Vögel und die Musik des Wildbachs

Conas atá tú, a mháthair? (konas ata tu, ah moh-här?) – Wie geht es Ihnen, Mutter? Es ist ein alter Brauch, ältere Menschen respektvoll mit »Mutter« oder »Vater« anzureden.

Dún do bhéal! (dun da wejl) – Halt die Klappe!

Dún Eadóchais (dun ejd-o-käjs) – Festung der Verzweiflung

Dún Scáith (dun skaht) – Festung der Finsternis

Éist nóiméad. (ejschd nomejd) – Hör mal. Hör zu.

Fada an lá go sámh
Fada an oíche gan ghruaim
An ghealach, an ghrian, an ghaoth
Moladh duit, a Dhia.

Lang ist der Tag voll Frieden,
Lang ist die Nacht ohne Düsternis,
Du bist der Mond, die Sonne, der Wind,
Ich lobe dich, mein Gott.

fado (fah-do) – vor langer Zeit. Anmerkung: »*Fado fado*« ist eine Erzählformel, am besten übersetzt mit »Es war einmal«.

fáilte romhat (fahl-che roh't) – gern geschehen. Als Antwort auf *go raibh maith agat* (go reb ma agat),d. h. »danke«. Wie das englische »you are welcome« zugleich ein Willkommensgruß.

faol (fauhl) – Wolf. Archaischer Ausdruck. Im modernen Irisch wird für »Wolf« meistens *mactíre* (mock tir-a) verwendet, wörtlich: »Sohn des Landes«.

Faolán (faulahn) – eine Ableitung von *faol*. Clan- oder Familienname, anglisierte Formen sind Whelan, Whalen, Phelan, Phalen. Wird auch »O'Faoláin« geschrieben.

gabha an cheoil (guwa aan kjol) – Töneschmied

Girseach (gierschach) – Mädchen

Gleann Dá Loch (glen da lock) – Tal der Zwei Seen

Go raibh míle maith agat. (go reb mile mäth agat) – Tausend Dank. Wörtlich: »Tausendmal Dank sollst du haben.«

Imdha toir torudh abla
Imdha airne cen cesa
*Imdah dairbre ardmhesa.**

Im Überfluss Äpfel im Osten,
Im Überfluss glänzende Schlehen,
Im Überfluss noble, Früchte tragende Eichen.

Is breá an tráthnóna é. (is bro aan trah-no-na ej) – Was für ein schöner Abend.

---

* Der Text ist altirisch. Das Altirische ist viel älter als z.B. Latein im Verhältnis zum heutigen Italienisch. Da sich die irische Sprache über Tausende von Jahren entwickelt und verändert hat, weiß niemand mehr genau, wie das Altirische ausgesprochen wurde.

Lá Lughnasa oder Lá Lúnasa (lah lu-na-sah) – der erste August, Lammas. Nach dem irischen Gott Lugh benannt.

Lasair (lass-är) – Flamme, Feuer

Lug na Coille (luh nah kwilja) – Lugh vom Wald

Magh Abhlach (mo aw'lock) – Tal der Apfelbäume (einer der vielen Namen des Elfenreichs)

Má itheann tú ná má ólann tú aon ghreim istigh anseo, ní bhfaighidh tú amach as go bráth arís! (Ma i-han tu nah mah olan tu ein 'hrüm isch-tig aan-scha, nie wei-ih tu ah-mach aas go broh ah-riesch) – Wenn du etwas an diesem Ort isst oder trinkst, wirst du ihn nie wieder verlassen können!

méaracán gorm (mar-aah-kan gör-am) – wörtlich: »blaue Fingerhüte«, Wiesenglockenblumen

méiríní sídhe (märinie schie) – wörtlich: »Elfenfinger«, Fingerhut

mo leanbh (mo laaniw) – mein Kind

muinchillí glasa (minn-killy gla-sah) – Greensleeves, die Dame in Grün

Na Daoine Uaisle Na Gnoic (nah dien-ah uhs-le nah ga-nick) – die Edelleute oder der Adel von den Hügeln

ní (nie) – Abkürzung von iníon (in-nien), Tochter. *Dana ní*

Edane Lasair heißt also: »Dana, Tochter der Edane Lasair«.

péist (pejschd) – Fabeltier, Reptil, Schlange, Wurm, Drache, Monster

Phóg mé ar ais is phóg mé arís tú
Gheill mo chroí don leannán síofrúil,
Is thug mé cúl do gach aon dílseacht
*Nuair a phóg mé do bhéal.**

Ich küsste und küsste dich wieder,
Ergab mich dem Elfenzauber,
Ließ alle früheren Lieben zurück,
Als ich deinen Mund küsste.

pollach (polach) – Hohlraum, Höhle. Von *poll* (pol), »Loch«.

scéal (schkejl) – Geschichte. Anmerkung: *sí scéalta* (schie schkejl-ta) sind Märchen

'Sea. (schah) – Stimmt. Ja. Kurzform von *is ea* (iss ah), »so ist es«.

Seothó, a thoil, ná goil go fóill
Seothó, a thoil, ná goil aon deoir,
*Seothó, a linbh, a chumainn's a stóir.***

* Strophe aus »An Phóg« (»Der Kuss«), Irisch und Englisch von Pádraigín Ní Uallacháin. Von ihrer CD *Ailleacht* (Schönheit), Gael Linn CEFCD 187, mit freundlicher Genehmigung der Künstlerin.

** Aus »Suantraí dá Mhac Tarbhartha« von Eoghan Rua O'Suileabháin, 1748–1784, in: *An Leabhair Mór* (Das große Buch des Gälischen), Canongate Books 2002. Engl. Übersetzung von O. R. Melling.

Still, mein Herz, kein Grund zu weinen,
Still, mein Herz, kein Grund für Tränen,
Still, mein Kind, meine Liebe, mein Schatz.

Sídhe na Spéire (schie nah schpära) – das Elfenvolk des Himmels

Sídhe Slua na Sliabh (schie slu-ah nah schliew) – die Elfenschar des Berges

Siúil liomsa, a chara dhil, suas fá na hardaín,
Ar thuras na háilleacht' is an ghileacht amuigh,
Le go ndeánfaimid bogán de chreagán a' tsléibhe,
Is le páideoga lasfaimid dorchadas oích'.

Ní laoithe an bhróin a cheolfainnse duitse,
Ná ní caoineadh donóige nó doghrainn daoi,
Ach le silleadh a mhillfinnse méala an chumha
*Sa phluais sin go maidin ar shliabh na caillí.**

Steh auf, meine Liebste, und komm mit mir auf eine Reise
Durch grüne Schönheit und Sonnenschein,
Um jeden Stein zu glätten, während wir über die Hügel schreiten
Und mit Binsenlichtern das Nachtdunkel erleuchten.

Kein Kummerseufzen würde ich dir vortragen
Noch wilde Klage oder traurig töricht Lied;

---

* Strophe aus »Gleann na nDeor« (»Tal der Tränen«), Irisch und Englisch von Pádraigín Ní Uallacháin. Von ihrer CD *Ailleacht* (Schönheit), Gael Linn CEFCD 187, mit freundlicher Genehmigung der Künstlerin.

Mit einem Blick würd ich die dunklen
Sehnsuchtswolken verjagen,
Auf dem Steinhügel am Berg, vom Abend bis zur
Morgenröte.

Sliabh na mBan (schliew nah mahn) – der Berg der Frauen

Slua na h'Aeir (slu-ah nah här) – die Elfenschar der Luft

Spéirbhean (schpier-wahn) – wörtlich: »Himmelsfrau«, weibliche Elfengestalt

suas (suh-as) – auf, hinauf

Tá an croí á réabadh sa ghleann, sa ghleann,
Tá an croí á réabadh i ngleann na ndeor;
Ceo is gaoth sa ghleann, sa ghleann,
*Ceo is gaoth i ngleann na ndeor.**

Das Herz zerbricht im Tal, im Tal,
Das Herz zerbricht im Tal der Tränen;
Nebel und Wind im Tal, im Tal,
Nebel und Wind im Tal der Tränen.

Tá an oíche seo dubh is dorcha,
Tá an spéir ag sileadh deor',
Tá néal ar aghaidh na gréine,
Ó d' imigh tú, a stór.

---

* Strophe aus »An Leannán« (»Die/Der Geliebte«), Irisch und Englisch von Pádraigín Ní Uallacháin. Von ihrer CD *Ailleacht* (Schönheit), Gael Linn CEFCD 187, mit freundlicher Genehmigung der Künstlerin.

Die Nacht ist kalt und dunkel jetzt;
Der Himmel weint Tränen;
Die Sonne hat sich verfinstert,
Seit du fortgegangen bist.

Tá fáilte roimhe do cine anseo. (to fol-che reuw do kinnah onsho) – Dein Volk ist hier willkommen.

Tá grian gheal an tsamhraidh ag damhsa ar mo theach. (to grieon gjal aan sour-oh eg do-so är mo hjach) – Die Sommersonne tanzt auf dem Dach meines Hauses.

Táimse a foghlaim gaeilge. (to-im-schuh ah fo-lämm ge-ilge) – Ich lerne Irisch.

Tánaiste (tonischte) – Than, Stellvertreter, designierter Nachfolger; im heutigen Irland der Titel des stellvertretenden Premierministers, zweithöchster Rang nach dem *An Taoiseach* (aan tie-schok), dem Premierminister.

Tá tú ag imeacht ar shlí na fírinne. (to tu eg immok't är schlie nah fier-ne) – Du gehst den Weg der Wahrheit. Wörtliche Übersetzung der Redewendung, mit der sich Irisch Sprechende auf Sterbende und Tote beziehen. Man sagt *Tá sí ag imithe ar shlí na fírinne* (taw shee ag immuh-heh air shlee naah fear-nuh): »Sie ist den Weg der Wahrheit gegangen«,d. h. »Sie ist tot«.

Anmerkung zum Kampf für das Glen of the Downs:
1997 genehmigte die irische Regierung die Verbreiterung einer bereits vorhandenen Straße durch das Glen of the

Downs. Damit auf einer Fahrt von drei Minuten mehr Gas gegeben werden konnte, beschloss man, eine vierspurige Schnellstraße durch das Naturschutzgebiet zu bauen, für die mehr als zweitausend alte Bäume gefällt werden sollten. Der Baumhaus-Protest der irischen und ausländischen Umweltaktivisten dauerte drei Jahre, in denen Gerichtsprozesse geführt und Aufklärungskampagnen betrieben wurden. Das im Buch beschriebene Ereignis, bei dem Bürger spontan mithalfen, einen ersten Kahlschlag zu verhindern, hat tatsächlich stattgefunden. Trotz dieser gewonnenen Schlacht ging der Krieg insgesamt jedoch verloren. Im Jahr 2000 wurde das Camp der Protestierenden zwangsgeräumt. Dreizehn Aktivisten wurden ohne Anklage in Haft genommen, manche bis zu zwei Monate lang. Die Kosten für die Verbreiterung des kleinen Straßenabschnitts betrugen schwindelerregende 85 Millionen Euro.*

* Frank McDonald, James Nix: *Chaos at the Crossroads.* Gandon Press.

Anmerkungen zur irischen Sprache

Die historische Sprache des irischen Volkes ist eine goidelische Sprache aus dem Zweig der keltischen Sprachen, die als Gälisch, Irisch-Gälisch (zur Abgrenzung vom schottischen Gälischen) bezeichnet wird. In Irland nennt man diese Sprache einfach Irische Sprache oder ›Irisch‹. Über zweitausend Jahre lang war Irisch – das archaische, das klassische und das moderne – die Sprache Irlands, bis sie nach der Eroberung durch die Engländer beinahe vom Englischen verdrängt wurde. Heute ist Irisch die Hauptamtssprache der Irischen Republik. Erst kürzlich erlangte sie durch das Karfreitag-Abkommen in den sechs Grafschaften (Countys) von Nordirland offiziellen Status. Seit 2007 führt die Europäische Union Irisch als eine ihrer Amtssprachen.

Nur in wenigen begrenzten Gegenden namens *Gaelachtaí,* die hauptsächlich an der Westküste liegen, ist Irisch heute noch Muttersprache. Leider nehmen auch diese Gruppen aus wirtschaftlichen Gründen immer mehr ab. Auch die Landflucht, die Auflösung sozialer Strukturen, Heiraten mit Nicht-Muttersprachlern, Reibereien sowie die Einwanderung und Besiedelung durch Nicht-Muttersprachler tragen dazu bei. Einigen Prognosen zufolge überdauern die

Gaelachtaí nur noch wenige Generationen. Das wäre ein unermesslicher Verlust für die irische Kultur und die irische Gesellschaft. Allerdings muss erwähnt werden, dass die Muttersprachler diesen Gerüchten mit charakteristischer Nachsicht begegnen.

Mittlerweile nehmen Kenntnis und Gebrauch der irischen Sprache unter der Englisch sprechenden Bevölkerung der Insel zu. In der jüngsten Erhebung von 2002 (vorläufige Ergebnisse) behaupten über eine Million Menschen in der Republik Irland und 140 000 in Nordirland, die Sprache einigermaßen gut zu können. Anderen Erhebungen zufolge sprechen immer mehr Iren Irisch. Weltweit sind irische Lerngruppen und Sprachkurse nicht nur bei irischen Auswanderern und ihren Nachkommen beliebt, sondern auch bei Völkern, die mit dem Irischen auf den ersten Blick wenig zu tun haben, wie bei den Japanern, Dänen, Franzosen und Deutschen. In den Vereinigten Staaten (*Na Stáit Aontaithe*) kann man landesweit Sprachkurse belegen, und auch im Internet finden sich zahllose Seiten, die Irisch lehren oder zum Erlernen dieser Sprache ermutigen.

In Irland wiederum ist die Bürgerbewegung *Gaelscoileanna* weit verbreitet, die für Grundschulen und weiterführende Schulen sorgt, an denen Irisch gelehrt wird. Immer mehr Menschen schließen sich trotz des stillschweigenden Widerstands mehrerer aufeinanderfolgender Regierungen dieser Bewegung an. Diese Schulen sorgen für weitere Generationen, die des Irischen als zweiter Sprache mächtig sind. Der langjährige irischsprachige Radiosender *Raidió na Gaeltachta* sendet weiterhin aus der Perspektive der Muttersprachler, während der neue Fernsehsender *Teilifís na Gaeilge* (TG4) sowohl Muttersprachler bedient als auch solche, die Irisch als zweite Sprache erlernten. Sowohl private als auch öffentliche Einrichtungen – stellvertretend sei die ehrwürdige *Conradh na Gaeilge (www.cnag.ie)* genannt – setzen sich für die irische Sprache ein.

Die irische Sprache weist mehrere Dialekte auf, die regionale Unterschiede zwischen den Provinzen von Munster, Leinster, Connaught und Ulster hervorheben. Dazu kommt Shelta, die Geheimsprache des irischen fahrenden Volkes (Nomaden, die in Wohnwagen leben), wozu Roma-Wörter mit Irisch-Gälisch vermengt werden.

Möge die Sprache überleben, egal in welcher Form.

Gaeilge abú!

Danksagung

Wie immer habe ich vielen zu danken: meiner Tochter Findabhair als meiner ersten Leserin und Beraterin, Georgie-Mum für ihre unablässige Unterstützung, meiner Schwester Pat Burns für großartige Fotos, meiner Lektorin Susan Van Metre, meinen Agenten Lynn und David Bennett von der Transatlantic Literary Agency Inc., der Wandergruppe »Second Sunday« für die Recherche-Abenteuer in den Wicklow Mountains, dem Personal des Tyrone Guthrie Centre in Annaghmakerrig, Dr. Nena Hardie, meiner liebenswerten Gastgeberin in Toronto, John Duff und Brian Levy, meinen liebenswerten Gastgebern in New York, Piers Dillon-Scott, meinem Webmaster, Joe Murray, meinem Computer-Engel Brenda Sutton und der ganzen Truppe im Mythic Imagination Institute und last, but not least *Na Daoine Maithe* für ihre Hilfe und die Erlaubnis. *Go raibh míle maith agaibh!*

Aprilynne Pike
Elfenkuss

ca. 380 Seiten, ISBN 978-3-570-13884-7

Durchscheinend blau und weiß sind sie, die flügelartigen Blütenblätter, die der 15-jährigen Laurel eines Morgens aus dem Rücken wachsen. Gemeinsam mit ihrem neuen Freund David versucht sie herauszufinden, was mit ihr geschieht. Doch erst als sie auf den faszinierenden Tamani trifft, erfährt sie die unglaubliche Wahrheit: Laurel ist eine Elfe, die als kleines Kind zu den Menschen gesandt wurde, um das Tor nach Avalon zu beschützen.
Als eine Bande mörderischer Orks die magische Elfenwelt bedroht, setzt Laurel alles daran, ihre Aufgabe zu erfüllen.